ほんのこども

町屋良平

HON NO KODOMO | RYOHEI MACHIYA

講　談　社

ほんのこども

1

小説家になったので夢日記でもつけようかとある日決心した私だったが、子どものころから日記の類いは苦手だった。衝動的で辛抱弱い性格のせいで、毎日同じことをするというのが無理だった。生活が苦手だった。

どうじに、私は小説家になったので、私小説でもかこうか、とも考えていた。私小説としてなら日記もつづけられるだろう。

そこで、私は見た夢を記録したものに身辺雑記を混ぜ込むスタイルの短文をかきはじめ、それはあざとくも一筆箋《いっぴつせん》に手書き、という体裁をとっていたので、それとなくかいていることを編集者に告白しても気をつかわれただけで「読ませてください」といわれることもなく、また自分でもひとに読ませる用にかけていなかった。私はもともとボクシングと青春群像劇をモチーフにした小説で二度賞をもらい世間にしられた小説家なのだから、そうした私じしんの生をまぶしたようなかきものがひとに求められることはありえないのだった。スポーツや恋愛や学生生活、そうしたフィクショナルを求められつづける私であることは明白だったのに、物語性にとんだ「私らしい」小説がかけないから、かいているふりをしているような私小説だった。

いま考えると、小説家としてつづけていくことに悩み、挫折しかけていたのだとおもう。おりしも、日本でもっとも名のしれた文学新人賞をうけ、多忙にしていた時期であり、私はいっさいの長い思考ができなくなっていた。ブチブチと千切れた思考でなんとか短い小説をかき、それ以外のこまかい仕事をこなしながら、いぜん会社員としても働いていた。小説家としてのキャリアも五年を超えてきて、だいぶ小説家の私に慣れてきたところだったが、しかし小説家というのはかいているときとかいていないときの人格の差が甚だしい。そのころの私はかいているときはまだしもかいていないときの私を支えられるような健康的な思考を手放していた。こうしたばあい、短い小説ならなんとかかけるが長い小説、具体的には七十枚を超えるような作品はむずかしい。小説はある枚数を超えるとかいている時間をかいていない時間が支え、ふくみこむように考える体力と暇がないと無理なものだ。そうしたまっしろな、というよりくらい感情にまみれたまっくろな時間を挟み、かいていない私がかいている私のかいたものを理解し、まったくべつの人格をもちいて構成することではじめて長い小説が生まれる。そのころの私は両者の二分が甚だしく、かいている時間とかいていない時間の記憶にまったく整合性が欠け、自分のかいたものの意味が自分でよくわからなくなっていた。

ゆるやかな鬱状況にあった。不眠はもともとのこととして、けして希死念慮《きしねんりょ》には辿り着かない、しかしのっぺりとした不安が胸にわだかまり、喉を詰まらせた。そこで、いちどゆっくり、身辺雑記のようなつもりでもともと物語などない、すくなくともエピソード間の脈絡に有機的な関係など求められないものをかこうとして、私小説めいた短い文章をかいてなにもできない時間を濁していた。

小説はかかれたことに親近感をおぼえてもなぜか身に迫ってこないものもあれば、かかれたことが身近になかろうと感情がはげしくかきたてられるものがある。朝起きてむかえる現実よりまだみていた夢のほうがリアリティをともなって起きる朝、情動はまだ眠りのなかにいて、からだが醒めないままいきなりあたらしい現実をむかえる。ああした奇妙な感覚はまるで小説体験をぎゅっと凝縮したようなかたちで、やがて日常に溶けいってゆく。リアリティとは小説のなかで起きる出来事と現実とのちかしさを必ずしも意味しない。ひとには決して話せないような、まったく信じてもらえそうにない非現実的な経験のなかにどういうわけか自分にとってもっとも身に迫る、ある種の真実がふくまれている。そうしたギャップをしてひとはリアリティというのだし、またそのギャップを受け容れる器のことこそを「私」と呼んでいるのではないか。記憶のない幼児のころのこと、眠りと夢に分断されつづける社会生活、ふかく酩酊《めいてい》しつくした夜のこと、いつか老いて自我がうつろうこと、そうした自己同一性の危機を束ねる担保として、このからだがあらかじめ経験している出来事と真実味との落差こそが、私をつくっていく。寝つきのわるい私はふだん強度をもった夢をおもいだすことによって、眠りの雰囲気を構築し、スムースに入眠できることがある。

「近ごろ寝つきがわるい」

という相談をうけるたびに、

「さいきんみた夢のことをおもいだすといいよ」

とアドバイスするのだが、しかし夢の「感じ」というのは、醒めきっているときにはうまくおもいだせず、だからこそひとは寝つけない。おもいだそうとするからおもいだせないのだ。私はかけない私から目をそらすために夢にまつわる記録に端を発した身辺雑記をかく毎日で、記録されるためだけのような夢をみる眠りのさなか、おもいだしたことがある。

強烈な夢をみた。それは人間の登場しないイメージばかりの夢だった。私だけでなく登場人物の誰ひとりない、しかしつよいノスタルジーと悔恨が満ち満ちた、感情イメージの塊のようなもの。いっしゅんは、誰かにころされたのだと思う、しかしすぐに、だれかをころしてしまったのだと思い直す、その両者をえんえん交通するような。

目が覚めて私は、かつて明確に「私小説をかこう」と決意したことが二度あることをおもいだした。それは十一―二歳のころと、その数年後のこと。一度目のことはおもいだせそうだったが二度目はわからない。幼少のころから物語へのあこがれに生きていたとはいえ、十代のみぎりに似合わない「私小説」という言葉を、しかし当時の私ははっきり意識していた。

私はたわむれにそのデータを探した。ほどなくしてPCに保存されているいちばん古い日付の文章群のなかに、これかとおぼしきテキストデータを発見する。そこには「小説」とだけ名づけられた三十文字程度から長いものでも二百文字に満たない文章がいくつも、数えるに三十三個ほどあつめられており、そこに収まっている文章を私はかつて自分がかいたものとして忘れ去られたなにかなのだと読んでいったがそれらしく立ちあがる記憶はない。自分がかいた小説を、仮のものとはいえ「小説」とだけ名づけて保存しておくというのも考えづらいことだった。クラウドを移行した九年前にまとめて保存した一連の古い小説や衝動的にかかれた日記めいたものらにまぎれてそのデータはあり、いつかかれて一連の文集としてまとめられたものなのかもわからなかった。

たしかに私がかいた文章だとおもった。しかし風景や心象イメージとおぼしきスケッチに終始するそれらはかつて私がかいていたつたない私小説ではどうやらなく、どちらかというとむしろ最近の私がかいて商業誌に発表していた小説のとくに一人称で語られる文章に似ていた。

　なにをおもってかかれたものかわからないその散文が私がかつて二度かいた私小説に関連するものだということだけはわかった。「小説」と題されたそれらの文章の記憶とともに私小説のデータをあきらめた私は、しかし折よく注文のあった短編小説の締切をおもいだし、みずからのかいた二度の私小説を再構成するかたちなら、かきあぐねていた短編小説がかけるかもしれないと着想した。一度目の記憶をとりもどしたら、しぜん二度目の記憶に繋《つな》がっていくのだろうとわかった。まずは一度目の私小説、十一―二歳のころの私が考えていただろうことを「かれ」として、記憶をたよりにかき換えていこう。

　一週間の入院療法をすすめられ、主に金銭面における不安からやんわり拒絶できないかと粘っていた母親が折れるかたちでそれに応じたとき、かれはずっとこの瞬間を待っていた気がした。

　私は私のことを「かれ」としてこのようにかきながら、一文を重ねるごとにますます正確さからも「おもしろさ」からも遠ざかる私のことにすでにウンザリしかけている。医師はこの子は重篤だ、すぐにでも入院させなければリバウンドする、ここで生活習慣を変えなければ思春期にもっとたいへんなことになる、と母親に説いていた。かれは当時つかっていたステロイド軟膏《なんこう》の、ウィークから三段階ほど強度をあげたベリーストロングに分類されるマイザークリームを両腕に塗りたくられながら、おそらく医師がいうほど重篤ではない、世のなかもっと苦しんでいるひとは山ほどいる、アトピー性皮膚炎にしてもそのほかの疾病やありとあらゆる災厄にしても、私なんかよりよほど苦しんでいるひとがいると知っていたからこそ、「このままではこの子がかわいそうだ」といわれた医師の「言葉」こそに入院するとでもいうような、奇妙な安心感が身を貫いた。つまり、いま私がそうしているように私のことを他者として距離をおき「かれ」が「かわいそう」とおもえて新鮮だった。

　岩手県の新花巻《しんはなまき》駅からタクシーで四十分ほど走り、診察に六時間待ったその名医を、かれは東武伊勢崎線の電車のなかで出会った見知らぬ女性に教わった。入院の一ヶ月ほど前、鼻のしたを掻き壊したその炎症をつい舐めまわす悪癖のくりかえしにより黄色い髭のような滲出液《しんしゅつえき》の塊をこしらえたかれが、学習塾からの帰途に乗っていた電車を降りたときに声をかけられ、病院の電話番号がかかれたメモをわたされた。女性は当時かれが暮らしていたせんげん台駅に目的があったわけではなくかれのためにわざわざ降りて、パチンコ屋とスポーツクラブの巨大駐輪場がつらなるロータリーを三分ほど行ったところでかれに追いつき、背後から肩に手をおいてとつぜんこういった。

「あなた、アトピーなのでしょう？」

かれはどぎまぎして、ただブンブンと頷《うなず》き、女性のエネルギーに気圧《けお》された。いい病院があるから、とわたされたメモにかかれ現在は廃業した星の丘クリニックにかれは母親とのはなしあいの結果、いくことになる。

診察を待つあいだ、二十回ほどその待合室を中座し、ガードレールもない土に生える苔をさくさく踏みしめて時間を潰しこぎつけた診察で入院をすすめられた。しかし、この病院へたどりつく患者であればだれであれ入院をすすめられる。アトピー性皮膚炎の患者にとって情報はその疾患とおなじくくるしめられるフィクションになる。たとえば脱ステロイドをして一度ズルズルになった皮膚をして良くなっている、いまが耐えどきだといわれれば、この数十年のインターネットによっていや増した経験談のなかでもいまだ信憑性のたかい物語として、耐える時間の質感がおおきく変わり、信じたいフィクションの一翼をになう。フィクションへの信憑性により皮膚のみえかたのみならず、実際に肌の状態も変わり、ある面においてはたしかに良くなっていく、つまり見える現実が信じたいフィクションによって変容していくのだ。かれら患者は医師が詐欺師でもありうることを納得したうえで信じたいフィクションに身を委ねるしかなく、良くなったり悪くなったりする要因は無数にありさまざまな環境に影響をうける皮膚の状態が実際によくなったかどうかはそれほど問題とされない。アトピー性皮膚炎は現実への信頼がまやかしであることをまず患者につきつけ、フィクションとしての皮膚の状態をどのように自分に納得させつきあっていくかという気質を問われる。その関門を越えたものだけが情報をかきわけ民間療法との節度ある付き合いを果たし、自らが選びとる療法へのあいまいな信仰を遂げていく。

　朝晩と漢方を煎じたものを一リットルほどのみ、砂糖と油のつかわれていない食事を摂り、二度の温泉浴と三度の体操の組み込まれた入院生活を、かれはふしぎな穏やかさで過ごした。これは現在の私に回想される都合のよいフィクションなのだろうけれど、病や抑鬱に関係なく、かれはそこでようやく「私」をやめられる、世界にリラックスできていると、無責任な自己意識にうっとりして幸福だった。アトピー性皮膚炎はその短期間のみ見違えるようによくなったが、それは療法の成果というより急激に強度をあげたステロイド外用剤にその要因のほとんどがあったと、客観的に理解できているからこそ、かれは「かえりたくないなあ……かえりたくない……」そうおもうでもなくあまやかに過ごしている。

　こうして子どものころのあるようなないような想念をおもいだしてかいていると、当時ただしく「おもえていなかった」こともおもえてくるが、それは当時おもうべきだったことか、おもわなかったことか、区別はない。あとでおもいついてなにをかいても、それはかれが「おもうべきだったこと」「おもってもよかったこと」「おもいたかったこと」ですらなく、なにでもない、ただの塵芥のごとき想念にすぎなかった。こんなふうになにかをかくのはむなしい。そうして一週間の療養生活を終えて多少マシな症状におちついたかれは机に座って、首を掻いていた。ぱらぱらと舞いおちる皮膚片を片手で払うと、消しゴムが床におち、緩慢にそれを拾ったところで、「ふうん、こんなんもってるんだ？」とクラスの男子にきゅうにはなしかけられた。

あべという名字のクラスの男子だった。

かれはこわい。あべくんはイジメっこ特有の圧力にくわえて、いきなりなにをしでかすかわからない男子特有の防御的な爆発をも予感させるなにかが、情緒不安定な態度とか、ころころかわる演技的な表情にあらわれていた。かれはそういうのを敏感に察知した。いきなり大声をだすたぐいの人はおだやかな場のこえでもはっきりわかった。

「これって、もらってもいいやつ？」

「だめだよ。いや……いいよ」

「サンキュー」

あべくんは消しゴムをつまみ、蛍光灯にすかすように片目をつむってながめたあと。

「けっこきたねえな」

「……やっぱかえして」

かれがいうと、あべくんはちょっと意外そうな、びっくりした顔をした。そうして、すこし笑った。

「おまえしらないんだな。おれの父ちゃん、ひとごろしなんだけど」

「おかあさんをころしてそのあと十八時間も、おれを連れて車で逃走して、一週間前につかまったんだぜ」

　かれはしらなかった。あべくんがなぜ、かれがしらないことをしったのかも、しらなかった。なおもかれはなにが真実でなにが履かせられた下駄なのかわからなかった。あいまいにうぐ、というような声をだして黙っていると、あべくんはとくになんの決意も灯さない、前兆のない動作でかれの席のまえからたちあがりどこかへいった。すでにマスコミや野次馬が押し寄せる時期を終えて、かえって日常の顔をしていたころだったと、のちにこのときのクラスメイトであったあけちという名の男性がいっていた。インタビューとか、はじめてうけた、まだ昭和って感じだったかな。かれは衝撃をうけた。自分の一週間の不在のあいだにクラスメイトが「ひとごろしのこ」になっていただなんて。それできっとかいたのだとおもう。あべくんが転校して数ヶ月ほどたったころにきゅうに思いたった、それがかれのはじめての小説。自らの入院体験でえた言語化するにたよりない奇妙な恍惚と、そうした気分でいた自身の不在のあいだで両親がころしころされしていた同級生の描写を、とくに思惑もなくかさねていくようなかきものを。

　あべくんはよく、だれかの机を蹴り倒して中身をぶちまけたり、授業ちゅうに大声をだしたりしてクラスメイトを怯《おび》えさせたりしていた。あべくんの大声はどちらかというと理性的な、恣意的にだしているたぐいの大声だった。クラスメイトは「はやく転校すればいいのに」といった。かれはそれにも驚いた。転校はきまっているのだろうか？　きまっていた。一週間後に同県内を50㎞ほど北にいった土地にあるべつの学校に転校する。噂はあべくんのからだより一足先に、隣町の学校にも届きはじめている。ひとごろしのこ。あべくんはたしかにひとごろしのこだが、ひとごろしのこにむかってもひとごろしのほんとうの殺意はむけられたのだろうか？　あべくんはあっという間にいなくなった。そういうわけで小学生のかれは小学生のうちの数ヶ月前を回想して、私小説をかきはじめた。かいてみると記憶のなかのあべくんは真理にちかいくっきりとした輪郭をもっているのに、私としてのかれの自己同一性のほうがあやしくおもえてきて、ほんとうにそんな出来事があったろうか？とおもえてくる。あべくんに消しゴムを盗られかけた。あべくんはひとごろしのこだ。そのふたつをくっつけたら、それは詐欺師てきな嘘をかさねた世界を自分で信じているかのようで、かれは自分が生きている世界をはじめて疑った。私小説ということばは当時かれの好きな漫画家が「はじめての私小説」と帯にかかれた本をだしたからおぼえた。母親に「私小説ってなに？」ときいたら「自分のことをかくことだよ」と教わった。それは日記と違うの？

「日記は日付をかいて、その日のことをかくでしょ？　そういうのじゃないんだよ」

「日付はかいちゃダメなの？」

「ダメだよ」

　ダメということはない。

「夢はかいてもいい？」

「夢？　夜寝てるときのやつ？」

「そう」

「うーん……。いいとおもうよ」

　かれはその時点で、「だったら日記より私小説のほうが『ウソよりのほんとう』、日記は『ほんとうよりのウソ』だな」という認識をもった。当時も日記はむりだったが、私小説はすこしかけた。いつ終わってもよいというのが性にあったのだろうか。おもいおこせばある夜にとつぜん埋め込まれた異物かのごとき物語への愛憎が、物心ついたかれのからだにはすでにあったわけだが、その源泉や動機のようなものはわからない。比較的ことばが得意だ、という自負はあったかもしれないが、それはかれが作文をすらすらかける子どもだったからだ。なぜ作文をすらすらかけるかというと、大人が求めている空気の醸成が得意だったからだ。かれは作文が遅々としてすすまず、認識を遊ばせたまま固められない、一見怠惰とされる他の子どもらの態度が羨《うらや》ましかった。原稿用紙の二枚目を教卓へとりにいく動きに伴う誇らしさと同居して、かれはその文章にたいする自らの尊大さ、「舐め」のようなものが恥ずかしかった。かれは自らの舐めた態度が恥ずかしかったのに、生長するごとにますます色んなものを舐めたままおそれていた。ある程度社会に出て働けたりしたのも、そこには勤勉さというより周囲へのいわれなきおそれが子どものころからあったせいだとおもう。

　他のこと、たとえば算数や図工音楽や体育で、いろんなことに取り組んでいても、まったき忘我にちかいながい集中ができたのは文章だけで、ピアノを練習していてもあそびに没頭していても、いつしか私のことを考えてしまうのがかれはこわかった。このあと〇〇しなきゃいけなくて、じぶんはこういう風に考えてしまう傾向があるな……、給食をのこさず食べられるようになったのは小学校五年生になってようやくだった。などとぼやぼやじぶんのことを考えてしまうのがいやだった。まるで五十メートル走を疲労を感じることなしに、えんえん走りつづけられるような集中を、たまたま文章でえられただけだ。スポーツやピアノはつかれると露骨に思考がうつうつとしてくる、その疲労と集中のバランスがうまくとれなかった。

　小説を読んでいても小説をかくような集中は訪れないので、いろんな私のことばかり考えてしまいつらい。いくつかの本がたのしく読めるのは、他人にかかれた文章をある程度じぶんがかいたもののように読めるからだ。そのようにいくつかの小説をその時点でかれは読んでいたから、「私小説でも、かいてみようかな……」と寝る間際のあいまいな認識のなかで、ひとりでつぶやいた。子ども部屋の天井で、垂れ下がる電灯のヒモをみつめていても、すぐに眠れるような子どもではなかったから、子どものころの自分を俯瞰《ふかん》するようなイメージでかれはおもいだしている。私小説ならあべくんのからだのことを、あべくんの「身」に起きたことをじぶんのからだに繋げて考えられるのかな？　むろん当時のかれはそんなことは考えていない。

　そうしておもいだす。「かれ」として語られる物語のなかで。取り戻してみるとどうしてこれらの記憶を忘れていられたかのほうがわからない。鬱状況を挟むと記憶がおぼろげになるというのは慣れた状況ではあったから、おもいだすと同時に私はなぜ当時私小説をかこうと意志したのか、それとなく気づきはじめる。いま、当時かいた私小説の再現に執着し、取り戻そうとする認識に餓えているのも、そういった、なんとなくの……つまり、私の文章のルーツといえば大袈裟だろうが、はじまりというべきなにかが隠れているのだとおもう。

　フィクションに居心地のよさを感じ、つぎつぎとフィクションを求めるうちに私は、いつしか自分で小説をかきはじめ、物語を考えることに安住するようになる。私は私の育った環境を直截には反映させない作品を発表しつづけていたけれど、私は私の「おもしろさ」も「おもしろくなさ」も恥ずかしい。私は私と向き合えず、ただ恥ずかしいばかりでいた。そうした成熟しない私の思考にはだらしなさが目だち、他者への想像力に欠ける私はいつからかかくものを私性のつよいものから物語性のつよいものへ移行していき、じょじょに文章そのものが変わりはじめる。その時期にペンネームをさだめた。名字は当時住んでいた街の最寄り駅から。家族や生まれから、姓のもつ歴史から遠ざかりたくて、もっとも適当につけようとおもったからそうした。名前は私のいちばん恥ずかしい願いである「普通のノビノビとした健やかな男子になりたかった」という子どもっぽい願望から。いかにもサッカーとかやってそうな名前がいいなと考え町屋良平と名乗りはじめるとまるでペンネームに似にいくような小説をつぎつぎかいた。

いま考えれば、私はあべくんのことをフィクション的に「おもしろい」とおもっていたのだろう。あべくんはもう死んでいるけれど、当時はまだ生きている登場人物ではない人間であったというのに、私は自分のまだ思い出せていない小説のなかで、あべくんをもっと活躍させている。

それはきっと、このようなものだとおもう。

あべくんのおとうさんはおかあさんの腹部を十数箇所、家庭用の料理包丁で突き刺した。その後あべくんを引き連れてレンタカーを西に十八時間走らせたあと、滋賀県草津市にて広域緊急配備の検問にひっかかり逮捕された。あべくんは母親がこと切れる瞬間をはっきりとみた。あべくんのそのときの状況、情動、常軌をいっしたであろう精神状況はしるべくもないのだが、はっきりとあべくんはころされたくなかった。

　あべくんはころされたくなかった。おれの人生、もうどうなってもいいからだがいまこのおれだ、おれはクズもゴミも以下の存在だ、と徹底された自己否定のさいごに、それでもころされたくない、とおもっていた。だからまるでおとうさんの職場についていくときみたいに、助手席で十八時間ひたすらつき従っていた。おとうさんのようすはなにもおぼえていない。血に汚れていたはずの自分の手とからだもおぼえていない。いま考えれば、ぜんぶおぼえているべきだった。

「なんでおかあさんをころしたの？」

とあべくんではなくあべくんの友だちが、あべくんのおとうさんではなくあべくんにきいた。あべくんは「わからない」といった。

　あべくんは暴れた。なぜ一時引き取られた、近所にすむ伯母の家ではおとなしくすごし、よくいうことをききかわいがられさえしていたのに、学校ではあばれられているのかわからなかった。伯母は母親の姉だったから、ころされた妹との愛情とともにそだった幼少時代をいまも引きずっていてその心痛は甚だしく、幼いあべくんも同情してしまうほど痩せ細り弱っていたから、あべくんはやさしくしやすかったのかもしれなかった。やさしくしようとしてくるすべてのものに対しあべくんは暴れた。あべくんは伯母さんのつくってくれる料理がおいしくて感激し、たくさん食べたのでぐんぐんおおきくなった。伯母さんはすごく貧乏だったので豪華な食材を料ることはできないし、ずっとあべくんを育ててあげることもできない。あべくんは児童養護施設にひきとられることになっていた。すぐに皆あべくんにやさしくすることを放棄した。やさしい行いを完全に放棄すると途端になにをしてよいかわからなくなるのが私たち人間だった。夏休みみたいだ、とあべくんはおもった。まるでこの一ヶ月だけ、景色がまるでちがってみえることを、予めしっているみたい。世界が違うことをしっているうえですごす一ヶ月は、もう世界じゃないんじゃない？　ハハッ。そういって黒板消しを窓ガラスにむけて投げつけ、割れなかったガラスをモップで再度殴りつけて割ったが、だれもあべくんを叱らなかった。あべくんの人生に、だれも印象をのこしたくなかった。あべくんの記憶にのこりたくなかった。あべくんに印象を刻まないためのあらゆる努力を私たちは払った。あべくんの目に映らないためなら私たちはなんだってした。

　あべくんはひとりきりで勇敢に学校を壊した。どこまで壊しても、だれもそれを直視しなかった。一ヶ月がたてば、すべてを直そう。直される希望を前提とした徹底した壊しはまるでゴジラだったから、いまから考えると急にかっこよくなっちゃって、まったくはずかしいな。かれはそういうふうにおもいだした。あべくんにとってあたらしい景色とは、壊れていない部分をみつけて壊す学校のことだった。家と学校じゃない場所では世界がうつくしかった。川の水がつめたかった。雲と空のさかいがかがやいていた。そうしてあらたな学校の壊しかたをおもいついて、また視界にあるものを壊して世界を壊してゆく。そうした既定路線のグレかたがあべくんにとっていちばん居心地のよいものだった。あべくんはテレビドラマみたいなありていの登場人物に収まりたかった。

かれは一度あべくんが図書室で本を読んでいるところをみつけていた。雑然とし席がぽつぽつ埋まっている図書室の長方形の木の机のまんなかであべくんが、いっしんに文庫本を読んでいる。ストーブからだされる焦げたようなにおい。外はつめたい。かれはそのころ本なんてすきではなく、たまたまそこがあたたかい場所だから入り浸っていた。おなじ学年で図書室にいくのはかれぐらいだった。かれはそこで読みもしない本をひろげてぬくもっている。あべくんは真剣に活字を追いかけているようにみえた。小説をかいているとだんだんわかってくるのだが、小説を読んだりかいたりするということは、物語を現実のほうに引き寄せることではなく、現実を物語のほうに引き寄せていくということだ。どんなひとも、夢をみる。たとえば叶えたい夢があるひとは物語のちからで夢が叶った想像をえがき活力とすることもできるが、夢を叶えてしまったひとなら叶えていなかった世界を物語に託し夢みたりする。銀幕スターが駆け出しエキストラのころに食べたパンの耳みたいなエピソードを図書館は担っている。こうしたことは本のストーリーや内容とあまり関係がなく、読んでいる時間のなかでひとは、物語との関係を自分に置き換えて、そう生きえなかった自分の姿を想像することになる。その場所であべくんはひとごろしでなく、ひとごろしのこでなく、ころされるかもしれなかったこではなく、無垢のこになってことばを追いかけていた。いまになったらわかる。あべくんが本を読むなんて、当時はどうした風の吹き回しか、とおもっていた。ことばはひとを犯罪者にする物語より、犯罪者をひとにする物語に秀でている。それも暴力だって、かれはくるしかった。それでもまだことばになにかを教わりたい。ことばでなにかを気づきたい。だから小説をかきはじめる。あべくんは図書室を壊さなかったが、そのなかにある本を読むことでじつは図書室はとてもそこなわれていた。あべくんは将来ひとをころす。だれにもしりえない未来に犯罪者になるあべくんだったが、そうした汚れた手をもつ人間が本を読む、そのようにして図書室という場所は、人知外のやすらぎを人間にあたえているが、過ちは、暴力は鳴りやまない。ここでは読むことがもっとも暴力だ。読む記憶と生きる記憶が交ざりあって季節を繋げ、認識が風景をみせてくる。

　外では木枯らしが吹いて、ピィ！とネコが悲鳴をあげているような短く高い音がひびいていた。校庭では短パンに膝まで丈のあるベンチコートをきた子どもたちが、化学繊維をシャカシャカ鳴らしながらサッカーをしていた。かれはその日はサッカーをしていなかったけど、ときどきはそのサッカーに参加したことがあったから、かれらの足の寒さと、それ以上の汗の熱さがよくわかった。

　渓流にやぶれたホースめいた蛙卵からはみだすようにおたまじゃくしの黒い線がからだ

になってゆらゆら動き、沢の水にさしこむ陽光が曲がってゆるんでいた。さかなのからだが蛙卵を石や水草と区別せず尾で叩いて泳ぎ、そのなかでこどもたちが足を滑らせてころんで死ぬかもしれない遊びをえんえんつづけて、一日は暮れていく。あべくんが転校した日は一学期のさいごの日だったから、あべくんが伯母につれられてかえったあと、先生は「このなかの誰ひとり欠けることなく、元気な姿で帰ってきてください」といった。その声は先生が一年間した発声のどれよりも真に迫っていたから、私は自分の小学生のときにかいた私小説をかきなおしてようやく、歴史と法のからまりやすい紋切りのことばにこそ人間が感情をしんに情報として与えてしまう、それがつまり情報とことばの関係なのだな、と胸にあついものがこもっていった。紋切りと定型にこそこもってしまう真心に、あらがいたくなった。こうしてひたすら散文をつみ重ねる形式と、かぎかっこで対話する登場人物たちと、やらされているみたいな歴史性に出あってようやく、他人のことばに込められた情報の迫力にぶちあたってしまい、毎日が思い出みたいに懐かしいいま／現在の連続なのだった。すべりおちる時間に、共通の生き物らのからだがぶつかっていき、熱や気配をくみかわして情緒が更新されていくのだから、川で遊んだこ、海外で誘拐されかけたこ、ポケモンカードの大会でひとり新幹線に乗ったこ、家にとじこめられて一歩も外にだしてもらえなかったこ、ひたすら中学受験にむけた勉強にはげんでいたこ、サッカークラブのレギュラーあらそいにやぶれてサッカーをあきらめたこ、すべてのいま／現在がかさなりあってあべくんは将来ひとをころす。かれは小説をかきながら、ことばを探して代わりにだれかをころして活かすことをくりかえすような業に、ある日夢をみてあべくんのことをおもいだし、みずからのかいた私小説の内容をおもいだすのだが、あべくんがあの日図書室で読んでいた本と、本を読んでいたあべくんにふりそそぐひかりか闇のどちらかに似た気配のようなものと、そのあべくんを眺めている自分のからだをえぐるカメラと、天井からふたりを等価にながめる演出とを、どうじにあじわうようだった。床は重力にさからって肉のように体重をささえたし、紙をこする黒鉛が机にまちがった痕跡をのこして、かさなった表面を彫刻刀で友だちが削った。子どもたちにそれぞれ夜がおりていき、眠りにおちるとみんなが小説になってからだの骨が皮膚をおしてとめどなく生長する。そうしてからだを読まれて、だれかがだれかを殴るとからだは治そうとし、つよいショックが小説の文体を担保した。床にこぼれた血をだれかの雑巾がすくい、「さわってはだめ」と先生に腕の内側をきつくつかまれると、その感触がはじめての恋人に再現されて感情が制度に捕まる。あべくんが諦めたすべてのものが、ひとをころしたあべくんを捕まえにきた。制度と慣習が、あべくんを閉じこめてあんしんしたが、あべくん自身もようやくあんしんした。おれは人間だったのだから、こんなふうに人間のからだをそこなって、はじめて本を読むみたいに元にもどることができたから、だれかのかなしみさえ、もう希望にも絶望にもつながらない。あらゆる接続からはぐれてしまっても、足のうらからあたまと指の先まで人間だったのだし、蹂躙《じゅうりん》と救いの連続からは逃れられない。暴力のことをかっこいいと持《も》て囃《はや》すマーケットに、暴力をラッピングして売り渡す集団としてグレていく時間を人生とし、とおい国でだれかをころしてきた指先で乳首をこねられて、快感にむせいだ声で時間を遡り、兄弟に命令してまただれかをころすよ。もっとたくさんころせばよかった。たくさんころしたいこと以外なかったし、自殺とはちがうよ。虐殺と自殺がちがうのはあきらかなのに、おれだけが死ぬのはおかしかったでしょ？　あべくんがかれにからだをとおして語ったことを、こうしてかき加えていくこともほんとうにズタズタになる。季節の変わり目に友だちに、

……　だいじょうぶ？　ご自愛を〜

とメッセージするのとおなじデバイスで清書とかき直し、かき加え、つくりかえをおこなっていって、ようやく性器がつながれるみたいに、だれしもが他殺の生をあらためてみつめて、カタストロフの大地を踏みしめる。それぞれの足のサイズで、明日の虐殺を夢みて眠るんだ。もう語彙《ごい》がせまくなってしまい囚われて、私は逃れられなくなってきた。あべくんをきよい魂に戻したい。これはあとからしったことにすぎないのだけど、あべくんがひとをころしたのは二十二歳のときだった。これは私が小説家としてデビューした年齢の十年前なのだが、同級生としてあべくんのことをかいた過去の私小説にも私が将来小説家になること、あべくんが十年後にひとをころすことはかかれていた。ぶよぶよの細部を

ふくんだ文章を、思い出を複数のからだに仕舞い込むみたいに、かき換えていく。あべくんが大人になって半グレや指定暴力団組員のレッテルをその都度往来し立場を変えるあいだじゅうけっきょく愛情をいだくにいたった私怨のない一般人の恋人をころしてしまった。「足」を「洗え」といわれた。その理由が国家婚姻制度に荷担することだったのだから、相手が自分を無垢にもどしてしまいたくて、しかしあべくんは少年の日に、まだだれも死ななかったころに、ひとをそこなうことなく暴力的に子どもらで触れあっていた日の記憶がこわかった。電車のなかで、ヒーローごっこやプロレスの延長で相手に小突かれたり絞められたりして、いつのまにか夢中になっていて周りなんかなにもみえないし、怒られても、止めようにも止められない。お互いのことばが通じないところまでいっていて、暴力だけが会話だった。そんなだれしものからだにある言語が社会に矯正されていくのだけど、あのときほどに通じあうことなんてもうないのだし、むなしいだけ。いちおう声はだしもしていて、「ヤメロー」「いてえ」「うーん、やだー」等の発話がだいぶおくれて相手につたわっていて、その遅れはとてもやさしいのだったから、即時でことばがつうじてしまう大人どうしはこわかった。それは社会的同意のもとでのみつうじあうことばだ。そうした同意なしに私たちが即時のコミュニケーションを行うのはむずかしい。文脈をつくろう。それが加害と蹂躙の文脈になる。そのような延長線上でじぶんのからだが大きくなって汚くなり、腐り、本を読むみたいにあのようなおそれのないからだ、加害の歴史に繋がるまでの放たれたからだ、そんなものは殺人者でなくともいまはもうないとおもえる。そうした実感が愛情とつながっていくがごとにいや増し、女性性がむこうからささやく浄化へのあまい魅力に、胸の皮膚の一ミリがふるえてあわだった。無垢が心臓をパニックにしていて、そうしてあべくんは恋人をころしたのだった。あべくんが死んだ八年後に同窓会で再会した私たちが、「すごく腑におちるニュースだったよね」と六杯目の青リンゴサワーで口にのぼらせた。

「いなくなってよかった」

「そんなことといっちゃだめだ」

「でもここにいるって、想像した？」

「できない。そんなん、ありえないし」

「いいところもあった」

「でもすごくジャマだった」

「みんなジャマっちゃジャマじゃない？」

「やさしくすればもっと違ったいまがあった」

「なんになる」

「やさしくしたところでなんになる？」

なんになる？　よくあることだった。身にふりかかるゴシップは戦争前の自分たちのからだに連なる。そこにいないひとの特徴をあげつらう情報交換に、悪意も善意もなく、混ざったものがひととひとのテレパシーとなって醸造されるあたらしい言語に、私たちは夢中になった。新語だ！　あたらしい認識は癖になる。どんどん芸術を！　発明を！　そうして口さがない歴史的ゴシップが私たちを徴兵して、あべくんは代表してひとをころした。小説をかいていて、小説をからだの内側に抱えながら日々を生きていて、夢をみると、小説がどんどんからだを得て、思い出みたいに感染する。とおくで繋がった加害意識と、近くで繋がった被害意識と、その表裏一体で抑鬱にとじこもり、やすんだあとで社会にひらいてかれらのからだは元気になってゆき、あたらしい物語を呼んでくる。その物語は危険！　かれは小説を連れて旅行へいき、インドへいき、北九州へいき、北陸へいき、台湾へいき、その旅にも小説をつれていき、「すくすくとおもしろくなっていくね」と小説自体が発話した。

「そうだといいけど……」

「おもしろいよ」

「でもダメな小説かも」

「ダメな小説なんてあるの？」

「あるよ」

それは可能性を遂げられなかった小説だ。かき終えるために、或いはかく前から着地する認識がきまっており、そうするとどこへ着地するかきめていなかったとしても、適切で安全な場所にアクロバティックに足裏をそろえるよゆうさえみせつけて、私たちをエンターテインする。そうした認識の安全運転が、経験とマーケットが小説を既知にするよ。

「そうなんだ」

と小説はいった。あべくんはかれのかいた小説を読んでいた。

これはかれのかいた二度目の私小説のほう。十八歳で大学受験に失敗しフリーターとなったかれは、数ヶ月のバイト代から交通費を捻出しはじめてのひとり旅へ赴く。日帰りで新花巻のそのころにはもう存在しない、幼少期に入院していた星の丘クリニックの跡地をたずねるというプランは、埼玉県越谷《こしがや》市というめだった文化的施設のない観光むきでない土地に育ったかれの気質に起因していて、感動のない特徴のない道をあるくのがなによりすきだった。東北・北海道新幹線の停車駅であることが不思議なほどさびれた駅周辺にひろがる巨大駐車場は、かつてこの地を観光都市へ舵切りしようとしていただれか地元の有力者がやぶれた理想の名残だとタクシーの運転手はおしえてくれた。新花巻から星の丘クリニックまでは距離にして十三㎞ほどあり、行きで力尽きたかれは訪れた跡地近隣の飲食店にタクシーを呼んでもらい新花巻駅へもどる。歩いている視線からもタクシーの車窓からもとくに特筆すべきもののなにもないような田舎道で、ある一軒家の庭につながれた犬のリードが低木のてっぺんに括《くく》られていて、そこから七メートル程度の直径を底面積とする円錐形の領域をいきいき散策していた。そうした旅程とそこから追想される子どものころの感興をしるしたのが二度目の私小説だったから、一度目の私小説と二度目の私小説は関係しあい、それすら一度目のかきなおしといった構想が当時のかれにあったかもしれない。小説がいうには、その旅行からもどって一ヶ月ほどあとかれらが十九歳のとき、地元の駅の、エスカレーターの乗降場であべくんと再会しており、しかも話しかけたのはかれのほうからだったということで、かれはひどく驚いた。

「あべくん？」

　するとあべくんは、「おおー！」とかれの名を呼び、おぼえられていたことにかれは驚き、そこによろこびをかんじた。うつうつと日々をただやり過ごすだけだったかれの当時にとっては、そのよろこびはこれこそ「よろこび」、うれしさおいしさたのしさとも微妙に隔たる、まったき純なる「よろこび」の感情だったと、かれはそうかいている。小説がそう証言すると、小説はその当時のかれらの会話を再現してみせた。

「久しぶりじゃん！」

「うん。えー、このへん？」

「ん？　あー、このへんこのへん」

「ほー」

「そっちは？」

「おれもこのへん」

「へー。なついなー」

「ほんとにー……」

などと特記すべきこともないほどに、突発的な再会に伴う会話というのは、情緒にとぼしいものになりがちである。そうしてその場にたちどまり、通行人のジャマになるのはあきらかでありながらかれらは去りがたく、ふたりの意識が混交してゆく。そのようにぼうぼうとした情緒で、意図も意志もなにもないような状況でかれは「おれ、小説かいてるんだ」といった。

「小説？」

「うん。小説」

「小説家になる？」

「なる？　なりたい？　もういちおう小説かいてるし」

「じゃあもう小説家なの？」

「や、それはねえ」

「まあまあ」

「ま、でも、かいてるんだよ」

「へー、読みたいな」

「ほんと？」

「うん。まじでまじで」

　とそこでごまかし笑いのような表情でかれが「またー……」といい、小説がいうにはつぎにかれが「読んでくれる？」といったり、じっさいに連絡先を交換したりすると、かれの小説をほんとうにあべくんは読み、「あべくんも、なにかかいてみたら？」といった一言を真に受けて、あべくんのからだは変わりはじめる。


　いつしかあべくんがガラケーのメール画面でかき連ねた散文は、あの日の地元の駅の気象を描写し、においを描写し、知覚をひろげ、つつまれる空気がかわっていく。あべくんのからだのこまかい細胞がひかり、無垢が痛みはじめた。文章をかくことで、べつの文章と接続され、その延長線上に他人のからだがあり、暴力で繋がった。ひとがかいたものを自分がかいたように読み、自分がかいたものをひとがかいたように読む。そのような営みの果てに対話するあたらしいからだが生まれ、あべくんは読み／書きする度にそのからだを呼び覚ます。そのちかしいからだのことを「文体」と呼ぶと小説はあべくんを笑った。

「仰々しいなあ」

「そう？」

　まるで「文学」みたいだね、というと、小説はあべくんとハグした。その体温があべくんに無垢をおもいださせ、ころした恋人への慕情がからだにたかまると、暴力があべくんをいつの日もあんしんさせたので、何度も何度も女を刺した。もうイノセントでなんてありたくはないし、図書室の思い出なんてほんとうはなかったことにしたい。なかったことになりたかった。なにもかも、なかったことのように。

　それからかれは小説家になる。その数年前、ペンネームをさだめて物語へと舵を切り、これからしることになるあべくんの殺人をからだはわかって、ぶつぶつと細胞がジグソーパズルの、極小のピースみたいに破れてはがれていく。ジワジワと地面に溶けだしていって、殺戮《さつりく》がからだから土へ戻っていくと、もうこの世にいないあべくんのこととあべくんがころしたひとのこととあべくんの親がころしたひとのこととあべくんの親のからだのことをホロホロと、からだが呼び覚まして果しなくなり、小説をかいていくための愚かさに魂を売るようにして忘れた。そうしてふつうに生活をおくるなかでさらに文章をかき、夜には夢をみる。夢のなかで罪をおかし、朝にはさめる、そんな普通を夢みて、あべくんは夢にねむる。

　かれはそのようにあべくんに渡した二度目の私小説のつづきを、あべくんとの再会で閉じるかたちでかき終えた。元のテキストはもうどこにも残っていない。

　ここまで考えてきてやっとおもいだした。私のクラウド上に残っていた、「小説」と題されたスケッチばかりの三十三の散文、あれをかいたのはあべくんだった。あらためて私はいまはもういないあべくんがのこした文章を読む。それは小説家になった私の「文体」に似ていた。さいしょに見つけたときに自分のかいた文章とまちがえたこともこれならわかる。あべくんの文章が私の文章に似ているのではない。私の文章のほうがあべくんの文章に似ていったのだ。あべくんが文章をかきはじめる動機こそ私が与えたものだったが、ゆくゆく送られてくるあべくんのかいた描写のもつ質感、記憶のような手触りのある「感じ」にあこがれ、物語に呪われていたこのからだがじょじょに言葉にもどっていくように、商業作家としての私の文はあべくんのかいた文に近づき、模倣しつくりあげたものだとはっきりわかる。そして私が小説をかき始めた初期衝動もあべくんという実際にいた同級生が巻き込まれた殺人事件のつよいフィクション性に感化されてのことだった。小説家になって毎日小説をかき小説のことを考える、そんな生活があたりまえになることで忘れ去られた、あべくんの文章によってもたらされる記憶をおもいだす。まるで「私の文体」のような顔をして得意になり恥とともに忘れていた。そもそもが他者から奪った言葉でかいている。商業作家としての私はすべてあべくんから奪った文体でできているのだった。

　小学校の同級生であるあべくんと十九歳で十分だけの再会を果たし、その後文章を交換する、その記憶を私は小説家になり自分の小説をかいていくことですべて失っていた。物語に呪われるように小説をかきつづけそれ以外を抑鬱ぎみにすごす、そうした時間の果てに関係のない夢をみてようやくおもいだした。他者の文体を盗んだこと、その体験ごと記録されているいまの私とは似ても似つかない文章でかかれる二度の私小説、小学生のころの同級生が巻き込まれた殺人。こうした記憶をきっと私はすすんで、嬉々として忘れていたのだろう。このような都合のよい忘却が他にもきっと無数にある。

　それから十八年の時がながれ、小説家としてスランプに陥り、もう二度とまとまった物語などかけないように悩んでいた私はそこで天啓をえた。ここまで自身の二度の私小説を再構築するようにかいてきた短編小説、ここから先はあべくんのかいた「小説」として保存されている文章を素材としてつかい、それを基にあべくん自身の人生を追って物語にしていき、かれの人生をかくことでつきまとう私じしんの物語もかけばいいのでは？　私だけの想像力では限界がこようとしている、量としても質としても、これ以上はかけない、この小説もなにかべつの「私らしい」小説も。まもなく閉じようとしていた小説の可能性が息をふきかえし私はみるみる陽気になっていく。もともとあべくんに似にいった私じしんの身体を、私だけの身体に戻すようにして、ながい物語をつくれば、私は……、もしかしたらもう私ではない、私として残るものなどなにもないのかもしれない。商業作家として剽窃《ひょうせつ》した文体でかいてきた私を引いてなお残る私なんて私にはない。それでも、受賞後にいくつも頼まれている長編小説をものすには、こうした息のみじかい想像力に頼った短編小説をどれだけかいてもけして追いつかないのだし、それに私はもう二度と、長い物語などかけずに消えていくのだとおもっていた。

　こうして私はもう死んでいるあべくんの文章を剽窃し、長編小説の素材とすることを決意する。剽窃……たしかにそうなのだろう、けれど、こうしたあべくんの文章は私がかかせたものだから。私がいなければあべくんは生前文章をかかなかったのだからそう、それは私のもののようなもの、というより、私のようなもの。きっとあべくんのことをかくことではじめて、私は私じしんのことがわずかにかける。あべくんについての物語をかけば、そのついでにあらわれるような私こそ、ほん（とう）の私なのかもしれない。

　あべくんののこした文章には固有名詞や登場人物などがほぼあらわれず、物語を規定するエンジンにはとぼしい。だからこそ、解釈次第でどこにでも当て嵌められる、どんなフィクションにも対応できうるものだとおもえた。いま／現在の自分のかく文章に似ているから、すでにある面影を延ばしていくように、想像力はひろがり、設計はぐんぐん組みあがっていく。かつての私がかいた二度の私小説を復元させたこの短編を素材とし、あべくんのかいた散文を組みこむことで長編につくりかえ、その両者に挟まれる私じしんの身体を差し出し、ここまでの私を葬るようにかきすすめた先に終われる私を探していく。

2

掻き壊した皮膚が滲出液をうみ、乾くとパリパリと黄色くかたまった組織がこぼれ落ち、ひび割れの輪郭がうかびあがった。そこにガムテープをはりつけ、ビャッと一気に剥がす。糊に付着したしろい塊がいままで私だったものだった。子どものころのアトピー性皮膚炎にまつわるさまざまな場面を回想することに奇妙な恍惚をおぼえるのだが、ステロイド軟膏を適宜塗りたくり、大人になって免疫力がたかまっても子どものころ掻き壊した部分は黒く色素沈着しており歴史がある。しかし重篤ではない皮膚疾患がからだに刻んだ影響をわからないまま、入院療法で症状が多少マシになった一週間をブラックボックスとして、病は病としての独立した記憶が培われ、どこか懐かしいのだった。アレルギーが派生した喘息の発作にくるしんでいても、息のできないそのピークでも自分の体力の弱さから来るこうした症状をきちんと不幸がることはできなかった。

「かわいそう」

といわれると、あわただしく「かわいそうじゃない」というこえが反響する。さいしょは「かわいそうとかいっちゃダメ」という大人かあるいは大人びた子ども、そこからかれ自身の声色となってひびく「かわいそうじゃない」。そしてかれは病が恥ずかしいままだった。


ただしくは「かわいそう」のあとにあわててかさなる「じゃない」の声に恥の感情がある。それを「かわいそう」のほうに繋げたがる性質が人間にはあるのかもしれなかった。

「かわいそう」の宛先は「私」ではないのかもしれない。換言すると、「かわいそう」「かわいそうじゃない」の往復には「私！」「私じゃない！」の往復にちかい感覚があり、憐れみと恥の情動は癒着して切り離せない。あべくんが後に傾倒することになるジャン・アメリーの文章を先んじて引用することへの恐怖じみた感慨はあるものの、

> 正確にはアウシュヴィッツ＝モノヴィッツ強制収容所である。だからこの本には、心ならずも「私」をしばしば登場させなくてはならないだろう。「私」への愛着はともかく、他のもので代えがたいときは自分の個人的体験をあてるしかない。

「かわいそう」

あるべき主語のわからない病へのことばが「じゃない」の反響を充分にふくまなかった幼い私のうちに限ってかれは「かわいそう」に奇妙な撞着をしめした。そうしたことは小学校高学年から中学生のうちに集中していたようにおもう。

あべくんにも「かわいそう」といわれたことがある。記述ではなく私は記憶をしている。膝の裏を掻き壊した小学生の私はまっすぐ立つことができず、いつもゆるく膝を曲げてあるいていたので渾名のひとつが「機械《マシン》」だった。首に剥がれた皮膚片が垂れ下がっていて、引っ張るとまだ痛い、まだ私に繋がっているアタリがあって、全体がごわごわしている。

あべくんに「かわいそう」といわれると、私はおかしな気分になって「ありがとう」とおもった。母親を父親にころされた、あべくんこそがかわいそうな子だったから、かわいそうな子にかわいそうといわれてありがとう、みたいな錯綜した情緒になっていた。あのときあべくんはしんから、主体や自己同一性から離れたところから「かわいそう」といったのではなかったか？　そして宛先も「私」というより、人間普遍にやどる「かわいそうさ」そのものだったのではないか？　だとしたら、

「かわいそう」

「かわいそう」

と、おなじように返してあげればよかったんじゃないか？　そのようにかいていて、も

しかれがそう応答していたら、まるで未来が変わっていたようなあまい空想をし右手の、小指のがわのはらが攣《つ》るようにいたんだ。気がつけばもう、何時間もかいている。インクが皺に染み込んで、紙より手のひらのほうが汚れている。あの時あべくんに「かわいそう」といってあげていたら、かくものもかわっていて、いまのようなフィクショナルに没頭することも、キャラクターにあまんじることもなかったかもしれないのに。

「くわー」

かきおえて不明瞭なつぶやきを河原であげると、汗がボタボタ垂れてきて、前頭骨が外れそうにいたんだ。このように初夏の河原で小説をかいていても、そこらじゅうに羽音をひびかせる虫たちが皮膚を食うことに無頓着なのは、かれがアトピー性皮膚炎に苛《さいな》まれて、からだの傷や痒《かゆ》みに鈍感な大人になったからだ。痛みには人一倍敏感なのに。だれかが「虫がいる」とおもてで災厄のような声をあげるたび、「だから？」とかれはおもっていた。痒いのはいつものなのだから、べつに虫にくわれても「だから？」

「かわいそうだけど、だから？」

発話したことのない発話が、黒ずんだ喉の皮膚から剥けるようにこぼれていく。あべくんはすぐに転校してしまったのだから、あべくんとの実際の対面は小学生時の一年半と、二十歳弱のときに再会したほんの十分のあいだのことにすぎないのだったが、「かわいそう」のあとにすごす時間と対話の無数のパターン、そこに差異があり何度もかき換えられた会話が四季を担保している。生き延びて、たまたまひとをころさずすんでいる側の業のようなものがありかれはあべくんのことを「かわいそう」「かわいそう」のあくまでも、反射してくるものとしてあべくんの物語をかれとしてかく。

「ほんのこ」の周囲にいくつも聳《そび》えたち、ぶら下がった電線がたわんで田んぼにくっつきそうになる、それぞれの鉄塔の真ん中に目があって覗きこまれている、見られているような感覚をかれはずっともっていた。もし電線にふれても、ビリッと骨に響きながら忍者みたいに飛びうつればセーフ。想像が稚気を帯びてランドセルと背中の隙間から身体がたのしくなると、すぐにヒヤッとつめたくこわくなる。ぬるい風の温度がかれの皮膚とおなじぐらいだったので、汗がじめりとスポーツドリンクみたいな感触でただ腕をつたって手指に移動した。短パンと靴下のあいだにしろい砂ぼこりがつもっており、かれは手に持った給食着のつまった巾着で背のたかい草を叩きながら帰路をあるいていたのだが、この世界にある植物や動物や機械や天気の、すべての事象のなんの名前もじぶんに繋がらない気がし、できるだけなにもおぼえたくないとおもって算数国語はよかったけど理科社会はきらいだった。なにしろこうした草花ひとつや虫畜生にしたって、ただ分類上の名前をおぼえるだけでじぶんに「繋がってしまう」し、それはぜんぜんふさわしくないこととかれはおもう。やさしくされたかった。

やさしくされたかったって、あべくん、いったいなにに？　だいたいは「しべつ」「ぼうりょく」「ギャンブル」「おさけ」「りこん」「こども」「しょうがい」「はんざい」なのだとおもう。子どもが「ほんのこ」にやってくる理由。そうした身分を振り分けるここにいるありかたの区別を、せんせいたちが管理するなにかの書類でたびたびかれは見た。かれのばあい「ぼうりょく」「しべつ」「はんざい」だったのだから、かれからの一方通行でいきつく先のない愛着はおかあさんにあっても思い出はおとうさんばかりにつもっている。ぶたれたり無視されたりしたのはむしろおかあさんのほうからで、しかしおとうさんがおかあさんをぶったりしていたのは知っていたから、おとうさんがおかあさんをころしたのは当然だったし、かれは「あべくん」と呼ばれてぎょっとする。

「あべくん」

その名字は繫がってないけど？　自分も未来に姓をつなげるつもりなんてない。名前なんてもっときたない。でも名前で呼ばれるとポワポワする。おれ、うれしいんだな。かれはうれしいとぎゅっと厳しい表情になって自分の指を睨む。この指の器用さがひとをころす。

「なに？」

「せんせいが」

そういって高南《たかなみ》さんがリビングをしめす。同い年でなにかとお互いへの指示をつたえあう高南さんが、せんせいによく「あべくんてこわいんだよ」といっているのをかれはしらない。じぶんに関心がないのだ。戸から数センチ覗く庭に緑の影がサッとよこぎったのでバッタかな？　するとよこにいた小林くんが「ショウリョウ」や、といったのでカッとなってかれは小林くんを殴ったことがある。

「いいきになるな」

とかれはいった。小林くんはまだ「ほんのこ」に来たてで、かれの暴力によって勝手になにかを学んだような顔になって、「ゴメン」といったがその後だれかに殴られたりするようなことはなかったので、小林くんはかれのことだけ気をつけるようになった。それで高南さんは「あべくんはこわいって」と小林くんにあとで教えたのだった。

「自分からなんかせんほうがいいよ。向こうからのときは平気」

「なにで怒ってるのかぜんぜんわからない」

「そういえばぼくまえの学校でもー」

「わたしは……」

「……」

　言い淀むみんなの暴力の記憶は言葉が淀んでいるのではなく身体のほうが淀んでいて主体は言葉である。親から教師から兄弟から同級生から私から振るい振るわれしたそれぞれの暴力が持ち寄られたのが「ほんのこ」で、そうしてみんなの暴力を振るわれた記憶がぐるぐる回って、さいごはかれがひきうける。

「なに?」とかれがせんせいに会いにいくと、「おお来た。な、大根むくの手伝ってくれる?」といわれた。

「いいよ」

かれは料理がすきだったので、ピーラーでサッサッサと大根の皮を剝いた。炊き込みご飯に入れたり、煮物にしたりして、また大根?と子どもたちにいわれるだろう。

「ねえ、ツナくんのこと」

「ツナはぶってない。あいつの好きなテレビ教えて呼んであげただけ」

「相手が痛いとおもったら、それはだめでしょ」

なぜ呼ばれたのか、わかっていた。朝ツナを泣かせてしまったからだ。せんせいが人参をイチョウに切りながら「あべくんだって痛いのはいやだろう?」。かれは黙っている。包丁もアメリカの映画で見るものでは先が尖っていなかったりする。なんでそこがそんなに鋭い必要があるのだろう? 教科書でしらべてもわからなかった。だんだん、意識が拙くなっていくと、台所で嗅ぐ夏のすこし、なまっぽいにおい。温度をもって臭くなった家のにおい。虫の気配が床をすくうようなゾワゾワしたきもち。

「あべくん」

「なに?」

「ううん、間違った。ちょっと待って」

「うん。もっとむいていい？」

「いいけど、これはあしたのぶんにするよ」

「あそう。ねえ」

　せんせいは痛かったことある？　死んでしまうみたいに、痛かったことってあるの？　どうして痛いっていっているひとのことばかり信じるの？　急にむしゃくしゃしてきて、大根を途中でほうり出して部屋に戻り、ドアをガンとしめ、机についていた小林くんがビクッとする気配にひひ……と笑いながら布団をかぶってぐるぐる空想した。鉄塔によじのぼってそこでひとり暮らしたら、十年でかれは無垢のこになって、「おかえり」「おかえり」とオヒシバ、コバンソウ、エノコログサがいう。そのためには料理が必要だ。太陽が近く、照り返す日差しとまぐあいあべくんのからだが熱いものになって、鉄を溶かす。変形させた鉄で先の丸い包丁をつくり、すこしずつ皮膚を削って食べる。じぶんを食べてすくすく生長すると、気もちがやさしくなってしまい困ることばかりだった。

　深い眠りのなかで未来にみちていたあべくんの身体は醒めそうになると歴史と国家にゆるく繋がっていく。かぼそくしかし頑強な糸が透明にかれを繋ぎとめ、夢を予言の域に引き戻す。かんたんなことだ。かれがおかす犯罪と、歴史がおかす犯罪とが繋がって映像をみせる。かれはこまる。だんだん鉄塔も成長し、電線のたゆみが深くまるくなると、ボールをころがしてとなりの鉄塔に伝書する。電線のいちばんひくいところは地面につきそうになっているから、そこで地上の人間に奪われたら、どんどん殺戮が、暴力が、自暴自棄が、土を犯していって繋がっていくから、そのことによって、歴史がうまれるんじゃない？　口さがないゴシップが、そのひとにキャラクターを演じさせて、成りたい自分に成ってしまう。名前をおぼえないように！　川は川だし、天体は天体だし、人間は人間なのだから、それはあくまで仮定の話で。つながりたくないんですけど〜〜〜！　あべくん、あべくん、かれは名前を呼んでみる。あべくん、かれはうれしい？　あべくん、あべくん、ころさないで、あべくん。小説をかくかれと、おおきくなったあべくんと、まだおかあさんと自分の区別もつかなかったかれ以前の乳児のあべくんがあべくんあべくん呼んでいる。だれかの冷えた身体に不意にふれて、「ワァつめたーい」とことば以前の反応をあげてしまった二回の記憶が、いまのかれを呼んでいる。片方はまだことばを発するまえのかれで、片方はもうすぐひとをころす未来のかれであったから、かれはフフフ……と機嫌がよくなり、足先があたたまってきた。かれは将来ひとをころす。

　ヒヒヒ……わらっているあべくんの寝顔をみて、コイツ、顔はおさないのに妙に暴力が似合っている、こういうヤツがあんがい更生して正論しか吐かなくなり、将来ボクシングを教えにきたりするのかな……などと最近あった集会の内容にかなり思考が影響されている小林くんに、「ねえ、ご飯だって、あべくん」と起こされて不機嫌な顔をしてみせつつ、胸のうちはなぞのよろこびでいっぱいだった。よろこびを表現する術《すべ》も資格もないと、いつもムスッとしているこのころあべくんの胸中にいっぱいのよろこびがつまっていただなんて、だれが予想しただろう。かれにはたしかなよろこびの才能があった。

あべくんのことをこのようにかいていて、かれのしるはずのないあべくんの転校後のことは、それゆえに細部が要請され、はりつめた気分に促されてぐんぐん筆が風景を集める。埼玉県羽生《はにゅう》市にかつてあったとされる児童養護施設「ほんのこ」をのちに訪ねたかれはその跡地に群生する動植物の名前と生態をつぶさにしらべた。すでに廃墟となっていたその場所をさぐりあてたあとで、周囲の風景を写真にとりアプリで草花の名前をしらべていき、その生きものらの季節ごとの生態などを記録しながら、あべくん自身のかいた文章と合いそうなものを探していく。しかし、どれにしても合うといえば合う。あべくんのかいたスケッチは、かかれた当人のコンディションや思想をふしぎなほど連想させない。この場所も文章同様、あべくんの元から離れて二十年弱、ほったらかしにされているけれど、変わったもの変わらないもの、それぞれがことなったかたちで場に記録されているのだろう。しぜん問いかけるかたちになる。この文はあべくん、いったいどんな感興でかかれたものなの？

よみかえすほどにふしぎな文章だ。悪文といってよいほど文法にとらわれない助詞や修飾を混ぜながら、たしかにある時ある場そこにあったものとしてのつよい感じがあり、それでいて詩行から抜粋されたものとはあきらかにちがう。こんな認識って、なんらかの衝動につき従いかかされるとしてもいったいなにに？　なにか、かれにはわからない私にはわかり、私にはわからないかれにはわかる不可知が読み書きする瞬間だけに交換されている。

かれは一時期ひとの性別がわからなくなっており、他者への認識がかなり制限されていた。とくにすきでもなかったおかあさんを「おかあさん！」と叫ぶ白日夢のようなものがあり、ころされてしまったひとから始まる蹂躙された認識があり、ズタズタにされた認識間が繋がらなくなってその影響が世界に広がってしまっていた。一応さん／くんの語のもつ役割と慣習の仕組みはわかったので間違えるわけではなかったが、声にだす一歩手前と、一歩後の認識ではさん／くんは混ざり合ってかれはなにかしらよろこばしい気分になった。中学へすすみはじまる性欲と社会性がわかちがたく結びつく時期にまで生長したかれは、同性にベタベタ触り気味悪がられたりもしたのだが、そもそも性差がハッキリするまでのほうが幸福感があった。両親のころしころされの過去がバレるのがこわいとおびえ、いっぽうで義務教育に守られたどの人間もかわいいと学校で野外で連日性交していた。いきなりキスをして拒まれ「なんで？」とかれがいうと相手は「なんでだっけ」という。一言一句おなじでなくともちかしいことをいう。その実かれが性差を混ぜこんだ瞬間にいわせている。

「かわいいのに」

かれがいうと、だれもトロッとした。男としてかわいい、女としてかわいい、かれの「なんで？」で性別などの前提でそういうのではないとぜんぶがつたわると、相手は「なんでだっけ？」という。制服なんでだっけ？　射精なんでだっけ？　結婚なんでだっけ？学校なんでだっけ？　国家なんでだっけ？　これはまるでかれがアトピーの治療に赴いた新花巻の入院先で体験した「私なんでだっけ？」みたいな感覚。ときどき混ざる。おもうでもないうすあまい認識の快楽によって、かれとかれがまざりあい、繋がって、交換される差異がある。そうした性差もなにもない射精の噂が口さがなく校内にひびきわたると、ついでのようにゴシップが、かれの父親のころしと、母親のころされがつまびらかになってすがすがしくなったかれははじめて女性をもとめはじめた。

その前までの、風景や人間や校舎や性欲や私が、どろどろと混ざった感覚。目にうつる気象が、水が、土が、動植物がすわっと身にこたえるような天体感覚。

「ほんのこ」の住人はふつう反抗に走るべきそうしたころに、異様にほがらかにやさしくなったかれのことを覚えている。その前まではただの乱暴者で、その後にはかんぜんに「ほんのこ」に寄りつかなくなった、そのあいだかれは思春期の発露としてめずらしく、ひととの距離がやたらに近くなりベタベタしていたからまるで十年退行した幼児だった。気もちわるいよと拒まれたらすんなり引きさがったものの、年下のこたちにすごくベタベタしていたかれの、呪いのような面倒見。そして「おかあさん！」。そのすぐあとに強烈な恨みとなる叫びの源泉が、そのころはよろこびに結びついた幻としてかれに内在していた。「おかあさん！」ゴメン、ゴメンなさい！

いっしょにころされてあげなくてゴメン。

性差と世界がいっしょくたになったあとでべつべつのものとなり、性器がのべつまくなしに勃起しつづける時期になるとかれは同性をめちゃくちゃ殴った。腹を殴ると胃のなかのものが口から出て、鼻を殴ると目から闘志が失せ、顎を殴ると身体から意識が飛ぶ、そうした快感は射精に似ている、というよりまったくおなじにおもえた。かれは人体に夢中に。校舎を壊すように人体を破壊することで目覚めた人体のおもしろさにメロメロになった。ただ接触が殴打じゃなかった一時期に、世界が私になっていたころのこと。性差のついでみたいに他人と自分の分け隔てなく、世界と身体の分け隔てなくおれがおれだったこと。かれはおぼえていなくても世界のほうが記録しており、草木がさざめく折々に「あべくん！」と叫ぶ歴史というものがあった。

「あべくん！」

かれを帰して。あべくん。かれは殴るとねむたくなった。「おかあさん！」拳がいたい。

「ゴメン！」え？　でもおれは……

「おれは」

「おかあさん」

「許して」

「許して……許さない」

「許せない、おかあさん」

「ころされる」

「ころされ、ころす」

「おかあさんをころす」

まだ生きているのはおとうさんのほうだったのに。叫ぶ行為の翻訳がいつしか変わってしまっていた。

あべくんとしてのかれが人体に夢中になるいっぽう、ペンネームをもうけて将来商業作家になるかれは、あべくんのことも私のことももっとも忘れているような時間をすごしていた。小説をかくかれとあべくんとの人生でわかれた約五十キロメートルの距離感で、かれがかいた二度の私小説に挟まれている時期だった。

つまり、私小説にはかかれない私を生き、くすんだ青春を謳歌していたかれだった。それまで男子とうまく話すことができず、女子とばかり話していたかれは十四、五歳の一年間だけ例外的に仲よしの男子というグループをもうけ、学校にいるほとんどの時間を笑って、部活やトランプやウノなどをしてすごしていた。受験をひかえていたので勉強もしていたが、ひととの会話のおもしろさを感じる、めずらしい一年となった。水面下では母親の長年の買い物依存症がはりつめ自己破産手つづきをし、離婚するときに父親に頭金を払ってもらっていたマンションのローンが支払えず一家は転居を余儀なくされたのだが、そうした事情がかれに告げられることもなく、かれは凡庸な中学生活を、非凡に憧れることもないまま暮らしていた。げんみつには両親は籍をいれておらず私生児あつかいで生まれたかれはかれ自身が二十八歳のときに母親のすすめもあって中野区役所にいき、戸籍に父親の名前をくわえるべく認知届を出した。あべくんはもう死んで六年がたっているがかれはまだあべくんの死をしらない。そのさい「認知される子はもうお生まれですか？」と聞かれることになる。あ、そうか、そういう人生もあるんだな……とかれはなんだか感にたえ区役所の窓口で自らのつまらない人生について一瞬かえりみた。届けは通常認知する側の者、つまり親が子の名前をかいて提出するのが通例で、とうに成人した男としておとずれたかれを戸籍係は当然に父親とみなした。たとえば家庭の問題にまっとうにグレたあげく不倫関係の子をしぶしぶ認知する二十八歳の私かな……居もしないクズ男を演じそうになったかれだったが我にかえり、「いえ、私が子の側です。その、子です……」と応えた。

学生のころは私生児という概念すらしらないまま母子家庭を気に病む感性すらとぼしかった日常のうらで周囲は色気づいていて、第二次性徴が異性を本格的に求める時期に多くの同級生がそれまでの性格を見失っているころ、かれはこの一年後からまた小説をかきはじめ、それは数年前にかれがかいていた私小説とはことなりどちらかというといまの私らしい、フィクショナルな小説だった。そうした物語はこの数年読みつづけてきたマンガと、テレビのバラエティー番組やドラマがつちかった要素だったから、それらの内容をことばにして友だちらに話す、この時期の主張のつよい会話たちがかれに影響を与えていて、だれかと話していたことをおもいだすみたいに、どこかでかかれた物語と似ている物語を再生産しつづけた。まだ憧れてもいない恋のキラキラとか、大人の自己愛を模倣した労働の達成感とか、そうした人間関係の伏線をせっせと回収していた。ほんとうには母親が依存とのつきあいを学びなおし、膨れ上がるカード決済のストレスにおびえてなぜだか夜毎三回も洗濯機を回しており、祖母とかれの兄との関係がどんどん悪化しているかれ固有の鬱屈という「かくべき?」材料もあったようにおもうのだが、「自分のことなんておもしろくないし……」「おもしろくない家族不仲なんて」「せめて殺傷沙汰でもあればねえ……」かれはそんなことはおもいもしなかったがテレビのドラマチックにだいぶ毒されていた。

　アルコールに酔ってテレビに毒づいたついでに兄に対してなにかしら「なってない」ことを怒鳴りちらした祖母に、激昂した兄がコードのついたままの炊飯器を投げつけた夜、それが頭部にすこんと命中するパラレルワールドを夢にみた。しかしその展開は、「おもしろい」だろうか……？　救急車ではこばれた手術室で一刻の猶予を争う夜の帳《とばり》。現実にはてんで見当外れな方向に逸れた米の入ったままの炊飯器と、祖母と兄の怒声はかれにとって日常そのもので、これも果して「おもしろい」だろうか……？　祖母は娘、つまりかれの母にたいして極めて執着のつよい人物で、認知症状にくわえアルコールと娘への依存がブレンドされ三日にいっぺんは家族のだれかに怒鳴っていた。兄はいちいち怒って反抗したがかれは無視して怯えていた。そんなのは普通だったのだろう。すくなくともかれはそうおもっていたから、あたりまえの日常や生活がエンターテインメント性のないストレスとなってアトピーや喘息の発作に結びついた。しかし病においてもそれなりの労苦でしかない。つかの間呼吸ができなくても膝が伸ばせなくても、こうしてかくほどには辛くない。なぜならかれのストレスがおもしろくないからで、おもしろくはないストレスを、行き着く先のない愛着を、かれは問題にしなかった。そのような情緒はまったく主人公や語り手にむいていなかった。自分の人生においても、他人のようだった。世のなか、おなじ星のもとに生まれもっとつらい境遇のひともたくさんいるし、仮にかかれた物語としてその境遇に憑依《ひょうい》するのなら、より重い状況のほうがどうせ、読者はおもしろいのでしょう。そう、たとえばかれ、あべくんのようにね！

かれは喧嘩がすきになったので「ほんのこ」に帰ることは減り友だちの家を転々とするようになったのだが、だんだん、不良やヤンキーと呼ばれる気のいいやつらはたんに連帯や挑発がすきなのであって、それは暴力へのロマンがフィクション化したものにすぎず、人体への愛とかではないんだな、と気づいた。率先して殴りにいくかれはまつりあげられて、しぜん周囲の人間がかれを立てていき、ヘッドだのリーダーだの団長だのといわれ崇拝されていたのだが、かれ自身は不良でもヤンキーでもなかったので、周囲の人間の反抗やグレといったまっとうな愛着に引いてしまっていた。どんなに家が不幸でも、天涯孤独でも、なにか「かえれる先」があるようで、そんなことは当時おもわなかったにせよ、グレ方に違和感ばかりおぼえている。そのように引いているといつの間にか周囲に大人たちが混ざっていて、

「ぼうや、家帰らないの？」

「家？　帰らないよ。もう『ほんのこ』じゃない」

「ほんのこ？　きみ、ひとを殴るのがうまいな」

「そう？　うれしいな。殴られたい？」

「は？」

「おじさんも殴られたい？　べつにいいよ」

すると大人はきゅうに凄み、かれには聞きとれない声をあげてかれをねめつけたがいま

ではそれが人体への愛を具現化させた声なのだとわかっている。暴力を専門とする人間の、しかたなく殴らない代わりにだした表記化のむずかしい恫喝の声だったのだから、かれはその声を真似して、「ほんのこ」で試してみたら高校生の喜代子《きよこ》が「おまえはいつもそんな声だよ」と感想をつたえてかれをガッカリさせもし、しかし誇らしくもあったのだった。かれが暴力の声を止めて「そう？　信じがたいことだわ」というと、喜代子はかれにキスをした。

「だめだよ」

といった。わからない。かれはもう一度暴力の声をだしてみた。喜代子はひるまない。

「そっちはだめ」

「なんで？」

かれは喜代子を殴った。もうだれも騙せず、またかれ自身が騙されなかった。その頃には不良やヤンキーにすっかり疎外を感じるようになり、すぐに殴るかれのほうが「やめて」「そういうのやめて」ということが多くなった。たとえば、周囲の人間がかれの殴りがいかに凄いかを説諭的に口にしているときなどに。

「てめえあべくんの実力……」

云々云々

「あべくんがキレたらどうなるかわか……」

云々云々……かれは「やめてよ、ほんとに」といった。そういうときは声で殴る必要はなくすぐに殴ったほうがよい場面だったので、無駄だろうそのシーン、おもしろい映画だったらカットされるだろ、ヤンキー漫画じゃないんだからさ、とひんやりしていた。

これは現実なんだから。


あべくんがそのころ仲良くしていたのは成績がよくおとなしい子ばかりだったという。かれが施設に帰らずに仲良くなった友だちの家を泊まりあるいて、顔に怪我していると枕を汚してしまうので、顔はなるべく守ったがもちろんいつもそんなふうにはいかない。この時期仲良くしていた男子にたけしという名の同級生がいた。もっとも殴ることに夢中になり昂るとただ暴力に集中するこの時期のかれだったが、当時よく泊まっていたたけしの家でおかあさんが、「あべくんとつきあうのはやめなさい」とたけしにいっていても、かれが顔を怪我してやってくると傷を消毒液で濡らした。

「つよい皮膚だぞ。すぐに治っちゃう」

おかあさんがいうと、かれは「そんなあ」という。

「おかあさんに消毒してもらったからすぐだな」

「あっ、触らないように」

「おかあさん、おれ、この家がすきだから、迷惑をかけてごめんなさいね」

「迷惑だなんて」

そんなあたりまえのこと。かれが生きているだけで、どれだけ世界が迷惑しているだろう？　でもつよい皮膚、若い体力によって勝手に治る傷だって、治してあげたらやさしさになるし徳になる、殴られる機会が増えたほうがいいんじゃない？　また勝手に繋がっていく、母性フィクションにつつまれて心地よく。

あべくんのおかあさんは幼少期のあべくんを殴っていた。おとうさんはどちらかというと「殴るなバカ。おまえはほんとに、おまえの両親はほんとに……おまえのせいじゃない、おまえのせいじゃないけど」といった。おとうさんがあべくんを抱きしめた。殴られてグーンと成長！　あべくん機械だぞ！　メカだぞマシーンだぞ！　ほしが屋根と並行にきらめいて、たけしとベランダで望遠鏡をのぞくと、「べつのほし！」「でかい！」昼間にふたりの同級生を殴って顎骨骨折、鼓膜破裂、内臓損傷とのしていったかれが、友だちとワクワク夜のした星をながめ、「さむくない？　おれのジャージ着る？」と友だちを労った。そんな傷だらけのあべくんにいわれたくない、たけしは「ありがとう、だいじょうぶ」と断った。

たけしのおかあさんはかれの血液のついたタオルにオキシドールを希釈した液体をスプレーして、ジュワッと泡だつのを眺めている。息子の友だちに、「おれこのタオルすきだから、捨てないどいて」といわれ「もちろんよ」と応えたときにもう来ないで、来ないでほしいとつよくおもっていた。しかし、このように数ヶ所に血染めをつくる枕で眠っている、息子の友だちのほそい腕は針金にひらたくしろい餅を張りつけただけみたいだったが息子がいうには「大勢倒す」「あべくんはすごく不良というわけではない」「殴る以外はふつう」「でも気を失うまでは殴る」。父親に母親がころされている。おかあさんは息子に「暴力をかっこよくいうのはやめなさい」といった。

「なんで？」

「かっこいいことをかっこいいというのはだめだから」

「えー、なんで？」

「かっこ悪くなるからでしょ」

そんなことだったろうか？　ほんとうにいいたかったことは。かれの寝顔を一度だけみたことがあった。

「たけしのおかあさん」

かれはいった。

「たけしは？」

「もう学校いったよ。あなたがいてビックリした」

かれの顔には三種類ある。殴られた顔、殴られた傷がなおりかけた顔、なおりかけた傷の上からさらに殴られた顔で、そのときは真ん中だった。まぶたの上の腫れがすこしだけ黒目を泥つかせて、くちびるの内側がめくれているみたいにチラ見えていたが、比較的無傷に近い顔だった。

「ふうん、なんで起こさなかったんだろ」

「わかんない。たけしも遅刻寸前だったしわたしもろくに会わなかったから」

「たけしのおかあさん」

かれはがばっと起きて服を脱いだ。枕に巻いたタオルはしろく、素材の反発をふっくらあらわしている。かれの体重がつくっていた布団のへこみが戻ってゆく。

「掃除する？　おれいくね」

「どこに？」

「学校だけど」

ほんとうに？

おかあさんは持ち上げたままにしていた掃除機を床におき、あべくんの体温ののこった布団をたたんでゆっくり息子の部屋を片し、いつの間にかいなくなったかれのことを掃除機をかけているうちに忘れた。

かれのほんのこどものころ、おかあさんはあべくんをたびたび公園に置き去りにした。それはほんの遊びのつもりだったが、かすかに保たれた理性を縫うようなノイローゼがはやく狂気的な域に達しないかと、急いでいたふしもある。だれかがさらってくれるかもという気分があっただろうか。実際にそんなことが起きたら耐えられないことはわかりきっているのに、それゆえに起きることを期待してしまうような。だれかが助けてくれるかも、そうした時間は子どもと母親が一体化するどちらのものともいえない気分だった。すぐに迎えにいき、また置き去りにし、迎えにいっていたら、かれはだんだん愛着がさまよいだした。まだことばも発さないころからの言外で、全力で抱きしめられにいくようなことはためらわれて、自分がここに居ることとここに居てもいいことに疑いがあった。砂を弄《いじ》りすべりだいをすべっても、戻ってこない母親の存在が自分のなかでふつふつ分断していって、自己同一性がたかまっていき、一体であった母子が強制的にひき剝がされて、この世界にひとりという気分に、表現という概念もまだわからないうちになってしまい、泣くことも減って、無表情に世界に埋没していき、水に浮かぶカルガモのような時間を生きていた記憶がかれの身体から去らない。もともと、人体の時間というものからはぐれた状況で、おかあさんはころされてしまったから世界は止まってしまい、おかあさんをころして逃げた十八時間のドライブでおとうさんは「……がわるい、わるかった。……おろかしい、……はわるい、わるい」つぶやいていて、かれは、主語がなくなってしまったんだなとわかった。十八時間とかれの両親の殺人までの幼なかったかれの人生の時間は繫がってモチモチ捏《こ》ねられるように時系列のくびきを越えて同体してい、公園から出て迷子になり、泣きわめいた夕方に保護されて警察にお菓子をもらったあとに迎えにきたおかあさんをころしたおとうさんが警察につかまっていた。

　夜闇でひかる現場にパトカーや拳銃やテレビや暴力、それとドラマチックとカタルシス。かれがそれまでかっこいいとおもっていたたくさんのものが集まってい、かれは弾けた。今生ではこれらのものがもう無理だ。身体から身体がはぐれて、臨死体験に接した円環がかれの足裏を一ミリ浮かせて、人間、かっこいいなあ。捕まったり捕まえたりしている。何度も違うひとに抱きしめられて目を隠され、「おかあさんはもういない」は知っていたのに「おかあさんは？」という。かれは周囲を泣かせることが一瞬だけおもしろかった。なにかをしゃべる度に、周囲の大人は泣きそうなふりをするし、泣きそうなふりがそのまま落涙に繋がったりした。そうしたえげつないエンターテインメントがかれの記憶を時間にしてしまって、あの夜と現在が身体で繋がりそこにしかいま／現在がない。ずっと下半身を池のしたにつけたままみたいに止まっている一日。たけしの家を出たあべくん。おかあさんとしゃべれてうれしかった。ちゃんとおれを邪魔っておもってる、おかあさんがあたたかい。タオルをあらってくれる、渡してくれる、あらってくれる、おれの血を洗いながしてくれる。おかあさん。

　おれがころされればよかったね。

　そうしてかれはたのしいきもち。この数日のあいだ雨がふったおぼえはないのにいつまでも蒸発しない水溜まり。陽のひかりが反射して、あべくんのうつむいた顔のよこに空がひろがる。よろこび。


「『ふつうに仲いいの？』ってなに？」

とたけしはおかあさんに聞いた。

「仲いいは仲いいでしょ？」

「なんかしりたいじゃん。子どもがどういう理由で友だちを選んでるのか、気になる」

「選んでないよ、友だちなんて。なんとなく仲いいってだけ」

「ふつうに仲いい？」

「うん、そうだよ。ふつうに仲いい。それだけ」

「他の子とおなじように」

「あたりまえだろ」

けっきょく、おかあさんが「あべくんとはふつうに仲いいの？」ときいた初めの問いを肯定するかたちとなったたけしは、シチューの具材をスプーンのへりでざくざく切り刻んだ。人参の表面から白濁したソースが乾いていって、オレンジ色が露になる、そのようすをじっとみた。おかあさんとおとうさんのもくもくとパンを千切り、バターをのせる食器のひびき、かすかな咀嚼《そしゃく》と呼吸の音を聞くでもなく聞く。

たしかにな。あべくんと、なぜいっしょにいるのだろう？　拳や顔に傷のおおいあべくんが、それでいて不良じみた恫喝や怒気をこぼすような場面を教室で見たことはなかった。それに、あべくんは勉強ができたし、先生の話をよく聞いていた。そうだ、あべくんはひとの話をよく聞いた。他者につよい関心があった。たけしは記憶を遡ってあべくんを家に泊めるまでにいたるほど仲よくなった、そのいちいちに要因があるわけではない場面をおもいだす。おもいだす必要のないことをおもいだす。そんなのが、まさに、文学みたいだねえ。

そのとおり！　小説に問いかけられてかれは我が意をえたりと得意顔。あべくんの人生にあらわれたたけしという登場人物になにかを「おもわせて」、かれは物語をすすめていくのだったが、おもいだす必要のないことをわざわざおもいだす、あいだを埋めるみたいに、捏造《ねつぞう》するみたいにおもいだす思い出の、必然性も切実さもないのだったからそんなのは素材にすぎない。だけど、人間はたくさんの人間をころし、ころしていない人間も歴史や生活の場でころしていないことはおもいだす。ころしたのは自分ではないだれかだった！　間違えそうだ危ないなとおもいだす。繋がっていない筈の思い出は、しかし加害と蹂躙において、家族や生活のおそろしさに先送りにされてまちがっておもいだす。まちがって忘れられた、なかったことにされた、なかったことのようにされた虐殺や蹂躙をまちがっておもいだす、国家や社会がおもいださないひとの思い出をまちがっておもいださせて、歴史がきちんと生活であるように、思い出の連続であるように、キャラクターではなく人間なのだとおもいださせる。あべくんはキャラクターなどではない。ころしころされするに足るキャラクターなどではない。それはだれもがそうだ。あべくんはでは人間？　そうだろうか。あべくん？

「なんだか、つかれてる？」

まだそれほど仲よくなっていないころ、夕陽にくれる校舎のなかで、かれが六限のテスト返却についてたけしに答え合わせを求めたとき、たけしはかれにきいた。

「なんか、熱っぽいかも」

「傷、膿んでる？」

「うーん、それで発熱？　とにかく、ここの記述問題の、この文章は合ってる？」

「ぼくは合ってるとおもう。あべくんのかいた文脈を先生が誤読しているのじゃない？　問い合わせしたほうがいいよ」

「いや、いい、たけしが合ってるというのなら、合ってるだろ」

「そう？　そうでもないよ……」

怠そうにするかれを振りきることができず、なんとなく窓際の席で放課後に帰りそびれていた。そのうちに生徒も疎らになり、机に突っ伏したかれが熱を逃がすように息をみじかく吐きつつ「たけしは天文学者になるの？」といった。たけしは天文学部にいてよくかれに望遠鏡をのぞかせた。

「なりたいけど、どうだろうね。どうやってなるかもわからないけど、そのつもりで大学へいく」

「おとうさんもおかあさんも、小説家なのでは？」

「おかあさんはもう、ほとんど翻訳しかしてないとおもうけど、まあね」

「文学者のむすこは、文学しなくてもいいの？」

「それは望んでないっぽいよ。大学はいってほしいみたいだけど」

「へえ。そういうもんか」

「あべくんは？」

「おれ？」

「うん。どうするの？」

そうだよ。あべくんのことだよ。かれがわざわざたけしという登場人物にたずねさせているのはあべくんのこと。かれらは小説をかく。片方は小説家になり、片方はひとところしになる。

たけしは自分の身体のうちで、物語をやらされているような感覚と、やらせているような感覚を、同等に持て余している。かわいそうな子のあべくんに自分は、なにをきいているのだろう？　でも、実際のたけしはあべくんのことを「かわいそう」だなんて、そんなふうにはおもっていなかった。なにかみずからの身にふりかかる事件でもなければ、他者のことについてそんなふうにおもわない。自分が「被害者」でないのなら。しかし、それはあまりにも呑気なのでは？　たけしの身体は歴史を帯びる。おかあさんの心配が眉に力をあたえる。ねえ、あべくんは？

「おれは、ないよ」

　なにがないの？　たけしはもう聞けなかった。傷が治るとかれはまたひとを殴り、殴られて、かれの知らない場所で不良たちが痛みと治癒のくるしみに夜を呪って呻いた。それぞれの生まれにおもいを馳せると、つらくなる。そんな想像力なら、もう止めたらいいんでない？　殴ったほうがマシだよ。だって、人体はすごいから！　たけしの望遠鏡を覗いて、「ゴメン！　なんか汚しちゃったかも」と気にするかれが、おかあさんが洗ってくれたタオルを右手に握りしめて夜のしたにいる。たけしは、「アルコールで拭けば、問題ないし」という。血と滲出液が混じりかたまったもので汚れた目を押しつけてかれが覗くと、天体。たけしの恋のはなしを聞いているときに、かれは「うわーっ」と照れていた。かれはかれのしているたくさんのセックスがたけしの恋愛となにも結びつきをみせず、ひとの感情がうまくわからないことにすら気づかずに興味深くきいていた。

「告っちゃえ！」

「いやあ。汚れ気にしないで、あべくんも、もっと星をみなよ」

「うん」

なんになる。やさしくしたところで。なんになる？　けどたけしがやさしくしたいなら、やさしくすべきなのでは？　錯綜した自己同一性にあそばれて、かれはこわい。情緒がとても、満たされて、まるでこの家は私の家？

かきながらそのように誤読することの、よろこびがかれを包んだ。かれはあべくんの将来かく文章をよんだから、しっているけどあべくんは文学に関心があった。文法というものに、あこがれていた。なんでなの？　自分が法からはぐれている気がしていたから、せめて文ぐらいはね。歴史が担保してくれている。暴力だったとしても、人間で繫がっている感じがするでしょう？　今生の、現世の人間はむりでも、文学はあべくんの生まれる前も死んだあともあるからね。

「繫がりたい？」

「いや、わからない。捻れちゃってるでしょ？　おれの繫がりたいは、ふつうでいう繫がりたくないなのかもしれないし」

「？　よくわからないな」

「つまり、そういう捻れというか、認識の前提？　おかしいところが出発だったら、おかしさのなかの正しさはふつうでは異常でしょ？　そういうの、もう区別できないの」

「そう。星をみるのは、たのしかった？」

「よくわからなかった。たけしは、たのしいんでしょ。たけしがたのしいってのが、たのしかったよ」

「よかった」

あべくんが自分を自分で刺したときには、言葉が空からふりそそいでいた。身体から物語が、土に染みだすようになくなってゼロになっていったから、その代わりにそそいでいた。このままだれにもみつからずに、翌朝に歩行者が発見する。死亡推定時刻は数時間に跨がって、世界もあべくんの死亡の瞬間はわからなかった。朝があべくんのもうあべくんじゃない身体をつつむと、おかあさんが代わりに身体になってくれた。小説といっしょに、あべくんの話をきいてくれていた。

「ようやく、いなくなってくれるね」

「わかってたでしょ。いなくなるひとがいなくなって、なにがうれしいの？」

「だって、たけしはだいじだから」

「そうだよね」

「あなたはだいじじゃない」

「そうだよね。ありがとう。いってくれて」

でも、だからこそ、人間にとってはだいじです。かれの取るに足らない生き死にが、とてもだいじ。けれど、これは実際じゃない、かれがいくつもみる夢のなかで死ねたとき、この時期にしたあまやかで怠惰な想像のひとつ。

子どものころ、あべくんがかれのアトピーの肌をみてつらく、きつく感じたときの感情。喘息の発作でほそくなった気管からもれる息を聞きながら、赤黒い皮膚からにじむ黄色い液体が固まって、そのうえからバリバリ掻き壊すと、皮膚の死体が机にきたない雪となって目立った。一週間の入院と二日の病欠のあいだに起きたかれの親の殺人をしらない子の身体。

「かわいそう」

商業作家となったかれは、幼いころの自分はもっと身体の感覚に鋭敏だったし、それと同等に時間にも鋭敏だったとおもった。たとえば耳のなかに垢があるような気がしたらそれを放置できなかったし、多くのばあい耳垢などなかった。ずっと自分の意識の及ばない、見えないし聞こえない私のなかで、なにかが起きている。そんな身体とともに生きていることにムズムズしていた。痒みとともに生長したせいかもしれなかった。いまだに疲労や傷や不調など、身体への自意識に敏《さと》いほうだとかれは自覚しているが、子どものころはもっともっとで無限だった。ずっとゴオと耳のなかで音がしていて気もちわるかったし、あと布団。布団がじぶんのからだに被さっていることにしきりに夢と渾然一体となった不快感が貫いて、母親に「裏がえして、布団を」と一晩に何度も懇願していたがあれは私と布団が一体となった不快感だったのかもしれず、なにか愛着のわく身体や私固有の権利などはそもそもなかったようにおもえる。いわば時には布団も私、世界も私という塩梅で、あべくんの破壊に夢をみている。かれの身体に自意識が薄く、破壊にその愛着が湧くのを描出する、かれ自身の身体が疼く。物語が身体を奪うからかれはなんとか小説家になれた。人体にまとわりつく、幾重にも絡まった歴史と個性、法と人格、そうしたものらと対峙する根本的な楽観性を、担保できた。
　おかあさんに「あべくんとはふつうに仲いいの？」と聞かれた数週間後のたけしにはっきり「もうあべくんとは遊べない。ごめんね」といわれた。かれは「なんで？」とはいわずに「ありがとう。っていっておいて。おかあさんに」と応え、機嫌がよくなった。やさしくされていることが嘘だとしっていたから真実がしれてうれしかったのだ。

　そのように通時ではまじわらないが記述においてのみ交換されうるかれらのある大晦日、かれが「ほんのこ」にかえらず当時よく泊めてもらっていた友だちの剛健と、途中からとつぜん合流した剛健の恋人とともにテレビを見ていると、ドアのむこうから「剛健？ごうけーん？」とおおきな声がし、「お友だちお雑煮たべてくー？」と間延びした問いかけ。剛健はなにもいわずバタッとドアを出て、階段をドンドンドンと駆けおりる音がし、「ババア話しかけんな……」ケンケンケンケンと怒鳴っている名残がドア越しにひびいてくる。剛健の彼女は「うける」とひくい温度でこぼした。

「あべくんは、泊まってく?」

「うーん」

「うちは泊まってくけど、帰るのだるいし」

しょせん、「いえのこ」だな、とかれはおもっていた。帰るだの帰らないだの、そういう発音ができるのは家の子だからで、反抗する甲斐のある制度が彼女らの身体と一致しているから。かれはよく「うーん……」「あー……」といい黙っていた。簡単な問いであればあるだけ含意をとられてしまいそうな好き嫌いやイエスノー、意志でどうにもならない声かけが「いえのこ」の何十倍もあるのが「ほんのこ」たるゆえんだった。家の子から「かえって」といわれたら出ていくがかえるわけではないから「かえる」とはいいたくない。ウソは平気でつくがかれはただしい認識のこと以外はできるだけいいたくない。ウソはただしい認識だからよくついている。あとで真実や事実とわかることはほんとうにはただしい認識ではない。そのときだけのただしい認識で、「かえって」といわれたらそこを出てくけれどかえる方向なんてないのだからかえるとはいわないよといいたいきもちがあるが、いいたいことこそいわずに済ますのが「ほんのこ」で生きていくコツでもあった。それに、かれはしっていた。ほんとうはひとはなにも応えなくてもいいのだ。だからわざわざ応えなくてもいい意志をつたえているそのこと自体のほうがつよい意味であること、その発声や所作の慣れとあかるさこそかれが剛健の彼女をあたりまえに「いえのこ」だと判断したゆえんなのだった。剛健が戻ってき、母親に怒鳴ったこともなかったことのようにテレビの総合格闘技の試合を眺めて、闘っている格闘家の悪口を五分三ラウンドの間平等にいい募ったあげく、「あべくんも格闘技はじめたらいいんじゃね？」といった。

「うーん」

「最強だし！」

なぜ内輪にやさしく、テレビにこんなにきびしいのだろう？　かれは純粋なふしぎさをふつふつと抱えたまま、その夜三人で眠り、朝の三時に起きて剛健の彼女と性交した。

「コイツ、いちど寝たら起きねーし」

といった彼女は、剛健のベッドから抜け出してかれの布団に全身で突入し、かれの欲望そのものの身体に負けない胆力をもって応え、かれは足の裏をフローリングにつよく擦って火傷した。

その三時間後にふたたび起き、トイレのために階下におりていく、トントントンと爪先をたて、火傷した右足の母指球のあたりをかばった。つめたい床につくとピリッといたむ。すると剛健のおかあさんと鉢合わせ、かれはニコーッと微笑んだ。

「あら、おトイレ？」

おかあさんはその笑顔にほだされて、寝起きのつめたいからだでいそいで顔をあらい、洗面所をかれに明けわたした。

「ありがとー」

かれの愛嬌に剛健のおかあさんは虚をつかれた。息子に「あべくんを怒らせたらマジやべーから」「ころされっから」といわれていた。息子のそうした放言に慣れた剛健のおかあさんも、かれのこの子どものようなからだつきに驚いた。まるで十一歳みたいなからだだけど、これでほんとうに息子のいうように同級生を「秒でのす」のだろうか？

トイレから出てきたかれが剛健のおかあさんがまだいることを確認すると、おもむろにその顔に目をとめ、「おかあさん、ほっぺた赤い」とわらった。

「そう？」

つい声が華やいでしまってその場にとどまると、かれの手がおかあさんの頬にあてがわれる。手は熱くやわらかかった。

「線香花火みたい」

「まあ……」

と剛健のおかあさんは洩らした。フフフ……とかれが笑うと、おかあさんはキュンとなってしまって、トクン……となってしまって、その瞬間かれが「腹へったー……」というのだった。

「お雑煮、たべる？」

「いいんですか？　食いたい」

「いいのいいの。剛健もおとうさんもたべるかどうか。せっかくつくったんだし」

「えーっ。おかあさんありがとう」

たけしも剛健も、いいおかあさんだな。

と、かれの身体は錯綜した認識でおかあさんと息子を混同した。たけしのことを見ても、剛健のことを見ても、じつはふたりのおかあさんのことを認識している。目の前にたけしがいるときも、あのおかあさんだからこいつはたけしだな、とおもっている。そもそもかれはおかあさんに会いに友だちの家にいっていたからその友だちの個性や性格のちがいは些末だった。最低の息子でもおかあさんが異様にやさしいケースがあり、かれはニコニコ笑った。おかあさんを知らなければすぐ殴っていたけれど、もう知ってしまっているから愚息も愛しい。翻弄されるかれにクラスメイトが奇異の目をむけてくる、からだがブブとブレるように、ふつうは殴るかれが殴らないおかあさんの子どもは愛しいのだと。かれが後にかいた描写の独特なバイブスとそれを構成するてにをはや語彙の奇妙さは、そもそもかれが見ている世界への認識をただしく出力した母子を取り違えるような意識の反響だった。フィクションと証言を、風景と物語をしんけんに混同するような不具合だった。

おかあさんが雑煮に火をいれつつまだ空気のつめたいリビングの床暖をつけ、あたたまってくると足の裏の痛みをおもいだしジンジンひびく。剛健にかりたスウェットの上下が肌を擦り、椅子に座るとおかあさんが「お餅いくつ食べられる？」ときいた。

「えー？　五つー」

「すごい食べれるね！　ほそいのに」

「うん、おれすごい食べれるよ！」

こんなの、まるで……

剛健のおかあさんは、ショックでガーン、となったが、なぜ自分がそうした衝撃を断続的にうけているのかわかっていない。

まるで、ほんのこどもじゃない。

ふだんラーメンなどを食している黒い丼にお餅を五個入れて汁をそそぐと、餅の焦げて破れた部分がバリッと割れて、そのなかに里芋がするりと入っていった。イチョウに切った大根が揺れる胡麻油のうえに柚子の皮を浮かべると、食欲が湧いてき、「おばさんももう食べちゃおうっかな」とつぶやく。

「食べよ食べよ。いっしょに」

「お餅、四日までもつかしら……」

「おれ、買ってきてあげようか？」

「いや、いいのいいの……変なことといっちゃってゴメンなさい」

「いいの？　すごいお正月ってかんじですごいなー」

高い窓から覗く庭、夜露の垂れる植物が朝陽に照らされて、シュワシュワと音が聞こえてきそうだった。湿り気がガラスの向こうで土と緑を混ぜて、つよまっていく陽光が庭の全体をめぐるように浮かびあがらせ、立体的に色がかさなった。目が慣れるとつめたい匂いが植物の先端にまとわりついて、かれに足の裏の痛みをおもいださせた。二階では剛健と彼女が眠っていて、久しぶりに傷のない顔でかれは世界をみていた。いつもは聞こえていないけど、まるで世界から呼ばれているみたいだ。しばらく、ここにいてもよし！と断定しているような声音で。

おーい。あべくーん。

幸福な記憶をそんなふうに風景にたくして、かきつけるのはお止しよ。幸福も、この世界のフィクション化でしかないんだぜ？　あぶないよ！　あべくんのかいた風景描写を読んでかれは、胸がパチパチしてくるのが辛くなりすうーっと長く息を吐いた。もうかれはこの世界にいない。そうして気をとりなおし私らしいフィクションをかき加えていく。

研究者の友人に相談したところ、「そんなふうに他者の身体を自分の文に組み入れるのは癖になる。すこしつかれているのでは？」といっていた。

主にロシア未来派を研究している友人は、ダニイル・ハルムスの創作群を、隠喩と音韻を鍵に紐解くことで、前衛や実験の定義をこまかく再検討している。かれはよくその小説の友人にじぶんのかいたものを渡し、意見を聞くことがおおかった。ロシア料理屋のそっけない接客におどおどしながら、鰊《にしん》の塩漬けをつまみつつ友人は忠告した。

「そのかつての友人と、あなたのかくものの地の文がくっついて、まるでそれを自分の文体のようにいう。そうした状況は端的に、危険なのじゃない？」

「うーん、文体というほどではないですがね」

「アドルフ・ヒトラーは画業を志し挫折した人間ですが、かれは人物画に情熱がなく、評価をうけたとしてももっぱら風景のほうだったといいます。『人間がかけていない』というわけですね」

「……」

「そのひとのかいたものは、どこで読めます？」

「ぼくがデータとしてもっています」

「ぼくも読めたりします？」

「いいけど、ただの日記ですよ？」

ただの日記？　自分でいっていて信じられない、かれは、あべくんのかいたものをそんなふうに感じたことはなかった。

「そのひとは、いつそれをかいていたのですか？」

「それが、わからないんです。きゅうにおくられてきたから……」

「おくられてきた？　ということは、メールなどで？」

「はあ、それについては考えなかったけど、たしかにそうでした。なぜ考えなかったのか、自分が恥ずかしい。ひとつずつ、メールにそれだけかかれた文章でした。ガラケーからおくられる、件名もないそうしたメールが不規則に……」

ずっと昔、かれが十九歳のときにあべくんと再会したあと、かれが死ぬまでの三年のあいだに断続的におくられてきた。それをいまでは定期的に読みかえし、あべくんの生前の足跡をしらべつつかれは、かれのかいた描写に物語をつけている。

「おくります、あとで」

「読んでみます」

読まれてだいじょうぶか？　なにかおかしなことをいわれたら、かれはじぶんの小説も壊れ、ままならなくなってしまうかもしれない。しかし性格上、約束したものを遅らせても反古《ほご》にすることはかれにはできないのだった。

かれらが最後に会った日のことを、毎回べつの日のことのように、あたらしくおもいだす。十九歳のある夏の夕方、しめった空が夜へ向かいはじめる時間に、かれは各駅でみっつ先の北越谷駅まで空手を習いに行くところだった。子どものころからあこがれていた格闘技の、白帯オレンジ帯のほんの初級者で小学生にも追い詰められることがある稽古にむかう、ノンビリとした気分で、地元の駅にいた。まったく上達しなかった空手を習い、ある日リーチの短さからボクシング転向をすすめられ、社会人として忙殺される時期を越えたあたりで思い出したようにボクシングのジムに通いはじめ、その経験をもとにかれはデビュー作となる小説をかいた。

　かれは午後あたりの抑鬱がだんだん夜にむかって溶けはじめる、上昇の第一歩のような気分でいたからあべくんを見つけられた。かれはその頃から断続的に小説をかいていたが、それは趣味の域をでず読書を多くこなしているわけでもなければ文学的野心などなにもない。いや、それはいまもそうなのかもしれないが……

「どこいくん？」

　会話は思い出されるごとに更新されて、それは丁度抑鬱からふつうへと上向く情緒でなければ、脳がモヤモヤしていて、昨日もあしたもおもいだせないことと似ていた。昨日のことと同じ忘れかたであしたがあることをおもいだせないのだ。だからいま／現在がたっぷり重たくなって抑鬱と同化する。

「あーおれ？　知り合いんとこ」

　あべくんが応えた知り合いとはおそらく暴力を生業にしているのだろう、年上のひとりぐらしの男の家で、かれはよくこまごまとしたことを手伝っていた。そうした手伝いは多岐にわたり、そのときはなんだかうしろ暗そうな連中ばかりくる引っ越しバイトや、最新家電などの買い出しとそれらの使用感を試す、呼びだされて男の背後につき、殴る段になったときにだけ殴るのをこなす役が多い時期だったが、暴力の声で市井《しせい》のひとと話しときには殴ることはあっても、殴りかえされるような場は学生のころよりだいぶ減っていたから、かれは無傷ですごす久しぶりの日常にいた。日常だなんて、そんなの、まるで小学生のころみたいじゃない？　小説家のかれが小説をかいていることをつたえたあとでは、それは文章を読み書きするような興奮だったと、かれは体験を似せることができた。そうか、自分のことを風景や他人の物語に、似せてもいいんだと感動した。それができるかどうかはべつとして。そうしてはじめて考えられることがあるとしたらおれは……しかし自分のことをかくのができないかれと自分のことをかくのが得意なかれとでは、不可知の小説がそれぞれにある。多いしすくない、小説や世界を理解するにはいつも、人間は多いしすくないな、はあ……、あべくんは風景をかくことはできても他人の物語において自分を考えるのはむずかしかった。それでも、小学生のころみたいな日常の気分についてはすこしだけ、考えられる。

「そっちは？」

「え……、いやーなんでもないんだけど、北越《きたこし》に」

「えー、なにしに？」

「いやー、まあとくには……。じつは、空手、やってて」

「空手？　え、空手？」

「うん、まー……弱いけど」

「すげえじゃん、バトルじゃん」

というあべくんは大人にそそのかされて出た素人とプロの混ざった格闘技の試合で二度勝ったことがあるのだが、格闘家になろうなどと夢想したことはなかった。だから純粋に空手を習っているかれのことを、すごいな、偉いな、とおもうような気もちになったがもし倒したいと意志したらかれはかれを二秒で床に寝かせる。

「あべくんは？」

「まあー、そうだよ。へー。空手」

応えることにも応えずにいると、どうやらかれは「小説」をかいているという。

　それで北部市民会館の二階の図書室に通いはじめたかれは、かれに送ってもらったどうやらかれ自身の身辺に起きるとるに足らない、というよりなにがなんだかわからない、なにが起きているのか定かでない小説を読み、とくに感想も抱かないまま、子どものころ読んでいた冒険譚、少年探偵団やそこから派生していってミステリーを読み、ハードボイルドを読み、「そうか、おれの周りの人物はエンターテインメントに似にいっていたんだな」というようなことをおもった。

「そういえば、みんな登場人物になりたがっていたような……」

つまり、家がない子でさえかえれる人間ふへんの場所が物語なのだった。それがよくわからないかれだったから、よくわからないノリを強要されて、よくわからなくなってしまっていた。不良もおとうさんもカップルも優等生も教師もおかあさんも、こうしたフィクションが先で、人間があとだったんだ。そういう傾向は比較的薄かったにせよ、「ほんのこ」たちでさえそうだった。ちゃんと「かわいそう」にしていた。似せるドラマに迷っていっしゅん戸惑うけれど、どんな疎外ももう、どこにでもかかれてしまっていた。そうしたらだんだん、せんげん台駅で出会ったかれのかいた小説のことがすこしだけおもしろくおもえてきて、読みかえすと、岩手県にある病院の跡地へとひとり旅を敢行するかれの、田舎道をひたすらあるく描写と附随してあそんでいく思考が脈絡なくえがかれ、整理しきれない認識が自身の病気や家族にまつわる鬱屈をよびさましていく、そうした体験をまるで自分事のように、感じいって入っていける隙間があり、いつしか自分でもガラケーでポチポチ文章をかくようになった。かいたそばからメールでかれに送りつけたけど、返信はなく、しかしかれは送りつづけた。まずは先日せんげん台駅で再会したかれらの、あの日の気象や風景や、印象をかいた。かくそばから、足りないことや間違っていたとおもえる認識をただしていき、おなじ日のことをたびたびかきなおして、かれは小学校の図書室での思い出のこと、そして放課後に、まだ「ほんのこ」ではなくふつうの「いえのこ」としておかあさんに北部市民会館の二階に連れてってもらい、紙芝居コーナーで紙芝居を借りてもらったこと、自分ひとりで放課後に通うようになったこと、いまこうしてときどき他人を恫喝したり暴行したり殺害したりしながらも、無垢のような顔をして「リクエストをお願いします」と司書のおばさんにつたえていることを、まるで小説の登場人物を眺めやるみたいに厳しい批評眼でねめつける。

「こちら、他の市からの取り寄せになりますが」

「お手数おかけします」

「いーえ。到着したらご連絡します。お電話でよろしいですか」

「はい。たのしみにしています」

かれがニコッと笑うと、司書はポワポワした。図書室を出ると冬のきざしが空を高くしていて、あるく運動にあわせて、スウェットズボンとみじかい丈の靴下のあいだでむき出しになる、足首あたりの皮膚で、しゅわしゅわと歴史が変わりはじめている。

あべくん！

ここが岐路だよ。そのよろこびを、外気のつめたいいきもちよさを、本を取り寄せてくれるひととシステムの充実を、享受して日々を捉え直しても、よかったんじゃない？

「それは、ずいぶん勝手だろう」

小説はいった。

「『文学』がすぎるのでは？」

ロシア未来派の友人が、小説を代表してたしなめてくると、かれはつらい気分になりみずからのかいた詐欺のようなフィクション、つまりかれが更生しなにかしらまっとうに救われるフィクションなどを一瞬のうちに掻き消し抗弁した。

「でも、かれは才能があったのじゃないか？　描写はなまなましく、声は澄んでいた」

「知り合いの小説はえてして、そのようにおもえるよ」

「でも君はどうだった？　すぐれているとおもわなかったか？」

小説は黙った。

「かれ自体が文学だったのじゃないか」

そしてものすごくムッとした顔をつくり、それからきわめて傷ついているような、かなしみに慣れきったようなつかれた顔になった。

「その、かれという友人自体が文学だったとするなら、その人物自身が、小説でも詩歌でも、つづけていくことはむずかしいよ」

「なんで？」

「かかない時間を乗り越えられないだろう？　あなたのように次々かくことでかかないことに向き合わない態度を皆できたらいいけどね」

「ガラケーを握りしめた手で、ひとを殴ってはだめということ？」

「は？」

「文豪や無頼気どりはもう、ごめんだよ。新聞記事のような小説家ごっこにはつきあえない。書き手の当事者性ありきの作品にプロレスする甲斐性が私にはないの。そう、破滅の甲斐性がね。書き手が孤独でなくても、天才でなくても、狂気でなくても、時代に規定された少数派でなくても……」

たとえ書き手が、小説家でなくても、小説であるだけで、充分なんじゃない？　というか、書き手が小説そのものであることは、書き手が小説家であることよりも、よくはないかい？

あべくん。かれは北部市民会館の背もたれのない、焦茶色の正方形ブロックを横にみっつ並べたような粗末なソファーで、恍惚とした。とおくから男も女も、あべくんをみているよ。そんな表情をして。おくりつけた散文が、いつまでたっても物語を帯びないから、かれはその当時は読むのを止めてしまった。詩歌をかけばいいのでは？と、短絡的に意地悪におもっていたりもした。けれど、今だったらあべくんは小説のひとだったとおもえる。なぜか？　物語のまとわれかたが小説のそれであるからだ。消されたフィクションに、圧縮された情報とはべつのかたちで確かにさわれる。アクセスしたいよ。「私」に似ている文章から、かくされたフィクションに。死んでいる身体から、生きている身体に。

ピロシキを齧りながら、「小説観はそれぞれですからね」と小説はいう。実際にはかれにはそんな友だちはいなかった。かれには小説のことを語れる友だちなんてひとりもいない。あべくんが後年出会うある人物をモデルとし、ハルムスを読みながらあべくんのかいた小説について考えていることをぶつける対象を生みだしただけだった。

「それにしても、君はほんとうにはどうしたいの？」

小説はいう。ピロシキの生地のこまかな膨らみがかさかさと粉をおとし、その空間から文学の過去未来をみている。

「そんなのないよ。かかれる小説にはいつでも意志がこもっているだなんてけしておもうなよ」

「傲慢だよ。そういう態度って……」

小説は席をたった。


「運動神経のいい顎だねー」

と初対面の歯科医にいわれ、その指のつめたさが口腔内に入ってくる感触とともにぎょっとしたかれだったが、とくに発言の内容について質すことなく治療をうけていた。その後「あなたの身体には瞬発力があるからねえ」「だいじな運動神経だから」とレントゲン撮影、掘削、レジン詰めなどの処置のあいまあいまで、発言はくりかえされた。

墨もまだいれていないというのに、「まずは電話！」と指図され事務所で電話をとっている日々のうちに、かれがとつぜん涙をながしはじめたのでギョッとした組織家族の兄にあたる人物に「どうした？」と聞かれ、かれは正直に「歯が痛いっす」と応えた。仁俠の徒がながした涙に一瞬ヒヤッとした兄はホッとして、かれがつぎになにかをいう前にいきつけの歯医者の予約をとりつけた。歯科医師のことを兄は「オジィ！」と呼んでいた。ところで事務所がとくにそうなのだがかれらの生活は総じて記号的で、誰しもが映像のかたちで想像できうるたとえば肉食動物を模した置物や冗談のような掛け軸はよくある任俠映画のとおり設えられているものの、それは流通しているジャンル作品に特別リアリティがあるからではなく、暴力組織のほうからフィクションに似せてやっているからだ。どちらがどちらなのか、似せているのか似にいっているのかだれにもわからず紛れていき、暴力を隠すなら暴力のなかというわけでまずは国家や家父長制に似にいくのはそのためでもある。

歯は根元が黒々と食われていて、それが神経にさわって痛みを発症しているらしく、歯茎の奥ふかくにコスコスと、神経を殺す処置をうけているあいだかれは、いろんなひとの、歯を折ったり舌や口のなかを切ったりした、その患部をまじまじ眺めていたこともあり、そういう観察がすきだとおもえたので、歯科医師が「きれいな歯並びで」「健康な歯茎だね～」などと始終つぶやきながら処置している、その歯科医師というよりそのひと個人の生理として、このひとは人間より人体、人体より歯のことに関心があり、歯のことが純にすきなのだとわかってなぜだか親近感がわいた。子どものころから歯のケアなどしたことがなく、じぶんの身体のケアそのものがなおざりだったかれは歯がボロボロだった。小学生のころの定期検診ではC、C反対そく五番までC……とならびつづけたその記号が虫歯をあらわしていることはしっていたけれど、おかあさんもあまりかれの身体に関心はなさそうだったしおとうさんは忙しそうでいいだせなかった。こんなことなら、おとうさんがおかあさんの身体をそこなうまえに、もっと自分から家庭のほうを壊してしまえばよかったとおもう。制度とか、歴史とか、自分たちを守ってくれないものばかり、せっせと守ってしまって。痛みが消えるとかれは感動し、丁寧に歯のケアをするように、「フロスをこまめにして、グミとかあまいのみものとか、せめて食べたあとは嗽《うがい》をして、せっかく運動神経のいい歯をしているんだからね」という歯医者から事務所に戻る、公園をあるいているときに、かれはまるで部屋を掃除して風呂を浴びサッパリしたときのような心地、ひとを殴りすぎて拳がしばらく利かなくなったときのような心地、他人のおかあさんや他人の恋人をフワフワさせたときのような心地、そうした似たような情緒記憶の連続を味わっていた。

「やっぱり、痛みにつよいねー。偉いぞ」

いまとなっては暴力組織構成員あるあるなのだとわかるのだが、ふだんからじぶんの身体をぞんざいに扱っているかれらは医療関係者に対しやさしく、あたたかい気もちになりがちなのであった。しかし、呼ばれている方向をしっているから、かれはまっすぐ事務所に戻る。暴力から呼ばれていて、それは欲望よりもっとじぶんのルーツを遡り、勝手に二十世紀十九世紀とたどる人体のルーツ、とくに男としての起源に呼ばれていて、かれは人体をそこないころしそうになる、ころしはしないまでもころしそうになる現場に、自分でもそうとしらないまでも呼ばれていて、そういう映画やドキュメンタリーや大量虐殺の動画ですら、現場に比べたら呼ばれる心地に飽きたらなくて、襲撃の噂や他団体の客が乗り込んでくる事案が半年に一、二回ていど舞い込むのを待ちながらずっと掃除していた。冬場にタバコの灰で指先の皮膚がひび割れると、「オロナインを塗れ」と恫喝のようにいわれて塗った薬を買いにいき、時間をみつけて「歯医者いってきます」というと兄貴分がお金をくれた。ひとりであるく歯医者への道や薬局への道がすきだった。かれはその後ある社会学の研究者がかいた「ヤクザと医療」という論文を読み、なんだか恍惚とした気分で図書館の天井を仰ぎみたのだが、そのころにはもうひとを殴ることへの興味は失せて最小限の暴力ですませるテクニックを志向していた。どろどろに濁った瞳で、命乞いをするひとの目がすきだった。ころされそうになる人格がとおく過去に繋がって、自尊感情のすべてを奪われた民族のようになって、へいきで自己愛を育てている、そうしたファシズムに癒着した男の自己愛と劣等感の境界。だから愛なんておかしいし、それなら自信だっておかしい。自分が自分でいる根拠だっておかしいでしょう。「私」はおかしいでしょ？　かれは奪っている。「だれにも暴力をうけないのがふつうで、自尊感情をそこなわれる経験が不当である」という当たり前の表情を、かれは奪ってじぶんのものとする。その仮面を身につけて、「なんで？」という相手に殴打をかえす。

「なんで？」
「私？」

殴打で教える。君が君だから。ころすときはころすよ。かけがえのない君だから。君だけの世界へ法律や歴史をつくりかえ、あたらしい発明で君はころされます。致死量の血と皮膚の破れが「私？」。そう、そろそろ私じゃないほうがいいその身体でしょう？　出たくなってきた？　神経のきれた手足、二度と動かない五感、そして記憶も潰されてやっと、あたらしい君があんしんしてころされるよ。まるで、べつの惑星で生まれ、ころされるみたいにね！　べつの法、べつの言語、べつの生態系で痛覚を弄《もてあそ》びあらたな定理をひらくように、丁寧な洞察とアクロバティックな解釈で人体を疎外する、かれの暴力の技術はいきつくところまでいき、文献を解すように皮膚を破る、目や口腔や肛門といったやわらかい穴を刺す、そうした破壊においては概念を越えることができて、かれは年をとり技術が洗練されるたびに、どんどん見た目がおさなくなっていく。暴力や恐喝のついでに歯が抜けてしまった相手には「根津歯科はいいぞ」と教えた。あそこの先生は歯に愛があるからな。民族や内輪への愛なんてぜんぶ制度でしかなくて嘘だったけど、本をかくひとの本への愛、音楽を奏でるひとの楽譜への愛、運動するひとの競技性への愛、歯をなおすひとの歯への愛を信じて歯を治しな、とゆっくりやわらかい殴打で教え諭すと、因果を越えたかれのおさない論理と表情をあびて恐怖の閾値《いきち》はハイジャンプし帰属意識と自尊感情のすべてをうしなった表情で被害者はまず人格を、つぎに記憶を、さいごに証言をうばわれ、歯の抜けた口腔で謝罪する。記憶がむすびつくべき私と時間が附随する恐怖感情で破壊され、あくまでも被害者の想像力こそが親類にまでおよぶ報復をフィクションして口をとざすのだ。

「家族だけは……」

皆そういう。しかし、そうして救いたいのは他者ではなくて、私だろう？　命を失ってまで救いたい私を拵《こしら》えて、ずっとつづいてきた歴史を記述するさいごの言葉として、あまりにもまずしいその声が語の体をなさないので、まず言葉の認識から治療すべきなんだよなあ……、と考えるかれは言葉がすき。

頻繁にすぎる冠婚葬祭の頭数のひとつとして呼ばれるほかは、一週間毎日ひとを殴りつづけているような日々もあれば、一ヶ月ほどだれにも顔を見られるなといわれるような日々もあり、向かう先もいわゆる事務所という体だったり、ワンルームマンションの一室に三十人ほどが立ったまま密集していたりし、移動はルーティンワークのようになってしぜんミニマリストに似た生活になるかれの環境は安定することがなかったが、どんな調子でもその土地の図書館にいき、本を読んだり文章をかいたりした。土地によってはその土地の住民でなくても本が借りられたが、権利に厳しそうな図書館では施設内で読むようにしたし、コッソリ本を持ちだしても数日後に戻せば咎められたりはしなかった。ひとの身体を損なうことにおいては罪悪感も優越感もおぼえなかったかれだったが、図書館の本を持ち出すことにおいては、元にあった罪悪感や優越感の、身体に占める場所のようなものをおもいだしたりした。ふつうの身体だったら、おぼえるだろう情動の責めやそれゆえの擽《くすぐ》られるような悦楽を、かつてそれがあったことをわかった。

　引っ越しのバイトで働いていたころにいっときやたら高圧的な男性上司の下にいた。怒鳴られていてもかれの身体はよくわからなかった。どういう回路でそんなに怒っているのかわからなかったし、ひとの感情にストレスもよろこびも感じなかったかれは黙ってパッキング作業をしていた。ある日その年上の社員が搬出時にウッカリ家主の猫を蹴ってしまい、「ゴメンね蹴っちゃった！」といった、その声に真心がこもっていてかれはそのほうに驚いた。蹴ったといっても、ちょっと足がぶつかってしまったぐらいだったが、かれは社員の足の甲に当たったやわらかいもの、温度と水分のちがうその生き物の身体の感触が、足ではなく全身で直につたわってくるような超感覚を起こし、気がつけば社員を思いきり殴っていた。よろめいた社員の足に当たって倒れた木製のハンガーラックが破損し、あとで五千円を補償した社員はしかし、かれを責めず家族にひたすら謝ってい、かれに対しては怯えて媚びるようでもなく「レギュラーにならないか？」と誘い、いよいよかれはふつうの社会、ひいてはこの歴史そのものがおそろしいものだとおもえた。運転で同乗したトラックの助手席でコチコチガラケーを弄り無言でいたかれに、社員はそれ以上ちょっかいを出さなかったが、かれはこの一連の出来事からできる限り人間の物語らしきものを抜いた文章をかいて保存し、登場人物や焦点のあいまいな文章を推敲してかれにおくりつけた。足が猫の毛に分け入った瞬間に、労働に熱がこもった拳が体温と痛みをわけあたえる感覚を主体なくえがき、文法よりかきすぎることがきらわれ跳躍のおおい文章を読むとかかれていないことがようやく相応の重さで身にこたえる。私はその文章をふやけさせるようにかき直して物語を構築したから、この小説の主に風景描写はあべくんによってかかれたものを、私がてにをはを捻じ曲げて盗用し、フィクションとしてととのえたものだ。もう死んだあべくんが読んだ本を私も読み、経験のもつ生っぽさとほころびの双方がともなわれてかれらに共有されている。

　経験が物語を補強し、経験が認識を詐称する。それが実感という運動だった。かれは図書館にこもって小説を読み、一時期は恋愛小説に凝って自分もデートをしたりした。恋愛小説を読むとデートへのモチベーションがあがったので、デートが億劫なときはお気に入りの話を読んで気分をもちあげた。ふだん事務所の親や叔父筋たちにするように他者をあまやかし、自尊感情をくすぐるロールプレイングのようなデートをたのしんで、相手に感心されたりした。真にうけないことだ。小説も恋愛も。なにも真にうけないひとがむいている。たとえば対面しているひと、家族や恋人や読者や批評家や同業らに絶賛されようが酷評されようが、そこに対面しているというだけでそのことばは嘘になる。同じ時代に生きているだけでこんなにフィクションめいてくるなんて。ひとが物語に感じるような嘘を経験がそもそもふくんでいて、嘘の嘘だからこそ小説はほんとうに似る。事実はほんとうの嘘だからどちらかというと嘘に似ている。

　小説がそう証言し、「これはあくまでも文学側の言だよね」とかれの肩をやわらかく叩いた。かれは小説の温もりだけは自分の身体としてわかるような気がする。それがなぜなのかはわからない。たとえばひとを殴るときの一瞬の接触が引き伸ばされるみたいな、異常集中がかれの身体を他人にする。殴るときのような認識の跳躍が、他人の身体に着地している。

「いわせてよ。自分ぐらいには、いいたいんだよ」

「私が聞いているよ」

「まず『私』が無理だった。物語が無理だったんだから」

「人生が無理だから？」

「そうだよ！　だれもが人生をできるわけじゃない。小説は読み手にも書き手にも、前提をあたえすぎているよ」

「でも、無理とはいえ、たとえばそういう小説を読み書きしつづけるかれらの情動や、モチベーションをどう名づけるの？」

「それは……名前がない」

「名前？　人生が無理とまでいうんだったら、詩をかいたらいいんでない？」

「そんなこといわないで」

「なんで？　いいじゃん。なんで小説なの？」

かれは泣きそうになった。だれの人体をそこなっても、いのちを脅かしても、身内に泣かれて謝られても、かれ自身わからなかった泣くような感情になった。ただ生きているだけでは、なかった感情があることになる。それはどうしても「おもしろい」し「よろこび」。それに「かっこいい」よ。

「そんなしあわせになっても、かれはいいだろうか？」

「いいよー！　文脈が、だいじだよね！　ＨＡＰＰＹ！」

小説は酔っている。知人のフランス文学翻訳者からめずらしいウォッカがもたらされ、チビチビとのんでいた。口のなかがカーッとあつい。歯がぜんぶなくなったみたいだ。

歯科の待合室でたっぷり一時間半も待たされた日に、かれはガラケーで窓外の風景と、歯科待合室の風景を描写していた。先生に「なにをずっとかいているの？」ときかれて、かれははじめて、「小説です」と応えた。

3

命乞いのこえがよくきこえた。落命をさまよう身体の往来に立ち会うことが頻繁にあったわけではないが、顔面への暴力で黒目が淀み死への第一歩を踏みだした瞬間はよくわかる。身体が回復へと戻る力をうしない、このまま殴りつづければしぜん抵抗もなく、死亡へと転落していく。かれは血や嘔吐物や排泄物にふれるとよろこんだ。人体の内側のものが外側にくっつくのがすきだ。それはころしころされの境界が逆転しうる混濁をもふくみ、自棄になった相手がとりもなおさず拳をぶつけてきたときに、油断していれば食らってやれるほどの近くで殴りかえしようやく、アア生きているなと……人体、かわいいな……勘弁……して……やめてくれころさないで……悪かったなんでもするウンコ食うという者たちの言葉ではなく身体のこえを聞くのだ。まるでかれのほうこそがころされそうになり命乞いをする側として声を発するかのごとく耳は速く聞く。顎の骨を外してから拳を口に突っ込んで歯を手前から押し込み抜いていくと、自分のにおいと相手の口のなかと体液の混ざったにおいを嗅いで肝臓を蹴る。クツのままの爪先で右脇腹を蹴るのは手っ取り早くてよく、遠い距離にいても相手の警戒を招きづらい時短には最適な方法だ。殴る側と殴られる側の了解があってようやく死亡はよぎる。言葉は通じない世界ですと暴力で教えていくと人体は生存の安全圏から出て、しかしまだ死亡までは遠い、なにもないのっぺりとした草原のような生命の場にでる。そこからの暴力であらたな言語を繋いでいき、生命の場の中央から死亡の側にうつっていくときの視界に、かれは見たことのないものを見ようとしている、被暴力者にすくなからずキュンとしているあべくんだったが、それはもう殴っちゃダメとされる合図だった。耳を澄ます。死亡と生存が高速で移り変わる人体になり、生きている者の側としてはえもいわれぬ快楽が点りはじめ身体からなにかが飛び出る。それは暴力を交わす相手とつちかったあたらしい言語だった。差しだす新言語に被害者の混濁が宿る、そのときにはじめて「私」になるような、それは男性性としての歴史と共にある大いなる加害の忘我だったのだから、明日には筋肉痛で機能不全になる腕の筋肉を酷使してでもひとは殴りつづける。被害者の意識混濁が加害者に宿って身体が似ていきお互い死にあうような快楽物質に支配されてとどまらない、こうしただらしない転落が小物も大物もかわらない暴力の特徴だな、とおもってもいないかれにしか聞こえない声があった。呼吸が声になり、声が意味になる瞬間の結合がよくわかった。そのあたりでまだ殴りつづけてよいか、他者に問う。

「このままつづけてＯＫ？」

人類、暴力、生殖、記述、止めろといわれたらかれはすぐに止められた。興奮に任せて殴りつづけるタイプではなくだからこそつづけることにもためらわない。継続をたずねる相手は被害者だったり共加害者だったり自分だったりと都度都度ちがったがすくなくとも「私」ではないものだとおもう。私は交換される混濁にしかありえない。ゴム手袋を数枚かさねたものを内側に引き抜き丸めたボール状の塊を喉に突っ込み、これだけで窒息をおかしかねない口封じを施したあげくそのうえからガムテを巻きさえしても、殴った反響に「たすけてくれ」がきこえる。くぐもりこもる声ならぬ声を聞きとるとき同時に発声する側のように混濁するからこそ、かれはころせた。それはあべくんがはじめて十三歳ぐらいのときに会った暴力を生業とするひとが発した暴力の声に似ていて、変換や翻訳のむずかしいその場のそこにしかない声だったから、かれは毎回ぎょっとする。あたらしいな！発明的な発声に感動。すくなくとも映画や漫画であるような命乞いとはぜんぜん違うし、つねにそうしたフィクションの裏面にある叫びをどう表現してもつたわらない。

組織の兄にあたる人物にひとの話を最後まできけとたびたび指導されている。その実態は、かれはひとの話を「聞き終わるまえに聞き終えてしまっていて」、それはべつに勝手にひとの話をかれの都合のよいように先読みして解釈してしまうわけではなくて、ただ単に途中まで聞けばぜんぶ聞いたのとまったく同じように聞こえている。しかしかれが応えたときにはまだ発話されていない発話は、発話者にとって未知であり生まれる直前にころされた意味でしかない。そのような速い耳を注意されて、かれは礼儀としてひとの話を最後まで聞くように待ったが、途中からはその台詞のもつ意味が二重に聞こえ、話術などの表現がかさなって三重四重と増幅し、無限になる。意味が無限でどんどん意味がなくなっていく。かれはひとの話を最後まで聞くのが辛くなり無口になっていった。無限にひびいていくひとの言葉は過去未来の人体が発する声をやどして反響し、言語としてほんとうに多すぎるから通じない、だんだん声と声以前のものに解体されてゆくと、自分の発していない声に繋がっていきそうで。

「しないで!」「ひとりにしないで」「ごめんなさい」「たすけて」「なんでもします」「ごめんなさい」「協力する」「すべてのこどもをさしだしましょう」みたいなドラマティックが身のうちにこもっている。しらない男の命乞いの端をつかんで、自分の過去が音を伴わずに鳴っていた。するとボワワ~と未来のようなものが聞こえた。どうせすぐにしぬ。「私」はだれかをころしてすぐにしぬ。

その瞬間に人生がまるごと、他人にかかれた物語みたいになるのだろうと、わかっていた。ひとの命乞いに耳を澄ますと、そこに憩うことができる。他人にかかれる領域と、よその人体に宿るいのちが点滅する領域が、呼応してそこに安まった。だって、私たちがずっとやってきたことなんだからな。だれかに命令してまで、ずっと、やってきたおなじみの殺人だ。

かれはかれがしたはじめての殺人をまったくおぼえていない。まだ特定の暴力組織に居つくまえ、児童養護施設をしぜん蒸発するようなかたちで地元、つまり小説家のかれと小学生のころの一時期を過ごしていた埼玉県越谷市に戻っていたかれは、そこで暇に暮らしながらおそらく暴力組織に属しているであろう人物から呼び出しを待っていた。たいていは飯を奢ってくれ、あとはなにかこまかい用事をいいつけられる。家電マニアなのか金銭につながるなにかなのか最新の家電を地元のK'sデンキで買い漁り、それを目の前でためして髪の毛に微量の電流をながし顔の輪郭が引きしまるなどした。かれは内心でその人物のことを「家電」と呼んでいたのだが周囲からは兄貴と呼ばれていたので呼ぶ必要があるときはそれに倣った。ときどきは用心棒の数あわせのようなかたちで揉めごとの場に居合わせたものの、実際の乱闘になるケースなどまれで駆け引きや恐喝に長けていないかれが後方で突っ立っていると、「あなたは能無しですか?」というような意味のことをいわれて組織の一員とおぼしきだれかに殴られたりした。かれはここぞとばかりに殴りかえしたが、その相手はポカンとするばかりでやり返してはこなかった。

べつの日に家電に呼び出され、Google Mapsで指定された場に赴くとそこは江古田《えこだ》の駅から十分ほどあるいた住宅街で、その場にとまっていた車の助手席に乗り込んだかれは、飯や雑用や人数あわせのときと違うムードをだしている運転席の家電とふたりきりになりポワンとした。なんだかすきな感じ。子どものころから、大人の男のひとがこういうムード、タバコを吸いひたすら黙っている、下手なことをいうと殴られピリピリするそれでいてどこか寛いでいるかのような雰囲気が、かれはすきだった。家電はじっと沈黙している。しばらく窓外をみてやりすごすうちに、「おまえ、やったことあるか？」そう聞かれ応えあぐねた。なんのことを問われているかわからなかった。

「ないか」

かれが声を発するまえに家電はなにかを結論した。

昨今の弱体化した暴力組織において、若い者が「出世」を狙って「鉄砲玉」になり「お勤め」するなどという慣習は、社会的リスクや若者の時代感覚に見合わずますます廃れていったとまことしやかにいわれるが、かれが二十歳前後のあのころはまだその過渡期だったとされる。

とくに説明もされないまま三階建てアパートの二階端に位置する部屋に合鍵で侵入し、家電とふたり三十分を沈黙したままトイレに潜んだあと帰ってきた若い成人男性をバットで殴り、いったんは意識を失った男の腕と足の指をだいたい折ったあとで、家電がなにやら尋問している。

かれはその恫喝のこえにふくまれる意味が多すぎてうまく追いつけなかったが、もともとは家電の弟にあたるこの人物は数人を誘って組織から抜けをはかった挙句、薬物関係のシノギを大半確保してよそへ逃げ込もうとしていた。あと数日遅れていたら家電の命のほうが危なかったと、のちのかれは理解したがこのときはなにもしらない。

うすぐらいバスルームにこもり、男をシャワー台のしたに固定させて熱湯を浴びせ、家電に言われるがまま拳で殴っていると、血に溺れるように右の眼球がずっと目蓋の下方にかたまり、両目がアサッテをむいたまま口につまったゴムテが血と吐瀉物でパンパンにふくらみ、折れた骨をおしあげるように頬が膨らんでいた。性器を踏み髪の毛を掴んで不安定な体重を預けるように殴っていき、ゴムテが吐き出される直前に膝を押しあてる。折れた歯がゴムテにからまり咽頭を傷つけた。聞きたいことはあらかた聞けたようだったが家電からのストップはない。

「このままつづけてOK？」

かれは口にださずとも何度かそれを確認した。

この日の数日後にかれらは再会する。小学校時代の同級生と無邪気にせんげん台駅のエスカレーター乗降場で十数分会話をかわすかれらだったが、はじめてひとをころした者の兆候や感興などその場面から読みとりようのないことだった。かれはもうそのときにはころした相手のことなど忘れていたし、父親が母親をころしたあの日から時間の感覚がそのときその場のことにしか向かないようになってしまって、本を読んでいるときを例外として昨日以前のことといま／現在のことがうまく繋がらなくなっていたからいつも世界に集中していた。あの現場でかれは自分の父親がしたことをよぎらせもせず、バットを持った家電に「やれる？」と聞かれて肯定も否定もしないまま殴るのを止めなかった。かれが殴るのをやめたら家電がバットをふりおろした、その二択のどちらかを選択しないままただストップがなかったので殴りつづけた。

　いつからその男が死体だったのかもわからない。家電に「おつかれ」といわれて金をわたされ、用意されていた着替えを済ませ着ていた服をその場に捨てると、今日は帰っていいといわれて江古田駅のマクドナルドで始発を待ち電車でかえった。かれがその場をあとにした数分後に家電の弟がドヤドヤやってきて、部屋をきれいにして死体とかれの着てきた衣服をバイク運搬用の段ボールにいれて埋めにいく。

　マックでポテトをつまみながら、かれはじっと眺めていた。記憶が現前し目のまえで男が死んでいく。明けがたのひかりで死亡の瞬間は何度も再演され、マックの窓外にひろがる光景とグラデして混交し、口のなかにひろがる油と食塩でしびれるような感覚とともに人体が死体へとかわる、一瞬先にあの安アパート内の質感や風景がスゥッとくすみ、一瞬あとで周囲から減じた色が人体に吸い込まれ入っていくような感覚。生きているときにはけしてとらないつらい体勢をこのんでとりたがる、死体あるあるにのっとったあたらしい人格に乗り込まれるみたいに、法の裏がわでみる死体からの世界を現実に移入して、まるで聞こえるみたいに見える。拳の痛みが世界に散って、戻ってくる五感で見える。

始発でアパートに帰ったかれはゴミ収集場で管理人に呼び止められ、あまらせているというクワイの実をもらった。

「炊き込みご飯にすると、おいしいのよ」

かれは、試してみますと応えて礼をいった。

「こんなことをしてなんになる？」

なんになる。小説にいわれるまでもなくわかっている。「私らしい」小説を放っておいてかれがかいているあべくんの物語。二十歳前後にあべくんからおくられていた散文から着想されるシーンをかきついでいくなかであべくん自身の人生に似せたフィクションをつくりあげ、その反射してくるものとして商業作家となったかれ自身の人生のこともかいていく。なんになる？　あべくんはこの世にもういないだけではなく、ほとんどだれもあべくんの人生をおぼえていないし、あべくん自身も自分のことなど直接はかかなかったのだから、世界はあべくんをおぼえていない。おぼえていないからこの世界にもうない、ないからこそあるような気がしてしまう想像力のバグのようなものを駆使してあべくんのかいたフィクション性、キャラクター性にとぼしい文章を長くしていき、長編小説として再構築していくのをかれは止められずにいる。もともとはあべくんの文章にあこがれ模倣した文体を用いて青春群像劇をかき新人賞をうけてこの世に小説家として立った、その文章をあべくんのもうない身体に戻していくように、しぜん、あべくんの文章とも私の文章ともひとあじ違った「文体」でここまでかいてきた小説は、しかしかれの身体をだんだんおかし、抑鬱にまみれた集中力が地を這う時間をどろどろに濁している。あべくんのたどった人生の遍歴や事件にかんする調べを尽くして、具体性の破片をまぶすごとにますます創作としか呼べないものへとおざかっていく、物語の穴ボコにすきとおる光のあやなす集積のようなかたちであべくんの身体ができていく手応えがあってかれはこわい。つまり、「かれ」とは似ても似つかない、かつての同級生であった死者とは似ても似つかない「あべくん」は、私のかいた物語をすげなく突き放すちからの反動にのみ立ちあがる。こちらを見ている。あべくんがかいた文章を関節として、骨盤として、脊髄として各部に置きできていく身体の不全がささやく声の翻訳を聞いていると、意味ではない不安ばかりがおおきくなり、どうも違うような気もだんだんしてきていて、あべくんが風景ばかりかいていた描写にはあべくん自身のことではなく、なにかべつの対象があるようにおもえてきて……聞こえてくる方向がなにか、べつの方角から吹いてくる。そうしたかくまえにはなかった耳が、言葉をつうじて小説家の身体についてきたかのように、感じる質感がすこしずつ違和へと傾いている。それでかれはさらに足をつかった調査にのりだした。

あべくん自身の数すくない交流をスパイしていくと、幼少のころ一ヶ月のみかれと同居していたかれの伯母がのこしていたたった二枚の葉書に、それぞれ違う住所がかかれてい、ひとつめはかれらが同級生であったころに住んでいた付近にある越谷市のアパート。ふたつめは中野区中野坂上にあるアパートだった。

　中野坂上のアパートはかれが交際していた女性をころしかれ自身も自死することになる事件の起きた場所に近かった。当時とおなじ管理人が、「おぼえていませんねえ」といいつつも人が好く、またなにか言いたいような言いあぐねているようなようすだったため、「こんなことがありまして……」と切りだして同級生の身分を証し、ついでに受賞した文学賞に紐づく自らの顔写真をスマホに表示し町屋良平の名におけるかれの身分も証すと、引っ越し手続きもなく居なくなってしまった入居者が部屋にのこしていった書籍のなかで大学図書館のコードがついたものだけ保管しているという証言をえた。

　かれは演技でもなく泣き、「親友だったもので……」と嘘をつくと、殺傷事件の加害者が住んでいたと聞かされた直後にふさわしい口の重さはありつつも、記憶の言語化に秀でているらしい敏さを突いて、根気づよく話をひきだしながら、その本を探させた。管理人が部屋に戻り本をさがす四十分をこごえて待つと、フランス語の原著とおぼしきなんらかの本が管理人の手に握られている。

「お返ししなきゃとはおもっていたんですがねえ。私は電話というものがとても苦手で、でも捨てられずそのままにしてしまいました」
その場をあとにし、道中にある公園のベンチに座って本の表紙にかいてあるフランス語をスマホに打ち込んでいき、いきついたタイトルはクロード・シモンの「植物園」であった。この本がきっかけで、かれはあべくんとかつて暴力組織で「兄弟」だったというフランス文学の翻訳者にいきつく。そして話を聞きにいくと後年のあべくんは大江健三郎を何度か挟みつつ大量虐殺からの生還者である作家のジャン・アメリーに傾倒し、手記ともエッセイとも峻別しがたいそのテキストをきっかけにナチズムと大量虐殺にまつわる文章ばかり求めるようになったと知る。その事実に驚愕したかれは小説がかけなくなり寝込んだ。

「そんなことをするべきではない」

小説がいう。寝込んだ身体に四方からぶつかってくるように聞こえるこえが、最低限の事実ベースのみ先んじて記述させたまま、かれの筆をとめている。わかっている。

「もう止めろ。あべくんをかれとしてその人生らしきものをかく、それだけのつもりだったじゃないのか？」

「でも、そのかれの人生の含むものがどんどん、かけばかくほどに、膨らんでいく。あべくんがかいていたスケッチがかれの読書から生まれているものだとしたら？　てっきり自分のことではないまでも、あべくんがそのとき見ていた風景をスケッチしているのだとおもっていた。それも違うなら私がかいているこの小説はとんだ見当違い。恥知らずも甚だしいよ。いまでさえ事実や現実からはどんどん、とおざかっていくというのに」

「わかっていたことだろう？」

あべくんにも、あべくんだけに話しかけあべくんだけが話しかける小説がいた。その小説のことを想像している。昨日かいたものだけがつぎにかくものの担保になり、そのあいだにのみ生きる身体にかれはなる。かいているあいだは他者が小説だけだ。小説がどういう形式をもってあべくんに囁いていたかはわからない。風景は書き手の自己愛をまぬがれる最良の登場人物になりうる。都合のよい五感で周囲をとらえる、自己愛の配分にすぎない他者ではなく、きちんと違う人間どうしが生きるこの世界の確固たる登場人物として。しかしあべくんには自分に模したキャラクターがかけず、物語がむずかしかった。つまりあべくんのかいた文章には世界から「私」が引っこ抜かれている。

「私？」

寝るまえに明日かきたいあべくんの物語を想像する。それは夢をおもいだす儀式に似ていて、夢をおもいだすと夢に似ていく身体が神経をしずめて眠れる身体になる。身体が眠りをおもいだすのだとおもう。みずからのかきたい小説に似にいくかれはしかし眠れず、レンドルミンを二錠、デパスを一錠、抗ヒスタミン薬を一剤、飲み下して電動歯ブラシで寝たまま歯をみがき、さっき舐めていた飴の味の唾液ごとのみこんでねむる。爪のよこがさかむけになっていると、掻いたときの皮膚に傷が生まれる。爪を噛むのはいまも直らないかれのくせだったから、せめて噛んだ部分のギザギザをヤスリで削っておかなければ、起きたとき傷だらけになる。布団であたためられた皮膚が膨らんで、破れやすくなっている。

「自分のものではない文章を基にして、しかもその文責を負う人物はなくなっていて、なくなった文責を問うみたいに物語にするだなんて……」

小説は呆れている。しかし小説というものは毎日あの話をかいて明日はアッチの話をかいてとスンナリ整理してかけるわけではなく、頭のなかにある雲を払うようにかいて、雨をふらせて、次の晴天を待たなければ、またかけないじゃん？　そういうと小説は苦い顔をした。小説家がよくつかう手だ。だまされないぞ、と決意してふーうと溜め息。かように小説は小説家と話しているとついイライラしてしまうものである。

「あべくんの側にもこんな風に話す小説がいた。あべくんに語り、あべくんが語りかける小説って、いったいどんなだった？」

かれがそういうと、小説は口ごもる。そののみ込まれた語りを解して吐かせるように、かれはしってしまったことを極力物語の体として語り直す。カフェインを過剰にとり、散歩と入浴で体温をむりやりあげ、ハイになった情緒が言葉をおしだして、醸成された認識を忘れ、おもいだし、忘れ、おもいだしして。

「おもいだせ、かれがはなしかける、かれにはなしかける小説として」

かれが胃袋をむりやりおしこむようなプレッシャーをかけつづけると小説は……

陽射しが地面に木々のかたちをうつしこむと、汗をかいた。つめたくなった首筋からにおった物質に吸い寄せられる虫が皮膚をかむと、痒みと脳のつかれを同時に知覚する。空腹に慣れて骨格に皮膚がめり込んでいき、口のなかにこみ上げる胃酸がとかす肉の臭気が体表にかさなる臭気と混じりあいガスがこぼれる。空が均一な色で揺れる葉の向こうに滲み、気温がいくつかのブロックで循環していた。

自分の身体が風景のなかにある。もう何回もひとが死ぬのにかかわった身体が、陽射しに透けるように、あかるさを浴びているようすを描写した。公園で座り、ガラケーのボタンをポチポチ押していると、かくことで同時進行的に世界に感動してしまう自分に気がつく。なるほど、かくだけでこんなふうに感動してしまうのだったら、つい登場人物になにかを委託して、懸命に生きさせてしまうだろうな、とかれは辛くなった。いきいきと生きてしまいそうになったら筆が止まる。そうしてかいたものを同級生におくりつけた。もういつだったか忘れたせんげん台駅で、メールアドレスを教えた「小説」をかいているといった小柄なおとこ。いちども返事はないけれど、未着になったこともない、読まれなくても構わない、現世で読まれてなくともかいて送りつけると、かえってくる声があるのだ。

「感動ねー。でも、いつも人間は感動しているわけではないのじゃない？」

こんなに応えがいのある声ってない。かれはだれに語るよりも饒舌でよろこびあふれた。

「感動しているから風景がみえるのであって、だから風景がくすんでかけるひとはすごいかもしれないけど、おれにはみえないからね」

「風景をくすませることはむり？」

「わからない、やってみないことには……。そのほうがすごい『文学』かな？」

「文学のことはきかないで」

ようするに、あべくんにとっての小説はかれだった。現実には小説家として十数年後にデビューする、しかしその時点では何者でもなかった、かれの生きた幽霊があべくんにとって語り合う小説だった。ふだんは寡黙でとおしていたあべくんはかれに向かって喋る喋る喋る。

「ねえ、おれがクスリをやらないのは、おまえのせいだよ」

「やればいいじゃん？　アッパーかしあわせだよ」

「ちがうんだ。アッパーかしあわせが認識できるようだったら、目が濁って他人をエンターテインするだろう。くすんだ風景を知らなければ光を浴びないよ。でもほんとはそれって、土も葉も川も空も、血だってかけないよ」

「へえ？　むずいよいきなり」

「すごい死にたいひととか、すごい生きたいひと。そういうひとの、すごい五感とか、すごい五感のなさね。ふつうに生きていてつながれない、たとえアッパーの極みでもさ」

「ううん……視野狭窄だとおもうけどね」

「本をよむよ」

「大量虐殺にまつわる本を？」

「ウン……つい、おもしろいから」

かれは目をつむってフフフ……とわらう。


資料をあたっていても、あべくんの属している暴力組織の世界は、調べれば調べるほど危ない。小説にとってはとても。ただ風景を描写しているつもりでも、いつしか登場人物がロマンに汚れて、法をおかした世界が物語にとってはきわめて都合よくかっこよくなってしまう。この現実にとって法外であることは物語にとっては合法であるといってよい。それぐらい安全なアッパーでかっこよくなってしまったものは元に戻れない。それは犯罪といっしょだ。無垢には戻れない。そのように、かっこよくなってしまったものからかっこよさを引いていくのは淋しかった。私のおろかさをそこに足していくことでやっと、かっこよさが薄れて向こう側がみえる。あべくんはなぜナチズムと強制収容所にまつわる文章に狂っていったのだろう？

殲滅《せんめつ》を命じられ何度も生還し、民族を浄化して家に戻る、その固有の物語がなにかもわかっていない。あべくんの読んでいた資料をあたるうちにブチあたった暴力に、かれは麻痺していった。これが「私」だとおもったのだ。そうした資料のなかからなるべく物語をみつけて、そこからかっこよさを引いていく。

かれの祖母の弟、つまりかれの大叔父《おおおじ》にあたる人物は従軍し、特攻にとられ戦死した。仏壇に供えられたどことなく実の兄に似ているかもしれないその面立ちと軍服にどうしても身に応えるような物語をつくれず、祖父も父もなく育ち物心ついたころにはアルコールに溺れ怒鳴ってばかりいた祖母から戦争の話を聞いていても、当時の貧しさや現代っ子のだらしなさしか語らない祖母にもなにかしらの欠落はあり、愛着に訴えるような語りができなかったのかもしれない。つまり、自身も長女に依存しきったあげく家父長制によくしてもらったこともよくしたこともない、国や血縁によく繋がれない祖母は戦争や特攻のことを語るときに血縁にまつわる絆めいたフィクションを語れなかったから自分の餓えと貧しさしか語れる記憶がなかったのかもしれない。そしてかれもまたひとの話を聞くちからにとぼしく、貧しい言葉にうつりこむ他者もまた貧しい。日本の私としてなにか語れるかもしれない、聞けるかもしれない身体がちぢこまり、つい自分に都合のよいフィクションに逃れようとする私が恥ずかしい。たとえば私の大叔父がどこかでころせなかった兵隊がかれだとして？　あるいはころされなかった大叔父が人格をねじ曲げた私がかれだとして？
暴力批判で連帯できうる暴力に、失敗した小説が傷みます。もうボロボロで、どこを直しても傷むだけ、かき直しても想念は汚れてい、身体が元に戻れない。どこからか、私の生活そのものが間違っていたのだ。

　ではいったい、いつから間違った？　かれらは問えない。なぜなら間違った認識でなにかを問うということそのものがもう、なにも生まない塗りかさねでしかなく、爪で炎症をかきむしるみたいに、血を見てしまったほうがまだよいようにおもえる。残虐や凄惨、カタストロフの表現のむかう先がどうもエンターテインメントすぎるし、ロマンチックすぎる。資料や経験にあたり、誠実であろうとすればするほど対象はフィクションを帯び、それらの案配を担保する「私」が恥ずかしく判断がにぶる。こうしているあいだにもどんどんひとをころしつづけているような気もするがひたすら恥ずかしいだけで語れない。批判だけではいたれない場所を夢想して生きてきた。ただ、やさしく……

　あべくんはやさしく他の人体を壊す。恋をするみたいに。あべくんの人体も壊される。点滅するいのちの淀むとき、あべくんは来世のような小説を夢みた。これでもう、ロマンチックもラッピングもない風景が、かけるかな？

　小説はほほえんで、「そうだといいね」という。

　そのように小説家も「暴力団」構成員も暴力をラッピングして差し出すことにその生理

があった。技術が熟達してようやくなかに入っている暴力がかろうじて分析され、生活を賭してお包みする身体が職業になっていく。つづけていくにつれ本体ではなくラッピングの技術が進んでいき、より中身にあった包みかたが身についてくるというわけだ。

「こちらプレゼント用にお包みいたしますか？」

しかし贈り物じたいの中身がなんなのかやっている当人もよくわかっていない。コツコツつづけていきさえすれば、かいているとき、殴っているとき、わかりそうになる。包むことでようやくわかる実態を、先送りにしている。

「ありがとう！　すぐ開けてもいいやつ？」

すぐ開けてはダメなやつ。すくなくとも、来世までは持っていってほしい中身が、今生を焼いていく。生きていると、ついほだされる情ってだれしもにあるだろう？　あるいは、死にほだされてしまう情ってある。どちらにせよきわめてロマンチックだよ。どっちにも警戒をおこたらずバランスよく読んで欲しいものだよね生きている人間風情でも。生きているとつい濁った目で作品をメタメタにしちゃうよね。死んだ小説家が風雪をたえしのんだ成果を人間はつい尊重するけれど、そんなセンチメンタルと死への萌えがにぶらせる作品への判断ってあるのでしょう？　法外な暴力に萌える気分とおなじだよ。そういう意味では小説家って死んだら負けだよねー。そのようにあべくんは小説に語り、語られしているからこそどこかしらかれの人生がドラマティックになっていく。父親が母親をころし捕まったところからはじまって、恋人をころして自分も死んだところでおりかえす、そのあいだにだけ何度も跳ねまわる物語の無限があべくんをつくりあげていく。

　組織を名乗るための金をうまく工面できず兄に相談したところ、「いいのあるよ」ということでかれは身体を売る。男性相手のウリセンに登録したかれが、街なかの特徴のない土地にGoogle Mapsでピン立てされているところで見知らぬ男と落ちあい、サテライト型の店舗に誘導し個室に入ったところで店長に「いま入りました」と電話で報告する。客に向き直り、

「お客さん、かっこいいですね。若いですね。おれうれしいです」

　かれはここではよく喋った。

「女の子にもモテそう」

　そういうと客はうれしそうにした。

　シャワーを浴びて、乾燥肌だという相手の肌を手で撫でさらっていき、手のひらをチューリップの花のようにやわらかくふくらませて性器を洗うと勃起している。

「入れられるのはどうしても無理でー。ごめんね」

　そのように謝るものの、幼いころ性差もなく他人の身体で憩えていた記憶がかれがそうと意識するわけでもなく蘇り、身体が熱くなっている。演じるのはらくだった。挿入され

るのが無理というと、多くのタチ側の男性が「俺なら大丈夫だよ」という。
「ほんとの挿入をしらないからだよ」
俺なら痛くしないよという。しかしそれは嘘だ。試してもいないのにかれにはわかりきっている。何故ならタチは皆おなじことをいうからで、いっていることが真実なら皆おなじことをいうことはできない。装飾なしには言語化すら覚束ないから真実なのであって、われわれの口にのぼる「ほんとの挿入」はラッピングされた挿入である。つまり中身はただのありふれた挿入である可能性がたかい。

かれはとうぜんのように連絡先を聞かれたら教えていたので、個人的に客をとることも多かった。というより積極的にヤミケンに移行していき店からはクビをいいわたされた。クスリの客として育てるよう兄に指導されていたので、もともとある程度固定客がついたころに店をやめるつもりでいた。

ある日、個人的な客として若い既婚者の家で性行為に及んでいると妻が帰ってき、女はかつてヤンキー的階級闘争において相当な上位にいたことをおもわせる迫力でかれと旦那を全裸で正座させ、テキパキと殴り、暴力のこえで恫喝した。かれもおざなりな暴力のこえで会話ではない吠えあいのようなやり取りをすこししてみたものの、やはり旦那を寝とられた現場において妻であり旧姓を加賀《かが》といった女の迫力にはとうていかなわず、すでに射精まですませていたこともあってかれの暴力はリアリティを帯びなかった。ダイニングキッチンのテーブルで三時間、全裸で正座していると尻から汗がボタボタ垂れ、かれが脱水症状で朦朧としたタイミングで加賀に連絡先を聞かれ、教えたところでようやく解放された。

その客には「妻とは大学で出会ったんだけど、優秀な社会学者ですぐれた詩もかいていたんだよー」とノロケのような人物像を聞かされていたので、あまりのギャップにおどろいてついほんとの電話番号を教えてしまっていた。その場で鳴らされて確認をとられたので、偽るには水分と体力がまったく足りなかった。

加賀は一週間後にかれを呼び出した。バックレたほうがよい案件だと兄にもいわれていたが、妙に板についた暴力を振るう加賀にひかれたかれは新宿の喫茶店にいくと、まず一般の客は寄りつかないだろう汚さが目につきテーブルに手をおくと謎のベタつきをおぼえ、聞いたことのない楽器の音で越路吹雪《こしじふぶき》がながれている。そのようなボックス席でかれは序盤で加賀に水をかけられた。

とてもつめたい。「おとしまえ」を要求してくる加賀の、比較的理性的な恫喝をききながら、「ほんのこ」の施設で小林くんや櫻井くんと川で遊んだことをおもいだしていた。職員のおじさんも海パン姿になってかれは「大人なのに川で海パンになっている」とおもい、「なんだかヘンな日だ」とおもいながらやがてふくらはぎのカーブの丁度くだっていくあたりまで浸っているつめたい水に情緒がさわいだ。川底に反射しているひかりがズレると、生き物が動いている。なんだろう？　追いかけていくと、声が「あんまとおくにいっちゃダメだぞー」とついてくる。

　うねる流れの隙間で光の多角形を追うように葉が流れていき、音が皮膚を包んでいる。体温が水と混ざって油断していると脇につめたさがおとずれてヒャッとこえがでる。こんなにおおきなこえを出していいんだっけ？

「おい、てめえきいてんのか？」

　だれかがかれに水をかけてきた。「ヤメロー」「ハハハッ」。かれは過去や明日にはない「ほんのこ」たちの友情に胸がさわいだ。そんな思い出はないのだった。

「ねえ、どうしてくれるの？　離婚だよ。わかる？　離婚って、すごいニュースよ。人生の。当人たちより周りのほうがいうの。すごーいって。わあすごーいって。離婚すごーい。急に揶揄する側から揶揄される側に立たされるわけ。社会的にも、世間的にもね。年収も落ちます。これ、おたくどう責任とりますか？」

　ようするにヤク中なんだな、とおもったかれは「くすり、いります？」と応えた。すると三度目の水が、かれの身に注がれ、襟ぐりから胸、腹へと水のくだるながれが具《つぶさ》に感じられ、かれは借りた車に加賀を連れ込み、「てめえ……」暴力の声をだした。そしてひたすら西へと車をだして、ただ時間が暴力をどのように変化させるかを観察するためだけに、無言で夕方を移動についやした。父親が母親をころして辿ったとされる道筋の、東名から国道一号をこまめに組み換えて、道路をベロベロと走らせている車で、加賀はいつしか眠っていた。

　起きると加賀はいくぶん落ち着いていて、「ねえ、ゲイなの？」とかれにきいた。かれは応えなかった。暴力を生理としている人間は精神的には同性愛者だとよくいわれる。つまり小説家も同じようなものだった。黙っている時間でかれがポワンと暴力のムードをただよわせていると、加賀はてのひらサイズのリングノートをとりだし、なにかをかいている。

「なに？　それ」

　かれがきいてもだまっていた加賀はこのとき詩のスケッチのようなものをかいていた。かれが生涯読むことのなかった詩を加賀は定期的にかいて詩誌におくっており、図書館でいくつかみつけたそれらの作者名は「加賀」というだけのものだったのでかれもそう呼んでいる。比喩やイメージの跳躍はそれまで激しいものではなく、比較的よみやすい部類であろう加賀の詩にはきほん叙情にとぼしい風景がかかれているのだが、どの詩にも一連のみ薬物乱用や断薬にまつわる語彙と心情吐露が散見され、その一連の苛烈さと風景部分の穏やかさとのコントラストが意図されたものであるのかどうかで選者の評価はわれているようだった。

「なにをかいているの」

「メモ。ジャガイモ、ニンジン、玉ねぎ、豚バラ」

「カレー？」

「昆布、削り節、珈琲」

「カレーじゃないんか」

「カレーだけど。うちの家庭は出汁《だし》をとってルウを溶かす直伝」

けっきょく加賀は薬を欲しがり、名古屋のラブホテルであまあまになり性交に燃えたあとかれは眠って、起きたら加賀の薬効が切れていてかれをひたすら殴った。


それでかれは加賀に殴られた傷がなおっていくにつれ、ひとつ加賀のことが気になってくる。躊躇のない暴力はしかし適切で、鼻血が歯を染めはじめると言葉が出づらくなるので途端に意気が萎える。そうして腹に膝を落とされると、その苦悶を快楽的な目で眺めている。その無為な被暴力は久しぶりにかれを人間にした。加賀は殴られるほうの痛みをよくわかっているようだった。何発鼻を殴ればひとは視界を犠牲にしてでも顔全体を守り、腹にどの角度で攻撃をくり返し全力と回数をどのくらい案配して殴りつづければ内臓に利いてしまうのか、くわしかった。防御の効率を痛みや恐怖で捨ててしまうからこそ、ひとは殴り負けるのであって精神をふくむ人体の繋がりにくわしい者が暴力は上手い。かれは非常に感心して「なんか習ってたの？」と聞くと、そうでもないようす。応える声は薬効によって覚束ないのだったが、なにか家父長制的な価値観でなされる武道や格闘技の覚えとは無縁の攻撃が、それゆえの迫力を帯びつづけるのだった。かれのあのとき苦痛にとらわれた身体が言葉にしなかった叫びを時間にまかせて再言語化したい欲望にかられ、そうした情動と加賀への興味は常に切り離せなかった。

しかしこのあと恋愛関係へと発展するかれと加賀とのことを物語のようにかこうとすると、誰かにかかれているものを二次創作しているみたいに上滑りし、上手くいかないのはなんでだっただろう？　きちんとその夜にいたる展開を活写し、風景をよろこびの埋め込まれた文章で描出し、しっかりとした世界を立ちあげてから物語に入ってもそこには人体がない。登場人物というよりもずっとおくまで減退して、そこに身体が足りないような、たとえば唇や性器や爪が足りないような、暴力をおぼえる。たとえばあべくん、そしておれ／私といったような人称から減退し、もうかかれたものの根元で全体に繋がっているみたい……

するとこのごろよく眼裏《まなうら》でみる蹂躙の夢、加害の夢をみてかれは白目を剥き、失神するように遠ざかる。まるで故郷の夢。細部に挫折しつづけ、弱い文章で迂回をつづけていく。

かれは加賀の身体を殴らなかったが性器を突っ込んだ。そのときの加賀の意志と凌辱。人種差で弾かれた尊厳を、施設に閉じ込めてガスを吸わせ、人体のなかから歴史を取り除き、ついで文法を取り除くと、言葉が壊れはじめて、つねに初対面の身体になる。夢や鬱のような歪んだ鏡像にしか、生きやすい身体ではなくなって、反転した世界では愛着ややさしさこそが尊厳をそこなう。思い出が。幼いころのやさしい気分が。

おかあさーん

かれが叫ぶと、顔の傷はわずかに和らぎ皮膚が突っ張らなくなっていた。おかあさんにやさしくされなかったからこそ生きていて、暴力に包まれてかれ自身は抑鬱にやられない。おとうさんにもらった温もりや、愛着のほうがものすごく邪魔だった。なんでやさしくした？　やさしくするなんて、この時代が選んだ勝ち馬に乗る馬鹿のやりかたで、陽の社会性を刻印したファシズムにすぎない。おとうさんさえやさしくなかったらかれもかれをもっとはやくころせた。かれのなかの自己選別を、もっとはやくに行使した。それでかれはようやく刺青《いれずみ》を入れて、自分をもう一段奥のレイヤーでキャラクターにしてしまった。

墨を入れられているあいだずっと加賀に会いたいような気がしたが、「しょせん、ただのヤク中なんだよなあ……」と何度もおもいなおす。その度に加賀と自分を物語に落とし込もうと挑戦し、刺青のおかげでだいぶそれがうまくいっているような気がしたのは、たんに慣れてしまったというだけなのだろう。転がりおちるように紋切りの、あべくんが転校したあとに教師がいった、あべくんが聞かなかった「このなかの誰ひとり欠けることなく、元気な姿で帰ってきてください」の声かけみたいに。そのときにわれわれは、「欠けていいものしか欠けないいんだな」という共有意識をもった。どういう読解力？　でも現実はそうだった。教師がいった警句は生長とともに意味ずれしていった。それぞれの自己愛を第二次性徴や社会性とともに、身体に混ぜ込んでいって、都合のいい物語だけをわれわれは採る。すくなくともかれはそのような認識をただすこともないままで文章をかき、小説をかいていた。

　われわれは二度とあべくんのことを話題にせず、しかし会話のはしばしで了解した。

「どんな子もかけがえのないもの」

「欠けてしまったものは欠けてしまったもの」

　その交わされない両者のこえがぶつかると、「ヤメロー」と口にだすことで欠けさせる、「ころすな！」と言語化することでころす、おなじみの慣習がつづいていく。だから小説のこえもどんどん説教臭くなって、「もっと人生経験や人との濃い関係を積み上げたほうが、いいんでない？」あべくんは弱って、「おまえがそう言うんなら、そうかもしれないな」という。

「そうだ。霞を食って生きているんじゃないんだからな、人間」

「もっと安全に生きるのも、いいのかもしれないな……」

　あべくんはそう言いながら、しかしかれのいう安全に生きるということはもっと平凡にひとに暴力をそそぐというようなことだった。創意をうしない、たとえば拳銃や化学兵器を他人に向けたりすれば、かんたんに大抵の人体が経験したことのない体験を捏造することができ、よく考えたら似ている体験が子ども時代にもたくさんあったというのに、結びつける努力もせずにすむ。あべくんは自覚していないが墨を入れたあとでわずかに耳がわるくなったから、他人がまだ言っていないことが聞こえなくなった。そんなのふつうのことだよ。

大の大人がまさか、「ころすぞ」のルビや翻訳で、子どものころの覚えたてのことばで「よろこび?」「かなしい」「ふつう?」「たのしー」「うれしい?」と言っているのなんて、聞こえないのなんてあたりまえのこと。鏡をみれば刺青がいつでもうつる。あべくんはガラケーのボタンをポチポチおしている。

けっきょく加賀は離婚をし、それは間接的にか直接的にかわからないがかれのせいに違いないのだったがかれはそんなことに負い目を感じはしない。加賀とわかれた元夫とも引きつづき関係をもちつつ、「元嫁にも弄られてんの?」と言葉責めのようなつもりもなく肛門を指先であそび反応を試していると、「おまえのせいだぞ」といわれた。そのように快感まみれで告げられた責任に、かれはなにも感じない。しかし加賀に呼びだされるとときどきなにかを期待していくことになる。

おなじ男とセックスしていて、しかしかれは入れる側で加賀は入れられる側だ。きて、といわれて当時加賀がひとりで暮らしはじめた東中野の狭いアパートの向かいにある、昼間からどことなく暗い公園にいくと、加賀は公園の中心からすこし北東にずれたあたりで倒れていた。子どもが遊ぶような公園だが真ん中に祠《ほこら》のようなものがあって鳥居が何重にも重なって建てられており影が園外にまで斜めに延びて歪《いびつ》な線が濃く薄くをくりかえしはみ出ていた。倒れている加賀の身体にゆっくり寄っていくと頬を張るまでもなく呼吸で意識があることをたしかめ、助け起こすと加賀は暴れた。ベンチに座らせると、ぎゅーっと顔を腹に押しつけてくる。かれをベンチから押し出す勢いで体重を預けてくる加賀にかれは質問をしなかった。たんに自分が質問をされるのがこわかったので、他人にもしないだけだった。加賀は泣くわけでもなく怒るわけでもない叫声をあげた。結構な声量だったので「やめろ」という。

「そんなことをして、通報されたら終わりだぞ」

　加賀がかれのシャツをまくり、脇腹から肩にある刺青に鼻をつける。かれはもうなんの意志もこもらないような「やめろ」をいった。喚く加賀を抱えて、アパートへ戻る。かれじしんは薬物をしなかったので、加賀の体調はわからなかった。酒も煙草も賭け事もしなかった。墨をいれてまでして、どの組織にも馴染んでいなかったのだがかれ自身はそれをよくわかっていない。「〇〇の酒（賭け事）がやれねえのか」とドラマのようなことをいわれても、真顔でずっと黙っていた。すごいアホだとおもわれていたので、殴られたりはしても深刻な問題にはされなかったが、かわいくないとおもわれていた。そう、かれは男性性や暴力にとって、ぜんぜんかわいくないのだった。かれには演技力というものが欠けていたから、どの現場にも臨場感がなく、それゆえ暴力に附随する昂揚感に欠け、ただ圧倒的に相手をボコすのが上手くて使えるという信頼だけあった。暴力組織にとってのかれは有用でこそあれエンターテインメントに欠けた存在だからあまり重用はされていなかった。

刺青を入れてからのほうがそのことが顕現していた。半ば意識のない加賀の性器に挿入し、擦ると快楽で腹がジワッと熱くなった。刃物を皮膚に寄り添わされているときのような。刺されたことはないからこそ生まれる想像力が走りだし、腹部がピクピクと引き攣る。破れた皮膚のした臓器損傷のいつかみたフィクション映像が脳を掠める。汗と体温が時間を巻き戻し、性の強奪がふたりを意識不明にしてかれは射精した。加賀が眠ると財布から金を抜き、定食屋で目玉焼き定食を食ってまっすぐ帰り酒ものまずに布団に入る。かれは自分を幸福だとおもっていた。

幸福なのに、だれも「幸福だね」って認めてくれない。べつにいいけど。

身体がおもしろいから。殴られても墨を入れても飯を食っても、反発するようにしなやかによろこぶ身体。やさしさや暴力で愛撫し／されして、痛みをこらえるようによろこぶ身体。モノのなにもないアパートの閉めきった窓から、思い出のような粒子が侵入してくる。感想も反省もない毎日が、子どものころと両親とそのあとさきからつづくこの身体を祝福しにきて、眠る身体に降りそそぐ。カフェインすら必要としないかれの健やかな充実が、他人をわからなくさせていたがかれ自身は全能感に満たされて文章を読んでかいた。眠りのうちに近所で火事が発生し、人命や家財がチリチリ燃えて消防署員が煤を顔につけて口のなかを噛み出血する。そのような深夜をしらずに、かれは起きて顔をあらい歯を磨く。加賀や家族に呼ばれなければ、図書館にいくが呼ばれたら呼ばれたひとのほうにいく。本よりちょっとだけ、人体のほうがおもしろいとおもっているのかもしれなかった。

図書館でかれが本を読んでいる、物語があたまに満ちていくその内容と関係なく、「火事、みた？」という、声のようなものが閃き、かれはここまでの道すがらに見ていた焼け落ちた家の焦げたにおいと変色した木材のいろ、そして死んでいったひとと生き残ったひとの気配を感じとり、なくなってしまった経済にもチラリとおもいを馳せはしたのだけど、本を読みはじめるまではわすれていた。頁をめくる、その手の運動で「みたみた」と応えた。

「人死にが出たってね」

「焼けるなら、盗っておけばよかったけどね。盗ってからおれが焼けばよかったよ」

「そうだよね〜」

「焼かれたらつらいからな」

そんな経験はない。因果の無視され、かれの身体のどこで交わされているものかもわからなければ、この先のかれの記憶に兆しもしない想念が、小説との会話で溢れ、こぼれおちる。それで一頻《ひとしき》り小説を読んでしまいつぎの本を探しにいこうかなというところでウリの客から
……今夜、どう？　九時とか
というメッセージがきていたので、かれはオーケーの返信をし、本を探す。

かれはこうした急なる欲望に応じるためにエチケットセットを持ち歩いており、図書館のトイレで歯を磨いて髭を剃り、身綺麗にした。まだ時間があったので本を読みすすめて、「でも、焼失したものがけっきょくなんだったのかなんて、わからんよね」と小説に話しかけた。

「というと？」

「いや、焼けて消えてしまったら、遺体すらその人格もわかりづらいでしょ。そのように、あらゆるものがさ」

「歯が重要だとは読んだことはあるな」

「歯？」

「歯の治療痕？　などで人格を特定するらしいよ」

「へえ、ものしり」

「まあな」

　小説は照れている……

　図書館をあとにし、客に指定された待ち合わせ場所に赴く道すがら、三十代ぐらいのサラリーマンとおぼしき男が、二名の若者に喧嘩を売られており、どうやら不良ふたりが親父狩り。かれはそこで足を止めチラチラ眺めていると、ついに若者がサラリーマンを殴った。それを待っていたかれが路地に身体を吸い込ませて近づいていき、音もなくひとり若者をのすと、もうひとりはおどろいて立ちすくんでいる。サラリーマンはありがとうございますありがとうございます……といった。

　かれはそれを無視していま自分が殴り倒した若者をまじまじ眺めた。近くでみると、顔についた血があぶらでうきあがり街灯のひかりを吸い込んで黄色っぽくみえる。まだ十七、八ぐらいなのだろう。地面に這いつくばり、アスファルトに血を擦りつけて呻いている。もうひとりの若者は謝罪のことばをくり返しいっている。それを無視して顔面を殴ると頭が下がったので水平に側頭部を蹴り、姿勢が後傾したところで腹を殴ると、それほど利いたようすもなかったのに蹲《うずくま》って立ちあがらなかった。闘志がそもそも、そんなにない身体だったのは殴っていてわかった。殴るつもりがない身体は殴っているとよくわかる。しかし、そんな身体でもなにかが盛り上がると忘我して武器を探しはじめるのですぐそうした意志ごと殴りたおすのがよい。先に殴るほうが有利だ。体格にめぐまれた人間のほうが身体そのものの破壊力に尻込みし殴る決心におくれがちなのでひとはみな平等である。かれは先に身体の小さいほうを殴ることが多い。そのほうが優位にたてる現場がよくあって、この夜もそうだった。サラリーマンをみつめる。

「財布」

え？と聞き返されたのでもう一度きっちり、財布、という。

「え、暴力団ですか？」

サラリーマンは平気で口を利いてくる。二十歳ていどはかれより年上なのだろう。この男のほうが闘志があるじゃないか、とかれは感心した。かれが応えずにいると、「暴力団ですか？ それなら警察にいいますよ」といった。

かれはニコニコして、サラリーマンの頭を撫でた。まだ言葉の通じないほんの子どもにするように、犬や猫にするように、かわいいとおもっていた。手をだしたらほんとうに通報するつもりなのだろう。正義を言語化してふりかざす人間はその正義にしばられて殴れない。手をだされる心配のない身体はかわいい。サラリーマンはかれの手をふり払う。もう一度無言で頭を撫でると、サラリーマンは財布をとり出した。四万円。

ウリの客と駅で落ち合ってシティホテルに入り、朝まで横で眠ってあげて三万円。あまりセックスに積極的ではなく、淡白なふれあいで射精させたあと黙って横に寝ていればよい客だった。

「けんくーん。からだがつめたいね」

いっしょに風呂にはいり身体を洗っている。石鹸で首を挟むように洗っていても、ひんやりしていてつめたい首を撫でるかれの手のひらは熱かった。中手骨の骨頭あたりに滲む血を見ないふりしてけんくんは自暴自棄だ。

「ここのとこ、あまり寝れてなくて……」

なんの仕事をしているかしらなかったが、過労に身体が壊れかけているのはしっていた。かわいそうに、とかれはおもう。

「かわいそう……薬が欲しくなったらすぐいって」

「え、あ……うん。じゃあ」

といって、けっきょくその夜に七万円をうけとった。極端に疲れていたり魔が差しがちな人間はことごとくかれに懐いた。歴史の別の側面、こうあったかもしれない人体や人類のありかたや、この社会の身体では不可知の世界。それをしてひとは洗脳という。それぞれの疲労に合わせてそれぞれの理想はたちあがり、かれ自身はそうした倒錯と無縁だったため却って他者の身体に想像力を強要する。身体が疲れるとひとは碌なことがない。乳首を舐められるといつも新鮮な感覚が湧きかれはうれしい。体育で持久走を走っていたときのような息切れを起こし、ハアハアと息を吐く。

　そうして得た金でかれは美容室にいくのがすきになり、とくに散髪の要がなくてもこまめに色んなサロンを回った。

「おにいさん普段なにしてんすか？」

　と聞かれると、「小説家」「芸人」「格闘家」「警備員」などなど応えていたかれだったが、しかしほんとうに嘘を吐いたりなにかに成りきったりということが下手だったのでいつしか「警察官です」と応えるようになった。警察官は現実と物語のさかいなくかれがふだんよく観察しているものだったからまだある程度のリアリティを捏造できたし、そうしたフィクションの調子が出ないときは「あんま仕事のことはいえない決まりで」といえば済んだ。一部ほこらしげにいう人間はいるにしても、仕事について話せないのは警察官も暴力組織もおなじというわけだった。

　歯と髪がかれはすきだ。他人の手に弄られてとても居心地がいい。読書のほかにかれの唯一の趣味といえる散髪が、かれを暴力らしくない風貌にして世界を騙せていた。

　加賀に呼び出されて一度断ったあとに「じゃああしたは？」ときかれ、応えずにいたかれだったがその翌日気まぐれに加賀を訪問した。

　加賀はかれがはじめてみる程に薬物から抜けていて、反動症状があるようだった。ひたすら時間が身体にこたえて辛いので、かれを呼んだのだろう。もはや薬が欲しいのか欲しくないのかの意志も混交し、なんらかの初期衝動に貫かれて叫びをあげているが、かれはそのとき薬を持っていなかった。

加賀が離婚後にひとりで暮らしているアパートは抑鬱とともに生きる人間特有の散らかりが見てとれて、なぜか出入口の大半を冷蔵庫が遮っており人体も光もだいぶ細くならないと入れなかった。シャワー室の湿気がこもり布団や畳はカビていて、かれはわざとそうした破滅的な部屋に住んでいるのでは？と疑った。どうして皆、こんなにフィクションぽく生きているのだろう。

加賀は暴力組織の一員ではないがなにかしら暴力的な方法で他人から生活費を巻き上げているのだろう。元夫を強請《ゆすり》に行くのは日課にしており、その他にもなにか他人の弱味を見つけるために自分自身の意識を強く敏く保っている。それが加賀の身体にきつくこたえていた。かれも加賀らに薬物や自分の身体を売って組の人間として雇われている以上、金を納めてなんとか家族関係を維持し社会的欲求を保って生きている。天涯孤独になってまで家族関係を欲してしまう情動の底がどういったものなのかわからなかった。自分とこの家族を守るためなら、平気でほかの家族を殴るだろう。暴力は私と私以外を区別する手段にすぎなかった。

加賀は膝を抱いて蹲り、「私の人生をリセットしたい」といった。このように加賀には衝動的なリセット願望があり、生涯それに翻弄された。かれは、今回薬を抜きはじめた初期衝動はこれか、と悟った。しかし、リセットするとしてもいったい、いつのどこに？ 加賀は幼くして両親に棄てられ里親に育てられたというが、その物語をかれはあまり信じていなかった。まったく信じていないというわけでもなかった。他人の物語を信じるでも信じないでもないかれの態度が、周囲の人間を翻弄し、かれ自身も翻弄された。物語にかえろうとするから人生はつらく、日常が重すぎてついひとをころしたくなるというのに。

　わからない。他人のことはわからないから、加賀でさえ依存している子どものころの里親とのうまくいっていた日々のこと、安心しきった毎日の、それとしらず育っていた人間としての素朴な自尊感情のこと、愛着にグレて喧嘩の数をこなし、更生してなんとか学問を修め、差別的な社会にふたたびグレ、ローションに混ぜられた覚醒剤で依存に陥り、ずるずるとした薬物使用のうちに夫となる男性と出会って、おなじ依存をやりすごしながらまるでまっとうになったかのような生活をおくり、そしてやってくるかれ。かれはこのような加賀の人生の登場人物としての自身を省みて、その脈絡のない登場に改めて驚き、すこし快感なのだった。相手の人生の脈絡のないキャラクターでいられるのは安心だった。それは加賀もそれなりに脈絡のない登場人物としてかれの人生に出現したからだ。

「なんであんたは、わたしの面倒をみる？」

「なんでだろうね」

西陽に晒されたかれの表情が加賀には映らず、加賀はその催眠術師めいた才能のあるかれの、瞳のくろい揺らめきをみなかった。黒々とした液体をたたえた池の球体で、無数のこまかい黒い生き物が泳いでいる。その生き物と目があうと身体が凍った。加賀はいつから自分が圧倒的だった精神的優位を、かれに明け渡してしまったのかわからない。

「もう、止める。入院する。まず薬を抜かなきゃ、身体がなんにもならない」

「あっそう……」

「おまえのことはだれにもいわない」

「そんなことはどうでもいいけど、会えないと淋しい」

そうして加賀を抱きしめたかれの、本意や本能こそもっともないものだったが、身体があつい。加賀は「結婚して」といった。

「私が戻ったら結婚して」

あべくんはへらーっと笑いました。

ろくに調べもせずにこうして描出するあべくんと、加賀という筆名をとって仮名とした女性との出来事に線を結んで物語としてかき、どうじにかれはかれ自身の愛着について思いを馳せる。

あべくんが東中野の加賀宅に入り浸り、あまりかくつもりのない恋愛感情への発展を遂げているいっぽう、かれはまだ越谷市の実家で母と祖母とくらしていた。当時のその土地の小学生としてはまだめずらしい私立中学受験をしてすべて落ち、公立から進学校とされる高校にいきはしたものの成績は下落するいっぽうで大学受験にも失敗する。かれはファミリーレストランのホール係として働きはじめていた。ここまでにかいたとおりそのころには小説らしきものをかいていて、私小説としてかいていた文章にそうした落第のことをかかなかったのは、やはり恥が先行してのことだと思われる。

「私としては大事件だとしても、フィクション的には小事にすぎないな」

こうした考えかたは身に染みついたとれない悪癖だといまではおもう。はじめてのバイトはたのしかった。

私は小説家になる、とおもっていた。

かれが物心ついてから休みの日の母と祖母は一メートルの距離で顔をつきあわせて、買い物にいく以外の膨大な時間をおなじテーブルでクロスワードパズルをとくことについやしている。夕食からは飲酒しながらテレビをみる。その時間が週二日。六時間のパズルと四時間のテレビ。三十年。

子どもの頃のかれにとってはふつうのことだったが、いま考えると祖母と母はお互いを監視しあっていたのだとおもえる。飲酒してたがいに激昂し怒鳴りあう機会は月に一、二度か、多いともすくないともかれにはいえない。ファミレスでアルバイトをはじめ家に金を入れてからも、自室のドアを閉めることは歓迎されなかった。かれもまた監視されている。しかし「私」はいまだにそう「思えない」。三年後に実家をでるときもさみしさなどなく罪悪感ばかりかきたてられたかれは社会でいわれる「自立」という概念とは程とおい気分に苛まれ、自分だけがこの家からいなくなっていいのだろうかとおもった。私たちにとって愛とはうしろめたさのことだった。かれの内面の根には生まれたときから家族に道徳としていわれつづけた自己責任論やルッキズムの権化のようなことが巣食っている。それがかれはずっと恥ずかしい。

　祖母が亡くなったとき、母は大人を止めてしまったようにおもえた。怒鳴りあう共依存の相手をうしなって、子どもでいることができなくなり大人であることも止めてしまったのかもしれなかった。子どものころのかれにとっては、この社会において女手ひとつで子どもを育て、休みの日には料理をつくり夏祭りや旅行へつれていってくれた。そうした成熟や決断をことごとくなくしてしまったようになった母に戸惑ったのは、かれもまたうまく子どもであることができず、だからこそ大人であることができないからなのだろう。どうしても似にいってしまう。信じていない愛着に。

　小説をかいていると自分の身体にこもる社会をあまりやらなくてもよく、しぜん長くなっていく小説がひたすら目をあけずにすむ現実のようになっていたから、私をサボって社会や慣習を無視しているうちに、気温や天候の変化でかんたんに身体が抑鬱に嵌まってどろどろに濁った。賞をうけたあとの自然災害めいた多忙にイライラし母親にあたっているときに、「あんたが賞をとったって、うれしいのは一日二日だけだったよ」と言われた際に、かれは表情をくずさないまま内心きわめて冷笑していた。ダサい。だって、ダサくないですか？　どうして私と私たちはこんなにダサいのだろう。病みきれない私と同等に不穏だが砕け散りはしない家族関係が恥ずかしい。

　フィクションの登場人物がかかえる不幸の根っこに愛着があるとかれはぎょっとしてしまう。わからない。これはフィクションだからありえることなのか？　それとも普遍的な感情なのか？　つまり愛着用に加工されたフィクションなのか、フィクション用に加工された愛着なのかということで、小説としては前者を比較的よいフィクションと感じ、後者をインチキのクソと感じているのだがそれはかれの嗜好にすぎず後者のほうがよく読まれていたりもする。

　そこであべくんのことをフィクション的に考えていると、その生涯からして愛着の燃えかすのようなものすらなく、かれが出会った加賀や小説家のかれにもあるような裏側としての愛着、つまりかつてはあったような愛着すらもないかもしれないから、身体は社会や歴史的ロマンシシズムからも剝がされ、なにがなんだかわからず嵐に吹かれるような無垢で人間をやっていたのかもしれない。小説家が自己愛の泥でよごしたあべくんをかくことでようやくはじめて、あべくんというかれが生きる実感や、運動の名残のようなものだけが、みえてくると盲信している。たとえば本を読む、数十頁まえにかかれたことを読んだ認識や記憶を、薄れさせつつあたらしい頁を読む、そのように現実が響きあって生まれる意味の擦れ目が、濃淡が共振してやっとはじめてあらわれる「私」なんじゃない？　けっきょく、自分のことをかいてしまっている。愛せないから愛したい私を子どものようにあまやかして、あべくんという登場人物を。

　かれは図書館で他人のかいた他人の物語を読んでフワフワした気分になって昂揚し、ときには作中に登場する暴力組織の理不尽な暴力行使に憤ったりさえした。現実にはもっと酷いことをへいきでしている身体のはずだった。文学をおそるおそる読むようになっていたかれはとくに身体が点滅しがちになり、ゼーバルトの「アウステルリッツ」でえがかれる男の、靄がかかった過去にあった大量虐殺の、ことばで喉を詰まらせ塞栓《そくせん》をおこすような抑鬱をよく読み、たんじゅんな勧善懲悪でヒーローとしてえがかれBLなどで愛らしく登場したりもする任侠系の物語もよく読み、そしてなにより恋愛小説をよく読み昂った。だんだんと、描写そのもののもつ迂遠な多重性にひかれはじめるかれだったが、いっぽうで体のよいキャラクターとして消費される物語もふつうにときめいて読んだ。それで、昂りのうちに自分でもかき連ねた散文に、いつまでたっても物語やキャラクターが立ち上がらなかったのはなんでだっただろう？

かれから送られてきた文章を読み、かれは興奮した。あべくんのかく描写の、だれにも似ていないがたしかにかれにはそう見えているのだと、身体にうつっているものだとわかる確信。こんな文がかけたら理想的だ。まるで風景が風景をかいているみたいだった。かれ自身が私としてかいてくれたら、またはかれの身体で私がかくことができたら、かけるもっとよいフィクションがたしかにあった。

そのようにかれの文章にあこがれ、無意識に影響されてできたいま／現在の私がよいフィクションになりきれないものだけをかいている。あべくんの物語をかくときの異物や余剰、エピソードや心象をかくモードの肯定にも否定にも帯びる無条件なにか性質がそれである。私のしらない暴力が、しらない恋愛が、しらない歴史が荒唐無稽で、想像力と資料にフルであたっても覚悟を帯びない。その批判をあべくんのかいた散文に頼った。ひとつの小説に混ぜこんだちがう身体からかかれた文章のぶつかり合う擦れ目に、足りない世界や他者がうつりこめばよいと、身勝手な仮定をして。あべくん自身はかれの存在を小説のこえとして、読んでは語りかけ風景ばかりをかいていたというのに。たとえばあべくんには小説をかくことや読むことについてだれかとなにかを共有するという発想がなかった。

かれにはその文章が届いていた。あべくんになれないと悟ったときにかれは本格的に小説家になりたいとおもった。はじめはなにげなく読みとばしていたあべくんの文章は時間を経るごとに身体に馴染み、いつしかかれは圧倒されてい自然にあべくんの文章に似にいった。だからいま／現在の私が私を失う過程として、かれの文章をつかったかれの物語をかくべきとおもった。「小説」と題されたかれのかいた散文をところどころにまぶし、風景のおおくは担ってもらい。いままでかいた小説のどの「文体」とも違う混ざったもののなかで溺れるようにかれは、小説を失うような心地がしている。もう「私の文章」などありえないし、二度と小説がかけない身体になるのかもしれなかった。借りパクのような「文体」を、自覚してしまったら二度とは天真爛漫にかかれまい。しかし小説をかきつづける生活と身体をしてプロの小説家を名乗ったかれがひとりで「私」のなかに取り残されることが、いまさらできるのだろうか？　物語をかかない私は暴力をしないあべくんのようだ。

　あべくんが物語やキャラクターをかけなかったのは、そういう才能だったからだ。でもそんな才能が、かれ自身の不幸と幸福を区別のないようなものとして、生い立ちや殺害がなにかを肯定的、あるいは否定的に妄想する能力をうばって、交わらない人体を生きて他人と通わない意識が垂れ流されているのに、なにより本人がそれに気がつくきっかけすらない。かれが文章をかいていると、パチパチと弾ける契機、小説がささやくこえ、

　あべくーん

風景に没入して、ガラケーで押されるボタンが電子情報に変換され文字となるその一瞬

あべくーん　あべくーん
いまだよー。自分の身の周りが
こうだったらいいのになーって
考えてもみなよーっ

届かない。だって、なんになる？　こうだったらいい物語やキャラクターを、かいてかれ自身がなんになる？　わからない。でも小説をかけることだけがよろこびなんだ。

「うそうそ。現にいまは、よろこびだってないじゃない」

そういえばそうだった。かれはあべくんの物語をかいていてくるしい。

「小説は小説をかくことだけではかけないでしょう。小説じゃないひとのことも、考えてる？」

小説は嬉々としていう。

「もっと、そとのせかいに目を向けないと……」

あれ？　言うことがかれの知っている小説より、世間みたいだなあ。あべくんのことをかいている小説を見せていると、小説が、どんどん俗っぽくなっていてかれはおどろく。

「え、小説に言われたくないんですけど……」

「はあ？　こういう時代なんだから、もっと多くのひとに届けないと」

そう、小説は偽物だった。いつの間にそうなっていたのだろう？

「そんなにまでして、友だちのことを排外したいの？」

かれは混乱した。

「排外？　むしろ、変身ヒーローの主人公みたいな特権を与えているとおもうが……」

「ちがう、おなじだ。欠けたものとしていままさに欠けさせている。欠けさせるに足るものとしてなあ」

だれかに意識の主導権があるわけでもなく、そこにあるのは人体同士に弾むボールのようなしなやかな意識。紐のようなやわらかで透明なボーダーの素材で、外に弾かれているものにだけ疎外がわかる。外の者が疎外されていると言ったときだけ疎外はほどけて見えなくなる。傷つきだけを残して疎外の痕跡は点滅する。目をあけて口を閉ざせば元どおりで傷は滲出液を垂らす。あべくんが暴力の物語を読んで正義側に感情移入するとき、現実には勧善懲悪にボロボロにされる自らの社会的立場を、わかっていなかった。そうした移入のねじれって、どんなひとにもあることなのでしょう？

あべくんはある日木材で思いきり膝のあたりを殴打されたあと、ボコボコに殴られて一週間入院した。鎮痛剤を注入され痛みが消えると心ぼそい。見舞いにきた叔父にあたる人物によると、かれの与り知らぬところで報復はすんでいるといい、「面子《メンツ》」は「保たれた」から安心するがいい、とのこと。ピンとこない。かれは眠れない夜にベッドから這い出して片足ケンケンで大部屋の窓に近づき、月をみた。かれが膝の皿を割られ、顔面を十五針縫うことになった怨恨の宛先は、本来かれではないまったくべつの人間に向けられていて、かれのそこなわれた身体はその人物の代わりだった。そしてその暴力を報復した相手もかれをのした人物ではない、またべつの身体で。

「つづいている」

かれはつぶやいた。久しぶりにくちが言葉を吐いたので、口角が割れてパキッというこまかい音がした。

「まるでかかれているみたいに……」

夜が小説だった。

「かれにかかれているみたいに……」

仲間に入れてもらってるから、身体が損なわれているのだ。国は悪い小説だ。こちらのほうがよい小説だ。なにしろ、認識を絶えずあそばせて、安易に着地しようとしていないからな。しかし、その思考が身体をひたひたにして、「ちがう、おなじだ」とかれはいう。

「国家も暴力組織もおなじですよ」

朝がきて小説がいなくなると、かれは黙って組織の弟に持ってきてもらったゼーバルトのつづきを読む。かれはそのとき物語以外の文章はよくわからなくなっていた。しぜんひかれるようになっていた大量虐殺の荷担者や被害者の手記のようなものを、丸ごとよめなくなっている一時期があった。かれが物語以外をわからなかった時期についてかいているときは、私は物語を読むことが辛くなっていた。どうもうまくいかない。母親に「かかないで」と言われているような家族の恥部をかいているつもりでも、どこかしら覚悟が浮いている。私がしりえないあべくんの人生の、とくに暴力と恋愛にまつわるリアリティにくるしんでいるのと同等に、よくしっているはずの私の恥部が浮いていく。

「なんだか物語のあべくんよりも、人間として不調な感じがしてるんだけど……」

「それをかっこいいと思ってるんじゃない？」

「かっこいい……そうなのか？」

「自分をいつも特別にして。そうしているうちは描写なんてとても無理だよ」

「……」

お互いの夜が強い。かっこいいとおもっているのがダメなのはわかっている。しかし、かっこいいとおもっていることのダメさなしには、批判すら成立しないのではない？　しかし弱気におかされたかれが反論することはなく、夜はオフェンシブにかれらの意識をおかしていく。

「わからないっていえているうちはマズイよ」

「……」

「言葉にとまらないんだよ。自分のこと、言葉が強いとおもってるんでしょ？　ちがうよ。言葉に停滞する、言葉と足をそろえて耐えるということができてないんだ」

「けど、吐いた言葉とともにおれは考えるんだ」

「わかってる。そんなの皆そうだ。あなたが馬鹿にしている人にしたってそんなの皆していることだ。小説家として、言葉にとどまる勇気と覚悟が足りてないんだよ。ほんのちょっと淀む程度だよ？　遅筆や速筆も関係ないよ。そういうレベルの話でなく」

「おれはもうダメだ」

「そんなことふつう、かんたんに言えないよ？　社会を馬鹿にして。かるいんだよね、言葉はもちろんのこと身体がね」

あべくんの膝を、人体をそこなってまで、かきたかったのはなに？

「わからない……」

ジャン・アメリーの著作に手を伸ばしたのがこのころだ。


かれは入院先のベッドのしろいサイドテーブルを鼠径部《そけいぶ》あたりの真上に移動させ、右手で本を書写した。引き出しの奥に転がっていた簡易鉛筆で、左手はかれじしんもよくわかっていない症状で肘の高さ以上にあげることができず、右腕だけをテーブルにのせて、読んでいた本をきたない字でうつしていく。

アメリーは、両手を背中で括られて宙に吊り下げられた。

そしてかき終えてうーんとうなり、かれの位置からはみえない窓からそそいでくるひかりを眺めた。床の汚れを照らして、波うつ速度で進んだり戻ったりする。風のぐあいでゆらめくカーテンが、光を音のようにして濃淡をうつした。

パキパキという、かたときも忘れたことがないと彼の書く音とともに、肩関節の関節臼から骨頭がはじき飛び、身体がガクンと落ちた。腕は脱臼し、背中に回ったまま頭上でねじ曲がり、そのかたちでアメリーは宙づりになったのだった。〈後ろ手に縛って、気絶するまで吊す〉クロード・シモンがあらためて記憶の倉庫に降り立った書物、『植物園』にそんなくだりが見える。

そこまでかき終えてまたうーんとうなり、ひかりを眺めるだけの時間を過ごす。人の手で拭き取られた埃の凹みが目だち、床で滞留する日溜まりが砂粒の角に光沢を与え、きわめて重たい物質のように視覚させた。まるい渦がひかりの破れ目を尖らせて、リノリウムタイルの継ぎ目がごく微かな風を吸い込む。弟が見舞いにきた。

「おす、具合、どうすか？」

無視して光をながめていると、その光が人体を模し、脱臼した骨と骨についていくことを戸惑う肉のかたちが浮かびあがった。そして天井へ吊るされていく、記述を裏切りつづけてイメージは、吊るされて脱臼、ではなく、脱臼させられて吊る、になった。その際にかれはじぶんが誰かの身体に施した暴力を想像の糧にしたわけだが、それを私の暴力として、ひとつひとつの細部に忠実に思い出すことは難しかった。

「なんか要るもんありますか？」

弟はかれの目をみた。応えずにどこかあらぬ方向をみつめている。入院して気性が温くなっているかも、というこの道中にしていたなんとなしの妄想を忘れさせるような、相かわらずの意識不明が若々しい。ひとを殴っているときと、ひとに殴られているときの、かれの目はひとしくあやしかった。なにかを吸い込んでいくような目。周囲の者の人生や、周辺にまとわりつくその歴史で瞳はメリ込み、暴力で膨らみかえしている。本を何冊か頼まれていたので、見繕ったものをテーブルにおいた。

「本、これでよかったですか？」

選書にうなり、「だれが選んだの？」とかれはきいた。

「さいきん入った若くもない新人が、大学で文学をやっていたらしく、そいつに選ばせました」

「専攻は？」

「専攻とは？」

「日本文学、英米文学、ドイツ文学……」

「少々お待ちください」

弟は廊下にたち、携帯電話にむかってしゃべりはじめた。看護師に「通話止めてください」と注意される声とかさなる、「フランス？　フランスでいいのか？　ハーフか？　ハーフか？」という声。

最近暴力組織に加入したという新人のフランスは博論の査読を通ったものの就職がなく、鬱症状の慰めに薬物を購入し横流ししたことから脅され、警察の世話になり放免されたが組織的暴力にふれた感触が遠因となり正式に組織に加わった。かれはのちに知ることになる新人弟分の事情を、なんとなく想像で拵えてじぶんで感心した。このような想像力があるのだったら、光のなかに拷問を再現する能力と同様にかさねて集中すれば、自分にもついに物語がかけるのでは？

「フランスらしいです。ハーフらしいです」

でかい声ですでに知らされていた答えを戻ってきた弟がいうと、かれはいま自分が書写した、正方形のメモ用紙にビッチリかかれた文章の『植物園』の部分に下線を引き、わたした。

弟が去り、煙草の残り香にうんざりしながらひかりをみると、緑色の混じったような濃い橙《だいだい》に染まりはじめており、かれは頭のなかで自分が入院している病院の全体像を推理しはじめた。建物内部と中庭の一部しかあるいていないが、カタカナでノの字のよこにカの字をくっつけたような建物の、ノとカのあいだが中庭になっていて、カのまんなかの空間に駐車場がある。その手前が入り口となっており、かれの入院している病室はノとカの接続部分の三階にある。

翌日の午後にやってきたフランスはかれの寝顔をみた。噂にはきいていたが、まるでこどもの顔である。暴力に長けていると、ひとの若さを吸いとるみたいになっていくのだろうか、としずかに寝息をきいていると、ふと、自己同一性のゆらめきを感じてフランスは持ってきた本を読んだ。

両肩が割れ、はじけたかのようだった。あの感覚は今なお忘れない。フライパンから球がとび出すように両肩が脱臼して私は虚空に落ちた。肩からもがれたうしろ手でぶら下がり、その手が頭上でねじくれていた。

今ここに、私があのとき受けた責苦を描写するのは、ばかげている。それが「焼きゴテを押しつけられたかのよう」であったか、それとも「後頭部をガンと殴られたときのような鈍痛」であったか。比較は他人のためにあるにすぎず、そのはては比喩の堂々巡りに陥るばかりだ。苦痛はつまり苦痛であった。それ以上いうべき何もない。感情の質というものは述べがたく、かつまた比較を絶している。言葉による伝達能力の限界を示すものだ。受けた肉体の苦痛を分かちたい人は、苦しめる位置に移りすんで、みずからが拷問者となりかねない。

いかなる苦痛であったか述べるのは控えるとしても、それが何であったかはおおよそ言うことが

すると目がさめたらしいかれがフランスの顔を眺めた。かれはそこではじめてアメリー自身の文章に出あう。眠りから醒めるまえに一切の予兆をかんじさせず、直前にはたしかに閉じていた瞼がそのまま開いただけで完全に覚醒している顔をしたかれの、その目に素性をたずねられている。

「本を持ってまいりました」

フランスはかれより十歳も年上だが、持ってきたアメリーの本にもあるように、暴力のさなかに放り込まれた気高いつもりの精神性や教養がいかにネガティブにはたらくか身をもってしっていた。それに、アメリーのいたアウシュヴィッツ強制収容所ではなく弱体して虚構化の胆力も尽きかけている現代の暴力組織の末端として、ようやくなけなしのマジョリティ性に向き合わざるをえなくなりカウンターの身体をつくりかけているフランスだ

ったが、目のまえのかれの幼さに意味不明を感じている。懐かしい文学との出会いの感覚にちかかった。人間よりよほど本のほうが現実っぽく素朴に出会える、どこかしら危険な安心、といった感覚が数年ぶりにきざした。かれはずーっと黙っている。

「シモンの『植物園』は未邦訳です。いただいたメモをたよりに、ゼーバルトが読んでいただろう本をいくつか持参しました」

そうして十冊ほどをサイドテーブルのうえにかさねて、フランスは所在なげに瞳をうろつかせた。かれはじっと虚空をみつめている。

昨日とは違うひかりのなかで、自らの行ってきた暴力が再現されている。眼裏とひかりが直接繋がるようにして人体が組成されて、無理をかけていくうちに肉や骨や内臓が自己同一性に訴え、解けそうになると悲鳴をあげた。片手で両こめかみをつかみ、人差し指と中指を丸めて他人の眼球に爪でふれる。跪《ひざまず》かせた腿のつけねに横に倒した足の裏を食い込ませる。空いた手で髪の毛を摑んでいる、その暴力の比重は勿論かれの指に集中しており、なにかがかれの瞬発力を刺激した瞬間に指をおしこむ。実際にはさせなかった失明を、あかるさのなかでおもいだし、その可能性について呆《ぼう》としてしる、そのような午後のひかりが、意識のなかをあやなす。じっと黙っているかれに、「では、これで失礼します」とフランスがいうと、「『植物園』は?」とかれがいった。

「『植物園』は未邦訳でして」

かれは応答らしきものからとおく離れた視線でフランスをみている。こうした沈黙はフランスがそれまでに慣れしたしんだ会話では想像されなかったほど長いものだった。

「あ……、大学に行けば、原文はあるかもですが、あ、自分はいちおう、読んだことはありますが、あ、あの、え、あの、それでよければ」

そうしてフランスは、かれの本意や欲望の詳細はわからずとも、「植物園」をどうにかしなければいけない、ということだけを自らに課して、すぐに大学図書館にアクセスし資料の存在を確認した。

運よく「植物園」の原著を手にいれることができたフランスがネットや知人の情報などを元につたない粗筋を構成し、なんとか冒頭十頁ほどの試訳を寝ずに終わらせて病室にむかうもかれの姿はなく、廊下であった看護師に「Aさん？　午前で退院されました」といわれて愕然とする。

「あのかた、芸人さんかなにかなの？　すごく話がおもしろかったけど」

初老にさしかかる看護師の感想を聞くだに、昨日自分が面会していた人物はだれなのか、呆然とするフランスは久しぶりに自身の人生について内省的な気分になった。

ところで、拷問について語るときは、誇張しないように気をつけなくてはならない。ブレーンドンクの変てこな円天井の部屋で私が受けた拷問は、もっとも手ひどいものではなかっただろう。爪の下に灼熱した針を差しこまれたりしなかったし、火のついた葉巻を胸に押しつけられたりもしなかった。自分に加えられた拷問については、もう少しあとで語るとしよう。それが比較的おとなしいたちのものだったとだけ言っておこう。

フランスが方々に手を尽くしてなんとかかれの自宅とおぼしき中野坂上のアパートを探しだしたころには日が暮れかけていた。ノックをしたところ返事はなく、ドアが開いていたのでおそるおそる中に入るとかれが肩から右足の先を床につけて畳に横になっており、本を読んでいる。かれがフランスに差し入れさせたアメリーの本を読めているのは、単純にその文章がすぐれているからにすぎない。あきらかに作られた物語のない本を読むのは久しぶりだったが、アメリーのかく「私」への親近感と奇妙な同調を自分の「物語」と仮にして、あくまでかれ自身のオリジナルを読めているだけだった。フランスは暴力組織の兄にあたる人間が横たわってアメリーを読んでいるのを眺め、みずからが差し入れたものであるにもかかわらず衝撃をうけ、しばらく口を利けずにいた。暴力を生業にする人間がジャン・アメリーを？

そしてかれはほほえんだ（ようにフランスにはおもえた）。

「お、お茶でもいれますか？」

フランスがいうと、頷くわけでもなく、しかし同意めいたアクションはあったので、電気ケトルに水をいれて沸かし、「戸棚、失礼します」と声をかけてあけるとなにもない。カップがひとつだけあったのでそこにお湯を入れて供し、床に正座しているフランスは、「どこか痛みますか？」と聞いた。応えはない。

「本、おもしろいですか？」

先ほどの看護師がかれを芸人とかんちがいしていたことが遠因となり、フランスはこの十歳は年若い兄貴分にたいして心がすこし打ち解けていた。かれは応えなかったが、なんとなく微笑んだままのような波動を口元に残し、白湯《さゆ》をのんでいる。

『植物園』、すこし訳してきましたけど」

「うん」

「こちらに置いていきます」

「読んで」

フランスはきわめてねむたかった。

「読みながら訳せばいい」

それで「植物園」を意識のつづくかぎり読んできかせ、いつの間にか眠ってしまい目がさめるとそこにはだれもいなかった。

またべつの日に、フランスがかれに「植物園」の試訳を読みきかせる三回目の昼だったか、相変わらず身体の右側をべったり畳につけて横たわっているかれに小説をたどたどしく読みきかせつつ、訳がただしくない、日本語としておかしくなっている、知識不足や風俗への戸惑いから日本語にうつせない、などの粗い点をノートにメモし、ゆるやかに物語は進行した。辞書をひく、インターネットで固有名詞をしらべるなどの躓きに対しては中断を「いちいちいわないでよい」といわれており、フランスは三回目にしてだんだん訳に集中できるようになっていた。するとドアノブが乱暴にまわされる音がはじまって、それがえんえんひびきわたる、アパートの二階中央に位置するこの部屋で、建物全域の入り口が脅かされているような暴力的な音でノブがひたすら回され、そのうちドアを拳で叩く音がする。だれかが訪ねてきているが、その荒々しさに圧倒され声もだせずにいる。かれは意に介さず、挙動は「小説をつづけて」といっている。フランスは身体の幹から震えがくるような恐怖のなかで、小説を訳しつづけた。

　永遠につづくかとおもわれた襲来はしかし一旦止み、フランスがようやく集中してképi の訳とその註釈に一瞬迷った沈黙のところで「おい、開けろ！　ころすぞ」という、女の声がする。加賀だった。フランスはおそろしくなり、しかし黙りつづけるかれを認めて自分が応答すべきかと悩んだが許可なく口を利くのはいつの日も得策ではなかったので黙っている。すると痛みが残っておりすぐには身体を起こせないかれがしずかに、「出て」といい、ドアを開けたフランスの背後で加賀に「おまえ、とっくにぱくられたかとおもっていた」といった。

フランスを押しのけて入ろうとする加賀を声で制し、緩慢に起きあがってドアに近づいたかれはそれきり黙っている。アパート中に響きわたる声量でフランス越しのかれに言葉を浴びせていた加賀はやがて大人しくなり、「や、わたしやっぱ、おまえと一緒にいたいし」という。

「バカなことを……」

つぶやくかれは明確に幻滅しているのだった。読む本のなかではあれほど感情移入し、ほだされてキュンとなるフィクショナルが現実にもちこまれてわからなくなる。ここは本じゃないんだ、そのような物語でころされるのは自分たちだ、ありえない願いを口にのぼらせ言語化することでゆくゆく淘汰される、フィクション化したこの世界に物語を上塗りするような行いに荷担したくはない。一度成立した物語は滅多に覆されず、規定された正義と悪の立場が逆転のきっかけを得るたびに厚塗りのフィクションがそれを防ぐ。排除の永遠のなかで生き延びる私には暴力しかありえない。生活のなかに持ち込まれるフィクショナルは子どものころからかれにとって、それこそ外国語の翻訳のようなものだった。

「かえれ」

「うるせえ、なにがわかる、おまえがいうな、おまえが！」

　そして、ひとごろしのこのくせに、ひとごろしのこのくせに、ひとごろしのこのくせに、と一言一句おなじ語、おなじ声量でいう。フランスはすわっと心を滅してただそこに立つようにしていたがおそろしい。かれも同様にかえれと繰り返す。加賀がかれの側頭部を殴り、かれは加賀の鼻柱を殴った。鼻血が加賀の歯を茶色にすると、加賀は狭いスペースを器用につかって回り込み、かれの膝を蹴り、下がった額に鞄をブチ当てて、背中に拳をふりおろした。それがかなりの効果をあげ、かれは高熱におかされたように額を押さえてつかつかと室内に戻り、「痛ぇ、いてぇよぉー」といって泣いた。とくに背中が痛いようだった。その身体に覆い被さって加賀は服を脱ぎ、かれをおかしていくのだったから、フランスはさすがに本をリュックにつめてかえろうとした。するとかれが痛みにひたされた太いこえで「かえるな」といった。

「小説をつづけて」

　加賀が紫と黄色の混ざったようなシャツの下を剝き出しにして性器をかれにおしつけ、髪を摑み胸を咥えさせるとかれは抵抗する様子もみせず「ちょっと待て」と加賀にいった。フランスの声が語彙そのものの意味と方向がふるえるように小説を読んでいく。現実と並行してシモンのかいた物語が展開される。

「勃《た》たないから。とりあえず待て、ちょっと待て」

かれの言葉でいったん身体をはなした加賀が煙草を吸うと、フランスの読む訳文を聞きながら自身の乳首を左手の指のはらで弾きつつ性器を擦ってすぐに勃たせる。それで、加賀とかれがやっているあいだも、フランスが訳出につとめた「植物園」の、三分の一が日本語にうつされたあたりでかつての先生を介し出版社に売り込んだが、フランス文学冬の時代ということで返事のメールもなく、フランスはこのあとにすぐ組織を逃れて出家したのちに還俗し大学の研究室バイトの職を得た。組織からの嚇《おど》しや脅迫ははじめのうちこそあったものの、元が小物だったせいか断固として金を払わずにいるといつしか止んだ。この日いらいかれには会っていない。

あべくんの育った施設にはじまり、芋づる式に当時仲のよかった友だちらに話をきき、しかし多くは繋がることができなかったかれの過ごした時間はすでにブチブチ千切れてしまっている。あべくん自身がかいたスケッチを素材にして、その点々とする出来事の線を補強すべくかきついでいる。できるかぎり物語のかたちにしているものの頼りなく茫洋とし、なによりほんとうにそんな生前だったのか心もとない。てっきりあべくんがかいていた描写は語り手の認識がままならないかれ自身の人生を抽象してかいているのかとアタリをつけていたところ、そのじつかれ自身ではないとおい他者へ、別の人物によってかかれたテキストへと想像力を傾けてかかれたものではないかとここへきて話を聞きついでいくごとに不安は募り、日々の生活もままならないでいる。生活がままならないということは小説がままならないでいるということでもある。あべくんが読んでいたという資料をできる限り追って読んでいくと、あべくんがかいた文章の、着想やイメージの定着先がどうも、見当違いであるような気がして。

あべくんがゼーバルトからアメリーに傾倒し、クロード・シモンの「植物園」に異様な関心をしめしていたという話を実際に交流のあったフランス文学の翻訳者に聞いたときに、ふかく驚いたかれは「おそろしい……」とおもわず呟いてしまい、翻訳者に目をほそめられた。顰蹙《ひんしゅく》をかったに違いない、軽率な発言をしかし後悔する余裕もなく、「『植物園』……ゼーバルトは読んでいたのに、存在すらしらなかった」とつづけた。

「懐かしい……そう、かれにこの本を預けたまま二度と会わなかった。私じしんも学部時代に読んだ記憶があるだけで、それも内容にいたってはほとんど、教えてあげられることもありませんでした。翻訳も未だ、出せていないしすすめられていません」

翻訳者がつとめる大学にて待ち合わせ、空き教室の端で縦にならんで座った席の窓外から、ガラスをとおしたうすい陽光が部屋中に均一にひろがっていた。あかるさが本の表紙を斜めに切りとり、中野坂上のアパートから持ち出した小説がいま、もとあった場にかえろうとしている。そうした十八年越しの場に立ち会いよそよそしいかれの所作がわずかでも空気を動かすと、翻訳者は微笑んで無駄口を制し、しかしかれの言葉はつまらない質問にとらわれつづける。景色もろくにみえず、ただ心地よい風の感触とひかりの加減、適度にぬくもった湿度などがかれの情緒を平均的なかれよりおしゃべりにむかわせている。

「でも、試訳を聞かせてあげていたというのはほんとうですか？」

「それはほんとうです。わずかにかいつまんで。Aさんの部屋にいくようなことまでは、実際に起きないまでも」

「ジャン・アメリーをすすめたのも？」

「はい。すすめたというより、存在を教えたにすぎないのですが」

「まさかかれがほんとうに読むとはおもわずに？」

「それはそうとはいいきれません」

たんたんとした表情で話しているものの、内心は先ほどかれが吐露した小説設計につきまとう都合のよい物語展開を打ち消しにされたくがないためだけの誘導的な態度にたいし失笑しているにちがいない、翻訳者はしかし、それきりすっかり抑鬱に支配され質問する気力がまったく湧かなくなったかれの聞いてもいない話をひとりでにはじめるのだった。

「あなたに預けられたこの原稿、再来月に掲載される予定とおっしゃっていたものにくわえて、Aさんのことをかいたという小説の一回目と二回目を、雑誌で読みましたがもちろん実際にわたしがAさんに感じていた印象と違います。しかし、思いだす切れ端にはなりました。こんな風ではなかったでしょうが」

「……数奇な人生だったと聞いています」

かれは、じしんの小説では絶対に用いないであろう類いの、定型的な相槌をうった。ただ、小説や物語に影響された日々をおくる人間の宿命のような、役割だけのような言葉を挟み会話のつづきを促す。

「Aさんは私が思い出すかぎりでは、だれにも似ていない……というよりなににも似ていない……だからあなたの描写もだいぶおとなしいですよね。現代小説の世界は不勉強でお恥ずかしい限りなのですが、よく作品評価において否定的に言われる登場人物にリアリティがないという決まり文句がありますけど、しかし、そういう意味では多くの小説の登場人物はじつはリアリティがありすぎるのだと私は思います」

「……」

「すこし批評めいたことを申し上げてもよろしいですか？　名もなき文学愛好者の戯《たわむ》れとして、ご放念いただけますでしょうか」

「ええ、もちろんです」

「いくつかの批評をたよりにあなたのかく小説のおもに人称について整理しますと、デビュー直後のあなたの小説は、第二次性徴期における男子の社会性をズラして表現するような、一人称の可能性に頼ったものとして読まれていますね。あなたもインタビューなどでたびたびそのようなことをいっています」

「はい、おっしゃるとおりです」

「そこから先にかれという人称を用いた三人称にすすんだあなたは、それを減退的三人称と表現しいくつかの作品に適用しています。そこでは特定の焦点人物が設けられ、その人物の内声が特権的にえがかれます。ありふれた形式ではありますが、あなたはそうした状況をかれという人称により多くを負わせ明示的にされています。一部の短編、もしくは連作小説集はその限りを負わないかたちで、つまり多元といわれる普遍的な三人称でかかれ、それぞれの作品ごとに『多元的』か『減退的』か、つかわれる三人称の必然性が作中に担保されていると、ある批評家は指摘しています。その評によりますと、多元的三人称では、語られる登場人物がなぜ語られているのか、語られない登場人物がなぜ語られないのか、作中でそうした恣意を明かすすべはなく、語られるも語られないも物語上の特権として処理される。しかし、死者や法や歴史のありようによって、また翻訳可能性によって、一般的な多元の三人称ではむしろ、縮約されたかたちでしか現実が表現されえないのではないか。そこであなたのいうところの減退的三人称を、その縮約された世界の表現、つまり私たちが知覚する現実そのものをあらわしているものだと。あなたにとっては減退的な三人称が縮約されたものだからこそ見慣れた世界として、減退的なそれありきでの多元的三人称がありのままだからこそどこか超越的な世界として捉えられている。つまりあなたが多元的にかく際には先ほどいわれていた死者や歴史のありようの、また翻訳可能性のありようの、またべつの可能性が作品のなかで考慮されているといいます。しかしそうした評について私は懐疑的な意見をもたざるをえません」

「はい」

「そこでＡさんのことをかかれたこの小説についてですが、減退的といわれるかれという人称であなたの過去のこととＡさんの過去、というよりあなたの拵えたＡさんの虚像についてかく、二名の登場人物の、あなたの言葉でいうと交換される混濁の範囲のみをえがいていくと。さらにあなたがかつて物したというふたつの私小説と、Ａさんがのこしたとされる散文の存在がそこに絡みあってくる。しかしあなたの狙いどおりだとして、小説としては混線的で登場人物の特定ができない部分もいくつかありますね」

「そのとおりです。しかしこのようにしかかけなかった」

「あなたがそういうのならそうなのでしょう。なぜ私がこのようなことを長く申しあげているか。どうしても気にかかってしまうのです。減退的、あなたの用語でそう表現されるかれと名指される人物。なぜあなたとＡさんはかれになってしまうのでしょう。あなたはこの原稿に添えて『忌憚なき助言をいただけたら』とおかきになった。私はそのお言葉にあまえて、差し出がましいことを言っています。なぜかれなのですか？　つまり、なぜＡさんとあなたが特権的に語られるのでしょう。この小説でかかれたかれの一端を、あなたの過去の話なのだと私は真に受けて読んでいます。ではあなたがＡさんと人称を分けあってAさんを語る動機と権限とはいったいなんなのですか？　Aさんとの出会いがあなたの小説をかきはじめる原始の体験だから？　いまのあなたの文章がAさんを模倣したものだから？　あなたが商業作家としてのスランプにおちいっているから？　あなたの小説を読んでも、Aさんのエピソードはひとつもおもいだせないのに、印象ばかりがつよく想起されました。といっても、実際にあったのは二、三回程度のことです。しかしあなたは小学生でAさんと別れて以来十九歳のころの十数分のみしかあったことはないといいますよね。つまりあなたは生きているAさんのことをあまり知らないと。Aさんは何人もひとをころした人物なのですよ？　そのうえでAさんと人称を分かちあいまるでその人間を理解できるかのような体裁をとる。それを先ほどの批評にかかれたことに準じて世界の見慣れた縮約と捉えるには、どうしても違和感ばかり募ってしまいます。Aさんののこしたとあなたがかいている散文、それをみせていただくことは可能ですか」

　そこでかれは顔を真赤にし、日焼けとも肌荒れともつかない炎症をより際だたせたかたちで火照った。

「私の商業作家としてのスランプや、寿命についてはもはやどうでもいいことです。私はかれがのこした文章にのみ興味をひかれている、それは私によってかかれたこととも多少、食い違っているかもしれません。かれのかいた文章、もちろんお見せできますがせめて、この小説をかきおえてからでもよろしいですか？」

「ええ、もちろんかまいません」

「私は、次回かれの幼少期の、父親が母親をころしてしまった日のこと、そしてかれ自身が女性をころしてしまい自死した日のこと、その複数の日の往き交いのみについてかくとおもいます。つまり、これから先のかれにまつわる語りの裏ではつねにひとがころし、ころされする、そのあいだの最中なのだということです。今日あなたにお話をうかがって、かれの繋がる先が、かれのかいた文章において想像力のむいた先が、もっととおくの殺意につながる、べつの可能性について向き合わざるをえないと思いました。そこであなたが仰ったように、商業小説家としての混濁、つまり私の幼少期からつづいている人格を『私』として、ひきうけようとおもっているのです。というより、減退していくのは私の混濁といったわけで、かれという人称から私の過去は手を引きます。単純にかれの享年を私たちが追い越していきますし、私がかれという人称をひきうけられなくなるといったほうが、ただしいでしょうね」

　そのときには、そんなプランなどまだありはしない。みずからのことを小説にかかれた人物によくあるように、作家にむかい挑発的に話をつづけようとする翻訳者にたいし、事後的に私は見栄をはるようにそう宣言してしまったことで、結果そのとおりに小説をすすめていくことになる。つまり、「私は――」と特権的にみずからの自己同一性が担保される形式で、フィクションの泥に積極的に足を踏み入れようと決めた。それも私らしいと、おもっている私は他者に規定されるかたちでしか私として立てないだらしない私のままでいる。

「そうですか」

翻訳者はさほど興味をひかれたようすでなくかれの真赤に染まった表情を眺め、「Aさんほど無垢に読書家とされる人物は、学会をみまわしてもいないとおもっていました。私たちと違いなにもかかない人物だからこそ、ありえた人間性なのかと、Aさんといるときにはなにが起きても、実際に予想だにしないことはつぎつぎ起きましたが、しかし、想像を超えることが日常となった人物についてそれを覚えていることはできないのだと、特権的な人物のようにおもっていた。私も無意識に、Aさんのことを……」といい、しばらく沈黙した。かれは黙ってメモをとるふりをした。

　桜が咲いています、このあたりは名所ですし、せっかくですから駅まで歩きませんか？と誘われ、かれはいやいや応じた。あべくんのことを思いだすついでのように昂揚した四十過ぎの翻訳者の身体が、心底鬱陶しいとおもっていたし、小説家としての鬱屈がその挙動のいちいちから刺激されていた。この翻訳者が現代小説家としてのかれとかれの作品を小馬鹿にして考えているのは自明だった。相槌や呼吸のぐあいでそうしたことはぜんぶつたわってしまうのだったから、翻訳者が春の散歩に連れ出しているのはかれではなく、かれの思い出を揺さぶるあべくんに他ならない。死んでしまってさえなお、友情の残り香が桜になっていて、翻訳者はそれを眺めてじしんもまた文学にたいし無垢のように向き合う気力が欲しいと感じている。

4

この日のことをかれはよくおぼえていた。

「この日」といってもげんみつにはある一日のことではない。そのときの「この日」は公園のベンチでかれが読書をしていた「この日」だ。かれはベンチに座ってジャン・アメリーの文章とルドルフ・ヘスの文章を交互に読んでいた。アウシュヴィッツ強制収容所の被害側と加害側の、それぞれ証言の体裁がとられた二冊を代わる代わるに、忘れながら思い出すみたいに読みながら、ガラケーで思いついた文章をつらつらかいた。あべくんが風景とともにそこにいて、「私」についてめざめたのがこの日だったから、記憶が過去と未来の殺人らに紐づいていてめざましいのだった。

　暑い日で座る木材からはえる鉄輪にふれると皮膚がチクッと焼ける。昼から夕方へとうごく変化に応じてかれの肌にうつる木漏れ日は動きつづけており、本の奥には池のような、川のようなちいさな水のながれている名づけえぬスペースがある。じょうじょうという水の音はひとのすくない時間にだけかれの耳にとどき、子どものこえとそこをとおる大人のこえ、かれはほとんど活字から顔をあげないままでそこにある自分と世界の関係をわかった。靴についた土が乾いてさらさら地面と足裏を繋げ、陽光にあたるとカスタードめいたなめらかさを帯びる。本の内容に集中しながら、遊んでしまう思考のあれやこれやが風景と結びついて、言葉が、身体からたちのぼるようなイメージをもつのだ。じわじわ溶けて、現実では本から知識や世界のなにかを「うけとって」いるというのに、どうじに、自分の身体が言葉のけむりとして蒸発していく。

シューシューという音をたてて。

あべくんとしてのかれは子どものころに体験した父親の母親殺しと自殺、これから体験する自らの加賀殺しと自殺、それらを「かれ」としてはわかるが「私」としてはわからない。小説家の私はあべくんの二度のころしころされを「かれ」としてかき、その人称にじぶんの過去をかさねて記述を連ねるうちに身体がフィクションに紛れていつしか入っていくような、あべくんの身体に交わっては戻ってくる移入の具合を試していた。しかし取材対象としてフランス文学の翻訳者にあい、半ば挑発にのせられるようなかたちで宣言させられた小説のプランにみずから似にいくように、このごろの思考の向かう先が淀んでいて先がない。これまではあべくんがかき残した文章はかれ自身の、物語の不得意なかれには言語化しえない二十数年の人生にまつわるなにかなのだと考えていた。しかしそろそろそうではない。いまとなっては、あべくんがかれとしておもう想像力はかれの人生ではなく、かれが読んでいた主にナチズムと強制収容所にかかわる本が見せていた風景なのだと、確信してしまっている。しかしそう思いこんでいるのは当の私、小説家としての私じしんなのだった。

　翻訳者から当時かれが読んでいたとされる書籍のリストを手に入れた私はあべくんが読んでいた本を十八年遅れで読んだ。かれが住んでいた中野区の名も知らない公園ではなく世田谷公園でそれらを読み、読書に疲れはてると約二キロ離れた西郷山公園まで移動し、かれがかいていた描写を素材としたこの小説をかいていた。

　世田谷公園で子どもたちがはだかでプールを待っている行列を眺めているうちに、木々は枝だけになっていた。あったはずの紅葉もわからないままで、土に這う虫らの幻影も追えず頭にずっと重い靄がかかっていた。世田谷公園が休日の家族向けのような規模であるのに比して、西郷山公園はカップルらの小規模なピクニックに最適で、渋谷地区が小高い丘のような土の隆盛から見下ろせる。ふたつの公園に群生する生き物を名前も分からないままに連れまわし、混ぜてしまうかのように私はその二ヶ所をぐるぐる回り、生活圏をその外につくれずにいた。

　公園であべくんの読んでいた本を読み、また別の公園へと歩く一時間のあいだにめぐった思考を整理し、私は私を、あべくんをかれとしておもう私として認識でき、それ以外の時間は床に伏せっていてなにもおもいだせないのだった。過去未来の時間を整理してあべくんをかれとして思いだし、他者にしてフィクションするほどの暴力を呼びだせるのは、公園から公園に向かい、読むことからかくことに向かう思考のモードにすぎなかった。それでやはり、当初の計画どおりとりあえずあべくんの人生のほうからかいてしまおう。「やってしまおう」と私はおもったのだ。

　かれらはただ、おなじ本を読んでいるだけだった。

　そうしたナチズムと強制収容所にまつわる共通の本をいくつか読んでいて、たとえば加害側の文章が客観／整理的であるとするならば、被害側の文章は主観／混乱的であるといえる。しかしそれはわれわれがあくまで加害側の立場から文章を読んでいるせいで、それしかできないからではないか。被害側はまず共有の認識がないという場から出発してものをかく。

　言葉にすると「ありえないこと」「想像を絶すること」「前代未聞のこと」が起こる。あべくんはどうだったかわからないが、私はそうした「　」のなかで語られることの中身に同意せど、体感としてはわからない。生まれたときにはもう起きていた出来事がそうした「　」のなかで括られている意味と大きさが身にこたえない。私はどうしてか人間が自暴自棄になったときの行為の力を、過大評価しすぎているのかもしれなかった。人間はなんでもする。倫理や意味を手放して生の価値基準などかんたんに忘れ去る。私がそうだからそれは腑におちる。関連する本を読んでいても、とくに辛くなり読みすすめられないということも私には起きなかった。実際にあったことの陰惨さや感情表現の果てのような記述を、ためらいなくよんでいった、私は私に疑問をもつ。これは大きな加害行為に荷担する人間の、普遍的な無感覚なのではないか？

いつも、あべくんはどうだったのだろうとおもう。

被害側に感情移入するとしても、加害側に共感している。文章がわかりやすいとは、そもそもわかりやすい文章とはそういうことではないか？　整理的である認識とはそのように、共感の側に収束していくことを目的とした文章だから、自分がかいた小説に共感されていたら私はその小説は失敗だったとおもってしまう。

小説に登場する人間としてのリアリティ、その好ましいブレンド比は「私」をえがくときと登場人物をえがくときではかなり隔たる。「私」を差しだせば現実ばなれした出来事も信じてもらいやすいが、創作した登場人物のばあい現実よりも「現実らしく」しなければリアリティがないと判断される。注釈がいるだろう。こんなことが起きるなんて「ありえないこと」「想像を絶すること」「前代未聞のこと」と。ではフィクションではない場で、ふつうの現実で他者の人生に登場する私としての立ち居振舞いはどうだろう。他者から見られる私は？　歴史や風景から浮いていく私は？

　加害側のかく文章がある意味では洗練されており、かつ洗練という価値基準を安穏とうけいれられる予断が、被害側の認識をより混乱させ、錯綜させる。そのような文章、言葉での加害は過去にした暴力やさいしょの殴打の瞬間にもうこもっていたものだったから、たっぷりと時間をおいた熟慮にさらされ、あらためて言語化されたところで驚かない。また多くは加害的な性質ゆえに「私」を登場人物だと思いこみすぎ、批判なく自己投影してしまうが被害側のかくものには共感を寄せる対象がない。あきらかに自分を投影した登場人物の認識からまず「私」を切り離す。おなじ虐殺で私は登場人物でないのに登場人物は私たりえる、そのような二重切断のイメージが読み／書きの間によこたわる切断を呼びさます。私はかれがどう読み、どうかいたかわかりたい。その興味本意ゆえに私は私を名乗れるとおもおう。でもそれはかれのした殺人への荷担ではないか。もう一度この日に戻る。過去からの声が聞こえてくる。

　掃除をするという加賀に追い出され、公園に移動して本を読んでいた。ヘスとアメリーのかいたアウシュヴィッツ強制収容所にまつわる記述を交互に読んでるのはありし日に加賀に助けを求められ気まぐれに参上した東中野のあの公園だった。遊具の幾つかは撤去されピカピカのパンダとカバに乗れるようになっていたが、狭い位置で刺さる土を奪い合うような多重の鳥居と祠はそのままだった。影が延びる場所にある木は冬にむけ枝を剪定され、それを何年かくりかえした。加賀もかれも互いに転居をかさね、入院や隠遁などをたびたび挟み、しかし不思議と同じ地に集い暮らしはじめたのはこの公園の存在によってなのかもしれない。

顔の木漏れ日を腕に移動させてうつ向き、目がチカチカ、キラキラしていて、身体は汗でびしょ濡れになっていたけれど水分もとらずにくらくらしていた。腕と服に揺れる枝葉の影が、皮膚と布の境界を繋げて色をつける。ベンチに座る尻を言葉が接着剤みたいにつなげ、読書を世界にして人体をひろげて、時間がちぢんでいた。皮膚をおおう汗が聴覚の磁場となり、子どもたちの「ぐしゃーっ」「ゲヘヘヘ！」「かえる？」「わーっ」「ぐーぐ」「まだー」「コラーッ」というこえが、こだましている。

あべくんは、ここにいる自分がいまのかれであり、私でありおれであり自分であることは偶然に過ぎず、その偶然すら一秒ごとにあやしくうつろい成立していてもいなくてもだれも気にしないのだろうと初めておもった。親が親にころされてこの世にいない、自らもひとごろしである、いくつもの加害と蹂躙をぜんぶ「私」としてこの身がひきうけるのは、むしろそのほうが欺瞞的で楽なことであるようにさえ感じる。あのときこうしていれば、あの日ああしていればと、ある分岐点においてべつの行動をとることで無垢でありえた現実と、いま／現在のことを並列的に想像するのはつらかった。ひとつづきではない。

父親が母親をころしたはじめの「この日」から、かれが加賀をころし自殺する「この日」まで、かれはいくつかの「私」と別れて手放し、自殺にまで及ぶような自暴自棄をどこかで解除できてもいたはずだった。

しかし他者にとってはぜんぶ私だ。

この日の読書を通じて、この日たちを生きたかれらを同じ「私」なのだが、しかしそうした「私」がそう強固でもないものだと、あまりにも分裂し錯綜している認識の糸を仮留めしなくてよいような、やはりそうでもないような、あいまいな分野に一歩進む。それからは、強制収容所体験において加害側と区分される人物をえがく文章にかんしてはフィクションを、被害側と区分される人物をえがく文章にかんしては証言をえらぶようになる。

膨大にあり近年増えつづけてもいるこうした証言本には当然それぞれの違いや矛盾もあるのだが、それより印象が違うのはユーモアの多寡である。ユーモアのあるものから順に読まれているような錯覚すらもつ、簡潔な記述が心がけられ嘘やフィクションが忍び込む余地の排除を、かく前の心構えからその身にやつしているのは明白ながら、その生得的なユーモアの度合いによって感じかたから違い、違うように記憶し違うように生存し違うように死亡して語る体験の、その違いこそに現実がおぞましくよみがえる。擦れ目が声となって響くのだ。たまたま生き残りもう死んだものたちと交換される認識の擦れ目に声が響き、その反響にしか現実は宿らない。

語られたものであれかかれたものであれ、活字化されたものを読みそれがどんな正当でうるわしい描出であっても、明晰に整理された文章からは制度になれないものが零れおちる。慣習や社会や多数派の抑圧でかかれずに落ちた認識を誤読しつづけ、そのいっぽうでかかれてしまった認識は身体を突き破って書き手を裏切っていき、いつわりの他者意識で盛り上げ、褒めそやし、飾りたてるロマンこそが、偏見を内から外から肯定し具現化する。かれはヘスの手記の世界観のなかではころされてしかるべき人間だろう。国外へ出ることも禁じられ、生活におけるさまざまなインフラ契約でさえ叶わないあべくんはそんなことを考えもしなかったが、かれらは加害側の言葉を読み止めた。

私からするとつねに私は非国民だ。混在している。外にいるものがこわい。つい排除したくなる。私のなかでさえ。

「そういうことだよ」

と突如として小説に話しかけられ、小説家の私はギョッとし「ハハ……」ととりあえず笑う。

「この時代だれも批判者はいませんし、小説がかきやすいのかかきにくいのかはわかりませんけれども。あなたはそう。整理された認識を登場人物に配分して、自己愛を切り分けるのが妙にうまいからなあ」

「ほーう。板についてるねえ、妙に皮肉が」

「いつからそうした消費的なものらをだらだらと長くかけるように？」

「や、みんなやっていることですが？　批評性があればこそで」

「批評？　自己正当化のことをそういうなら、いい時代だね」

笑うしかなかった。

もはや、想像することそのものがたのしくてつらい、つまりおもしろくて仕方ないんだよ。たとえばこれから強制収容所のガス室でシラミを駆除するよりよほど少量で殺人にこと足りたともいわれるチクロンＢが投入される場面を描出すると仮定しよう。では手指がどのようにその慣れた作業を行い、缶を開けガス室の中に投入するなどなにか行動しているときの身体にこもる殺意を、どうやって「この場」としてかけるだろうか？　そんなことを想像するのが私の生きる娯楽になってしまい、活力になってしまい、ゴシップに身をおかして、でも「やる」しかないんだろ？　やってやろう、やってやるよ！　いやそんな言葉にするほどの意志すらこもっていない。ただ「やる」からやるんだ、自己犠牲だよ？だれかがやるんだ、過去なんてなくあるのは未来だけなんだ。元気だしていこうぜ！　いつだって自然とそう生者っぽく前向きになってしまい、肯定性にむかってしまうんだよなあ！！！

私が逆ギレしてそう怒鳴ると、小説は「ＤＶすか……」といった。そうした被害者意識は小説のつよみである。「訴えますよ」。どこにだよ。どこまでいっても、自己言及的で、表現そのものと一致しないよね。

「そろそろ黙ったほうが賢明だよ」

「死に萌えているね、いつも。死んだ人の小説はおもしろいかな？　それはほんとうに作品がおもしろいの？　死がおもしろいのではなくて？　身体がもうなくて残された作品だけを、推しの死体をえんえん読んでいられる身分ならしあわせだね」

「……やめて」

　小説はいう。私はやめない。それは小説が自傷しているようなものだったから、その傷に寄せる物質においてのみ私はあべくんの物語をかけるかもしれない。傷口やその周辺ですらなく、染みわたる体液や治ろうとする臭気のようなものだけを、これからかいていく末にあべくんとかれの両親と加賀は死ぬ。それは登場人物として？　人間として？


　かれは母親をころしたあとの父親にころされそうだった。かれ自身はそれをわかっていたが、親戚や警察や教師にはいわなかった。あのときころされていればよかった。あのとき死んでいればという思いの審級を、第二次性徴のあたりで手放したから忘れ、ときどきしかおもいださなかった。たまたま父親にころされず生き残り、そのせいで十数年後に加賀をころした。「この日」とは、偶然性の日のことだ。偶然父親の怒りが殺意の沸点を超えておおきな運動にした。

この日はかれの母親があべくんをはげしく殴っていた。かれはとくに表情をせず、声をやめていたからしずかだった。五感は潰れていて、当時見たもの聞いたもの嗅いだものはそれをそうとはっきり覚えていない。しかし記憶はあって、それは映像の体をとる。大人になるうちにすごくベタな形で記憶が定着していることにかれは気づく。殺人のえがかれるテレビドラマや映画から音と映像を編集し、ミステリーやドキュメンタリーなどの文章から似た認識をかき集め、固有の記憶みたいに捏造していた。それはほとんど無意識にかれがその人生のときどきに応じてしてしまっていた、ライフワークのようなものだった。だからかれは自分自身の物語をつくれなかった。

　母親はかれを殴るあいだひとことも発さなかったので殴る音だけそこにあった。仕事にいっていたはずの父親がなぜそこに居合わせたのかいまでもわからない。父親は咄嗟に包丁をもって母親にむかって立ち、影が覆い被さった。かれは父と母のあいだにいたのに、翼のように両腕を広げて立つだとか、泣くだとか、「やめろー」っていうだとか、そういうことのなにひとつもできず、ただ座って見ていて冷静でさえあった。それまでかれを殴っていた母親も抵抗する素振りもみせずに、ただ父親はダンスの振り付けみたいに身体を反って、それから……

　かれは本をとじると、もうこの日のことはなくなった。汗が顔をびしょびしょにしている。あたまがさーっとざわめいて、もう「ない」ものの感触が、記憶が、かれの身体にじわーっと戻ってきて、考えるでも感じるでもなくある。そうか、いまの「私」がこの「私」であるのは偶然であると、そう考えてもいい条件というのが、世界のどこかにはあるのだな。それがどこかはわからない。読書していたあいだみたいな「この日」たちが重なって、ふだんの意識不明に一挙せめられる。どうしてもっとそのことを考えなかったの？　はじめて、おもいだしてもいいのだとおもった。この条件だったら、私に繋がる糸を切っておもいだすことができそうで、だけどかく文章は風景ばっかり。おもいだす才能がないのだとおもっていた。汗でぶれる指の輪郭をガラケーのボタンに滲ませて公園についてかいて、公園で遊ぶ子どもらやその保護者としてなら人物をかけても、それは風景と人物の主従が逆なだけ。風景の知覚として人間がいるという認識のかれはかいていて、まるで「目がまっくらだな」とおもえるぐらいに、風景ばかりをかいて、どうして……もっと、

もっと「小説」を信じなかったの？

涙が乾いた地面を中心から外側に広がるように濃くし、すり鉢状に窪ませ周囲をギザギザに尖らせいくつかの図形が同期した。うつむいて顎から滴る汗を直角に垂らして、生ぬるい水分が混ざって地面を湿らせた。そういうふうにかけばよかったのに。どうして現実ではつめたい目で人体をどんどん殴って損なって、どうしてそんなふうにして、言葉にしなかったのだろう。

「そんなふうに泣くぐらいだったらさ」

「だって、おれはおもしろくない。おれはおもしろくないからだめだろ」

「おもしろくない？　なにが」

「自分……」

「……」

「ちがう、私がおもしろくない私は私のことをおもしろくかけなかった。だからおまえが私をかいた。ありがとう」

「ありがとう？」

「うそ。ごめん。きもちわるい。きもちわるかった、ほんとはずっと」

そうだよね。かかれあうかれらは言葉に餓えて、でもますます力を帯びて、これからもかく。公園のベンチで二冊の本を交互に読みながら風景をすこしスケッチしたあべくんの、ただそれだけで終わるこの日からかれはこの日たちのことをおもいだす。本と私がかれにこの日をおもいださせる。この日がころしころされの複数としてまるでおなじ一日のように混ざって同時に立ちあがるから、その混濁においてのみかれの記憶にほんのかすかな五感がきざし遅れてきた言葉が沿う。私がこれからかくのはかれらの「この日」のこと。

加賀に「ひとごろしのこのくせに」とそっくりおなじリズム、音程で三度いわれたかれはそのじつあまやかな幸福感にみちて、加賀のセックスをうけ容れていた。最初こそ襲撃されたときに壊れて治った膝とはべつの箇所、背中や腰にいつまでも去らない痛みがあって、体勢を変えるたびに身体が切断されるような響きをおぼえたが、慣れると加賀に殴られた各所の痛みとともにそれすら快感と同化した。性器の外側をこそげとられているかのようだった。ひとごろしのこ、ひとごろしのこ、ひとごろしのこ、これまでの人生でいわれたことがなかったその叫びはかれじしんの心がもっともくり返していたものだったから、声がはじめて他人になったな、とおもって快楽がすさまじい。それでかれは加賀をほんとうにすきになった。

かれは入院時から何冊かよみすすめたアメリーの本から派生してアウシュヴィッツ収容所所長であったルドルフ・ヘスのかいた、自身の生涯と戦地や収容所での体験を綴った本に手を出した。

二度にわたる殺人の現場には五感がなかった。しかし、なかったということはようやくわかった。なかったことに気づきはじめると、それまでの人生で拾ったさまざまな感覚や感慨、あらゆることへの感想が、殺人にしぜんくっつき離れなくなっていくのがわかった。すべてはころしに集まっていく。かれがこれから経験する加賀をころした現場も、十年まえに父親が母親をころした現場も、二度のころしにまつわる重複とズレと、かれが生前見聞きしたすべての物語が似ているものを引き寄せてはそれぞれの殺人を固有のそれらしく見せた。

それまでも身体感覚のあやうい瞬間には記憶があった。あさい眠りのなかでみる夢や極度の痛みで意識レベルが低下しているときだけおもいだしそうだったこと。他人の身体みたいに。おとうさんとおかあさんのあいだ、そのころしのあいだに潰れた認識が、ころす者、ころされる者のダンスというか、音というか、意識のうすい生存のあいだに高速で点滅しかれの目覚めしなや夢や痛みの現場を襲った。この日からかれはその後の人生で似ているものの音をかき集めて鮮明に母親の肉の刺される音を聞いたし、暴力の叫びをサンプリングして父親の人を刺すときのこえを聞いた。観た映画や読んだ本や自分の暴力、フィクションと現実の差異もいとわず認識をかき集めて視覚をつくり、母親の死んだにおいと父親のころしたにおいを嗅いだ。加賀のこときれた実感を集め、自分の胸を刺す手応えを錯覚する。それで……

この日の朝、かれはそうした夢を見てめざめ、近ごろはろくにすることもない事務所へ行った。暴力で得る収入はますます減り、膨大にかかってくる電話をとり掃除をしている弟たちを眺めやってぼうっとした。ただ互いのロマンを確認するがためだけのような会話を交わし、たからかに笑いあった。賭け事も車も売春斡旋もおもしろいとはおもっていなかったかれは「おもしろいな」といわれた。なにがおもしろいかというと、かれは話しかたがおもしろいのだった。ものごとを見聞きする能力に差異は激しく、ともすればひどく認識の歪んだ男たちにむけて、なんとなくおもしろい話をするのがうまかった。ただ天気の話をするだけでも。食べ物の話をするだけでも。かれはひとが話し終えるのを待てるようになって自分がおもしろくなった。他意のないよろこびを披露するひとの話はおもしろいが、そもそもがそういった「なさ」に恵まれた身体なのだろう。

そうした会話はいちいち記録されていないから、いまとなってはフィクションだったといえるけどあべくんのかいた文章は風景をのこしている。窓際の光のあつまる地点から見おろすと、タイルの隙間から短い草が生えてい、風がひくい位置でひろがって木々に繋がり、四季のどれかのにおいが枝のかたちで拡大され延びていき、幹にあつまる熱がジュワッと葉を広げていって、かれの目に戻ってくる。窓をしめる。

おとうさんはかれに「ごめん」といった。おかあさんの止まった心臓に耳をあてたあと、表情もかえずにいうのだった。

「みんなといっしょになっちゃったね」

「?」

十一歳のかれは内面が錯綜した。

みんな？　逆では？　決定的になにもかも変わってしまったのでは？　いっしょではなくなったのでは？　人間だが人間でなくなったのでは？　世界でふたりきりになったので

は？　そしてこれからひとりきりになるのでは？

　そのうちに風呂場へ連れていかれふたりで裸になりばしゃばしゃおかあさんの血を洗うと、服を着替えてドライブへ出かけた。そのときにおとうさんは鍵をかけていかなかったし、もう死体のおかあさんはなぜかＤＶ相談員に「きょうころされる」という旨の予告をしていたから、すぐに発見されてしまい追われることになった。

　ころされる予兆はかれに殺害される直前の加賀にもあったようで、加賀はある日の自助グループのミーティングで「私かあいつがどっちかをころすのかも」というようなことをいっていた、と取材の席で私は聞いた。そのときは冗談とおもったが……という、その証言者はアルコールを再飲してグループを止めていき、加賀に会ったのは多くても四、五回にすぎなかった。加賀はいつも初参加者が多い回では普段にはありえない気軽さで加賀とかれの将来について口にしたとされる。参加者のなかでクリーンな者と服薬しながら通っている者の区別を、すこし話を聞いただけで判断でき、「私は――」と話しはじめるその主語の発話を聞いただけでその依存患者の現状がある程度わかると豪語していて、証言者は「そんなの信じなかったけど」と呟いた。そしてこの日加賀はいった。

「死ななかったら、死ななかったかれと私で生まれ変わって生活するんです」

　その数時間後に加賀とかれは死んだ。

　加賀側の証言者に出あうのに私はひどく苦労した。編集者にもうかけないと泣き言をいうついでに週刊誌のべつの編集者を紹介させ、あいだに入ってもらいすでに消されていたブログ記事をもと、当時おなじ自助グループにいたという女性に連絡をとり会うことができたが、彼女はそのブログについてあまり話したくなさそうで、しかも加賀の死を知らなかったので一時間の対面のうち半分以上はべつの人物についての見当違いの記憶を話しており成果はうすかった。女性とわかれると私は不機嫌になって週刊の編集者に「もう創作するしかないですよ」といった。

　窓のうえで垂れている水滴は昨夜ふった雨がアルミサッシに溜まっていたもので、粒が反射したとおい空が山につながってい、しめった土の根本でキノコの傘が蟻の身体を押し上げている。踏みしめたひとの靴裏の重みが戻ってきて、額がひどく熱くなっていた。同僚たちがかれに「なんか話して」といっている。

「なんかっていってもなぁ」

「なんかだよ」

　同僚たちの怒っているような声音に気をわるくもせずからっと笑ったかれは物語におかされる。事実をどしどし創作し他者をフィクションしていかなければ生きていくこともむずかしい。話しはじめる、他愛もない日常のことから。肌があやしくひかり、舌に力がこもっていた。

かれは「逃げよう」といった。逃げようと誘ったのは当時十一歳のかれのほうからだった。おとうさんはあべくんのからだを洗うことできれいになった自分の手でかれを撫でた。

「あたたかい。こんなの」

「ねえ逃げよう。ふたりで生きようよ」

「どこにでもある殺人、どこにでもある破滅だよね。出頭しよう」

「だめだよ！　逃げよう。逃げよう！」

その呼吸がたとえば台詞の体をなすとして、意味が正常につたわるはずもなく、しかし結果としてかれとおとうさんは逃げた。おかあさんが死んでいる部屋から出ると外は晴天で、視界がゆらいで滲んでいたのでかれは泣いていた。身体が世界ととけあってさわさわ風に揺れ、太陽が皮膚を透過してジワッと地面にたまった水分が蒸しあがり草のにおいになった。もう二度と人間に会いたくないとおもって涙を顔じゅうに塗りたくるとおとうさんはブツブツとなにかをいっていて、それは息とも声とも言葉ともいえない人間の初期言語の塊のようなものだったから、泣いてるのとか泣くなとかいわれる心配がなく、言語の動機からないのだったからかれは自分は泣いていないとおもうことができた。自分が、また言葉を教えてあげないと、いや、おとうさんと二人だけの国で、資本をたくわえて、文法をつみあげていかないとだな！　かれはどことなくうれしげ。レンタカー屋さんに行くとおとうさんは人間を演じ、いつもよりハキハキとしている声で「保険？　加入しておきます！」とニッコリ笑った。ほんとうにはこのとき、捕まることはわかりきっていたのだから、ふたりだけの国はこの車のなかだけだった。かれはうれしかった。おとうさんが元のブツブツに戻ると、だんだんかれはその言語が解されて、おとうさんの感情がわかった。おとうさんもうれしかった。けどそれはこの車のなかだけでつくられたほんのみじかい歴史と文法においてのみの五感だった。時間はこわかった。海をとおった。潮が窓から入ってくる。ぬるい。汗と涙の皮膚が破れて内側からはじける。なにが？

　言葉だ。加賀の身体から潮のにおいがした。刺した包丁の隙間から子どものころに死んだおかあさんとあの車のなかの記憶がシュワワワとのぼってき、動転した意識を内包するかれの身体が、言葉の角をつつく。あの記憶の真ん中にだれかいる。加賀の死体を撫でつづけていた。血は包丁やかれの手を繋いで加賀のおなじ身体にしていたから、撫でるのを止めるわけにはいかず、かれは目の前の肉体がもつ加賀という名前をわすれて、ひたすら潮のにおいを嗅いでいた。十年の時をこえてようやくかれのこの日がやってきたのだとわかる。混ざっていく。私を挟んで。車中でおとうさんがかれの性器をさわっていた。その感覚を昨夜、加賀とした性交後の寝しなにおもいだしていた。忘れていたものは言葉だった。加賀の性器を髪の毛とおなじような手応えで撫でつづけている。あの車のなかのように。潮が満ちて、この日じっさいには海に出てさえいないのに十年後のここで砂浜になった。幾人もの身体が混交して、その間隙が海になり、さわるとぬるい海水が顔をしょっぱくさせる。身体は疲れきり抑鬱にひたひたにされていたから、将来の回復においてみえる景色が海沿いだった。ベロベロベロと車のタイヤがアスファルトを舐める、ぜんぜんブレーキの踏まれない音だとかれはしっている。おかあさん、死んで、死なないで、死んで、死なないで、かれはわからない。おとうさんのブツブツが愛だった。「おとうさん」は《おれ》のことしか考えていない、ことばの前のことばで……かれはわかったから私を止められた。私は？　相かわらず小説をかいている。かれの旅を追って。かれの背中が丸まっていて、加賀をころして死ぬときの1／3の体重でしかしおなじ姿勢で、自分の手首の皺にかすかに残っていたおかあさんの血の赤みを抱きしめていた。おとうさんはラジオをつけたり消したりした。かれに性器を出しつづけるように命じた。かれはペロッと性器を出しっぱなしにした。かれはそれからずっと見られるのがすきになった。刺青で入れなくなった公衆浴場がなつかしかった。兄におしのびでいける旅館を教わっても、だれも見てくれないのでしんどい。

　では、かれの暴力や人生そのものも、だれかに見てほしい、見られるためのものでよかったのか？

「いいわけがない」

　小説は言う。はやいんだよおまえは、応答が。なんにしてもさ。

私たちにはあけちという共通の友人がいた。あべくんの当時の親友で小説家の私とはそれほど親しくなかったが、三十歳になった年の同窓会で再会した。八年前に死んだあべくんは転校した十一歳の夏休み前とくわえて二度欠けた者のようだった。酒が入り「Aとおまえ、親友だったでしょ？」と当時同じクラスだった友人にいわれたあけちは沈黙した。そしてトイレにたち、だいぶ皆を待たせたあとで顔がやたら酩酊しており、「ジャマだった」といった。

私は「なにが？」と聞いた。

サービスエリアでラーメン。父子がおなじラーメンを二杯頼んでパイプ椅子を引くと、音同士が同調し場に響いた。潮のにおいが場のにおい、建物と埃のにおいに混ざってゆくゆくラーメンが圧倒した。平日真夜中のサービスエリアは閑散としているが、トラック運転手のほか普通のような人間も数人いる。その視点にたつとかれらも普通のような人間だろうが、殺人者とその息子であるかれはお腹が膨れてくると潮がひいてかなしい。いま生きてかいている私に満ちてあのときのかれに引いていく食べ物の満ち引き、加賀の腹を割いたまま放心しているかれのいまわの際の満ち引き、それらがむやみに旅情をかきたてた。子どものかれは満腹になって一、二秒ねむりすぐに現実に追いかけられる。ラーメン鉢の底でうずまく模様の線だけのかたち、その隙間に未来が映っていた。

「ジャマだった」

「なにが？」

「Ａのこと。居なくなってほしかった」

「持てあました？　友人として」

「……」

同窓会でもう他のひとたちは私らに気をとめていない。たまたま隣にすわっていたあけちは私に語りかける。私はまだ小説家になってもいない。

「私は正直、さっきまで忘れてました。両親がそんなことになって転校していった子がいたなんて。あけちはその子と一時期親友だったからよく覚えているの？」

「親友じゃない。なんで？　ありえないだろ。マスコミが押し寄せて学年集会、全校集会、毎日毎日学級会ってどんどん大事になっていったのに。親とか医者にしつこくめちゃくちゃ話しかけられたわ」

「たしかに、なんでだろ」

いまでは私がアトピーの療養で十日間学校へいっていなかったからだとおもいだしている。

「あのとき……持てあましたのはＡのことじゃない、むしろ私のことのほうだったかも。あのとき……」

事件の二日後に「おれら！」かれの仲良しの「親友っしょ！」のあけちが事件をしって「でもおれがあべくんをたすけなきゃ！」とおもう。でも同調圧力とか弱気とかでもなく、変わっていくかれをあけちはいつからか「アイツはもうあべくんじゃないんだ」と眼から言葉から醒めていくようで、「アイツはもうアイツなんかじゃない……」かれが窓ガラスを割ってクラスの机をぜんぶ倒す、そんな姿を目の当たりにしてかれがあべくんだったことなんておもいださなかった。最初に事件があっても変わらずに仲よくしていようと決めたことで却って、どんどんあべくんじゃなくなっていくかれをみているのがつらくなったあけちは、さらに十八年後「すごくジャマなときあった、一時期」と私に語った。けど、大人になったあけちの認識で邪魔なのは仲良しだったころの、「おれら！」「親友っしょ！」だったころのあべくんで、つまり友情が邪魔だった。べつに、なにか決定的な理由があっていつもあべくんと遊んでいたわけじゃない。ただ家が近かったから……だけど、家が近いって、人間誰しも憎いところ、可愛いところが混在して、認めあって付き合っているのだから、家が近いって、もう波長が近いってことだったんじゃない？　あべくんが引越してもっとも気もちがあんしんし、それなのにその後ものすごく親や教師に反抗したのはあけちだった。それはまるであけちが想像する将来のかれを模倣しているみたいだったから……

　ほんとうは醒めている。寝ているふりをしているだけ。けれど、起きているとも夢みているともつかない身体でフラッシュがひかり、かれはいま自分がとくべつな身体なのだとわかった。皮膚の一ミリ外側が、ほんのりと発光しているような。おとうさんはずっとだまってサービスエリアに設置された水のみ機、食券の楕円形のふだ、食事のできたてを告げるブザーの音、それらノスタルジーに圧倒されている。正面で息子がほんのり発光している。ねむっているのかな？　心ではつねに「ころすべきか？」と念じている。それは身体から剝がされた心だったから、機能は「ころすべきか？」しかない。だれを？　目の前で息子が発光している。「ころすべきか？」だれを？　それ以外ノスタルジー。音が聞こえる。波の音。海はもうだいぶとおざかっているけれど、耳にこびりついている音が親子の夜を一瞬だけまぼろしにしている。

　とくに言葉を交わすわけでもなく同時に立ちあがり、食器を片づけるかれは「たのしみだな」未来をしって身体にあらたな希望が灯るのをわかった。言葉ではおとうさんと二人でつくる知らない土地でのユートピアを声にしてひとりでうるさく喋っているのに、すこしの眠りで内面はこれから起こることをもうわかって言葉にしている。

「たのしみだな」

「はやく壊したい」

「あけちも学校も」

「はやく……」

　小説家になる二年まえの私はあけちがこのようにかれのことを「ジャマだった」といった場で盛り上がった。私はあけちがそのようにいうまでかれのことをすっかり忘れていた。同窓会でおもいがけず話題にあがった「ひとごろしのあべくん」のことを、「あ！あのあべくんのことか」「もう死んでいる」「一瞬会った」「十年前ぐらいに」「父親が母親をころして」「あべくんを連れて逃げた」とつぎつぎにおもいだし、将来にそのあべくんが世界から邪魔にされていたさまを小説にするとはまさか思わず、自分が当時かいていた私小説のこともかれから送られていた散文のこともすっかり忘れ、かれの十年前とまだ出会わずにいる。そのころには多少板についた、かれの文章にあこがれて模した文体の小説をかいていたけれど、どうやら小説家にはなれそうもない、とおもっていた。小説家になれなくても小説をかいていそう、ともおもっていた。小説をかいているけど小説家じゃない、しかし小説をかいているひと……どことなく恥ずかしい。ならば、私は私の小説にもなにかすごく恥ずかしいことをかいたほうがいいのだとおもった。そうすれば小説家になれるかもしれない。恥ずかしいこと。たとえば人をころすとかな。

　いっぽうサービスエリアで発光していたかれは将来あけちに「ジャマだった」といわれることもすでにわかる、そのような時間の身体になっていて、だからこそ余りある体力で繋がれるものをさがしたかった。この社会でひとと繋がることはもう無理だ。すくなくともおなじ文法では……すると急ブレーキが踏まれて、かれの身体がおおきく左に折れて肩をドアに強打する。痛みでいま／現在にもどされ前を見ると、おとうさんの車が動物を轢きそうになっていた。呆然とまえをみると、猫か狸のような背骨をまるめる走りかたでその場を去る小型の獣がいて、おとうさんはなにもいわずふたたび車をはしらせる。後ろを眺めると縦にやや長細い弧をえがくタイヤ跡が、黒いアスファルトに濃く刻まれわずかに月光を帯びていた。目に光が曲がって白目と黒目に道をつくり、あいた口からスウハアと息が出入りするとどうじに口のなかの臭いが身体にこもる。またころしそうになった。でもころさなかった。またころしそうに……そのような言葉が過去未来から吸いとられる。

数年後、小説家になった私は自宅で珈琲を淹れて水筒に注ぎ、小説をかきに公園へいく。カフェインと混ざりあう身体の特殊な集中状態は、まるで言葉を媒介に身体が過去に吸われて、かき終えた未来へ吐き出されるような時間の送りかたになっていて、ひとりで生きている感じがせず虚脱で鬱だった。もう死んでいるあべくんを「ジャマ」だといったあけちはただしいとおもう。あべくんはあけちを壊したいとおもっていたのに、学校に戻ったらもうあけちのことは忘れていた。あけちはあけちを忘れている目のまえのかれはもうあべくんじゃないんだとおもった。あべくんの割った窓から空と樹が、ざらざらになって目にうつり、写真と絵画がグラデーションしているような、五感の表現形式そのものが混交する緑と茶色と青が、いつまでもあけちの知覚に残っている余韻。尖ったりヒビの入ったりするギザギザの葉と空の境界が、夏休みまえの火照った身体と外を混ぜてくれる教室内で。あけちの言葉が吸いあげられ、感覚のラッシュに混乱してかれをジャマだと内面で叫んだ。けれど、声は身体にこもったままで、いまはいわない。いつかいう。いまのあべくんのまえではいわない。なんで？　身体のまえではいわない。なんで？　ひとごろしのこだから。なんで？　言葉がもう通じないから。なんで？　邪魔だから。

「ジャマをジャマといってなんになる？」

　いなくなって欲しいだけなら沈黙しているほうが言葉は速い。あけちはあとでかれがいなくなったら自分がガラスを割りたいとおもった。かれさえいなくなれば、おれがガラスを割るのに。しかし、グレても器物を壊さなかったし喧嘩もしなかった、ただあけちは言葉で親や社会に反抗して見た目を派手にする。欠けてしまったかれが懐かしくて、ノスタルジーに沿うように不良になっていき、小規模な暴力をふるう。欠けているのは私たち全員だ。

　かれはひたすら西へ車で運ばれてゆく。もう光っていない息子をみておとうさんはどんどん冷静になっていき身体が凶悪犯を演じはじめた。フィクションが先に集まり、現実を凌駕して凶悪殺人犯になれそうだった。心はいつまでも単一に、息子をころすべきか悩みつづけている。

　ハイビームにしたライトが月に反射してかれの目を撃った。いつの間にか山道めいた凸凹をタイヤは舐めていて、全身の縦揺れとともに月とライトの混ざったものが眩しい。おとうさんのへんな臭い。血と肉と混じった臭い。聞こえていない波音がサブサブと記憶を捏造して、海のなかで母親の肉とからまった温度をかれはおもいだす。ふだんからやさしくなかったおかあさんと、海のなかで抱きついて離れない。いまここだけの童心で「おかあさん……」と呼ぶ。言葉が認識といっしょに変化して、呼ぶこえから抜けていく人間の構成要素が幼い身体にしてわかっていた。人間はこわいものだ。

「波……」

かれはひとりごつ。

「こわい」

実際には怖くなかった波を怖いといい、言葉をわすれたかった。「私」はまっとうには生きられないだろう。それならばせめて、誰かにかかれるみたいに破天荒でいられたら。けど、それも不向きな身体だったのはかれが生まれつき真実を好きだったからだ。真実を好き！とおもったのは言葉のまえだから、道理や因果とも関係なくとにかく好き、真実が！

「あけちー……」

月に目が潰れて見えない瞬間だけかれは友だちを呼んだ。おとうさんには行き先がない。かれの人生でこのときだけ心というもの、それらしき魂めいたものがあって、声は相かわらず「どこか知らないとこで穏やかに暮らすんだ。野菜とかさ……おかねもいらないし。ごはん、土でつくって食べて、肉も魚もべつに欲しくないよ」とあまやかな幻想をフィクションした。けれど言葉がわかっていた。「おれたちは捕まる」。朝までまだ数時間の闇のなかで。こえと言葉が身体のなかで引き裂かれ、その十八時間のドライブのときにだけやどるフィクションが体よくひかった。

　言葉は知っていた。かれはこのドライブを終えてもある程度ノンビリ生きるのだと。しかし、そこに剝がされたフィクションが「私」を許さないだろう。だから「私は――」の定型で告白を行う加賀らにかれは嫉妬していた。薬物から距離をとったミーティングで語られる「私は、」「私は、」「私は、」が集まる元使用依存者たちの会で、加賀は慕われていたという。大学で聞き取り調査をしていた経験上、話者の感情が昂りすぎたときはそっと軌道をただすような一言を咄嗟にいえたし、なにより肝がすわっていたから。加賀の言葉はその場ではなんでもないのに未来によく響き、再使用をおもい止まる理由として加賀のなにげない言葉を挙げる依存者も多くいたという。私がかれを支えたいと加賀はよく口にした。そのかれの収入源が主に暴力に拠ってであったことは伏せられていたが、いつかかれとふたり力を合わせて暴力からも足を洗って。

　――「私は暴力依存者でした」「私は暴力が好きですが、暴力も私を好きです」「私はそうした暴力とセットの私です」。小説に対してもできない自己開陳を、かれは父親と逃げ

るあの車のなかではじめた。私が私と見る風景はたのしい。声が私といっしょの未来を言葉として連れてくる。私は、私は、私は、

私はいつかおかあさんをころします。

無数の刺創はそれぞれが癒着しいずれ穴のように大きく空いて血液が空間を埋めた。ごく小さな血の噴水がひとつの傷口を複数にふくらませ空気をふくみ、いくつかの傷と血のまるまりがまざりあった。生きているみたいに血を吐き出す傷らを眺めようやくおかあさんをころせたとかれはおもう。ほんとのひとごろしの私になって、やっとできる懺悔がこの世に生まれた気がした。あの狭い車のなかでおとうさんが私をころさなかったから、頬を撫でて、それを愛情と勘違いできるあいだに首を絞めればころせたのに、それで現実よかったじゃん？　成人女性をころすことにくらべたら、ほんのすこしの努力でかんたんにできたこととおもうけどなあ。

加賀はクリーン五年目をしめすメダルをかれにみせて「あと四年で正気といわれるから折りかえしだね」と笑い、みじかい話し合いをもうけたあと「賞味期限やばいから卵三個オムレツにしていい？」といった。かれは加賀を刺した。刺した前後はあとでもう少しかく。ひとつ目の刺突のあとで、かれは加賀をころすか悩んだ。刺したのは出来心だ。三年目の浮気よろしく、衝動的な殺意をゴメン、つい、と謝れば、「ひらきなおる　その態度が気にいらないのよ」といって、許してくれるかもしれないのだが。加賀自身も痛みとそれ

を喘ぐこえにうるさいなかで「おい、目を覚ませ」といった。うるささをかきわけて、自分を刺したかれに向ける言葉がつづいた。

「バカが」

「わたしがぜんぶするから、救急車を呼ぶから」

「愛してるって」

「だから黙ってそこに座っていろ」

台所に血がひろがり、加賀の寝そべるズボンの裾が血の重さで床にくっつき重たくなっていた。呼吸がまだ死ぬようではないのだったから、かれは「黙れ」というべきだった。そうしたら勝手に加賀は救急車を呼び、かれは捕まるなり逃げるなりしただろうが加賀は死ななかった。それからそれぞれの息を吐くだけでふたりじっと十五秒沈黙したあと、かれはふたつめの刺突をおこない、結果それが致命傷となったわけだが、その後二十七回刺した死体を部屋に放置したまま自分は身体を洗い、いつかのこの日のように、部屋をでた。


かれらが読んでいたジャン・アメリーが、強制収容所収容の以前と生還後に点々とした土地にGoogle Mapsでピン立てしていき、眺めつつ移動しながら私は小説をかく。ウィーン——アントワープ——サン＝シプリアン収容所——ギュール収容所——ブリュッセル

――プレーンドンク収容所――マリーヌ収容所――アウシュヴィッツ強制収容所――ブーヘンヴァルト強制収容所――ベルゲン＝ベルゼン強制収容所――ブリュッセル――何度目かの再読でふやける想念を文章化していると、もう生きていないかれのことを忘れそうだった。人間から人間への伝聞のように、風景のように輪郭ができていく加賀とかれの両親とかれ自身。

　その前後に本があって読書があった。かれの読んでいた本を読み、かれのかいた文章を読み、あべくんの生涯を想像した。しかし、かれのかいた文章で思考した想像力の宛先がかれ自身の人生ではないのはもう明白だった。かれは自身の人生などではなく、本で読んだ人々の風景を創作したのだ。つまり、ある時期からほとんどそれしか読んでいなかった強制収容所と大量虐殺にまつわる書物を通してかれが見ていた風景を。

　そこで「小説」と題され保存されていたかれの文章をあらためてよみなおすと、あきらかにそうだ。私がやむなく削ったイメージや修飾が繋がっていく、たった十年前二十年前のころしころされモードではなく、私たちの生まれるまえからあったころしころされモードに。だからこそ細部があいまいで、それでいてつよい「感じ」だけ刻まれた文章がありえた。

　私は恥ずかしい。どうしていままではっきり気づかなかったのだろう？　私は勘違いしていた。私は間違ったフィクションをかいていた。私は――しかし事実がどうであろうと関係ない。それにどちらでもいい。どちらも正しくないし、どちらも間違っていない。かれののこした文章と、していた読書を反復し、いまなら少し、確定的なこともかいてしまえる気がしていた。

　いつからか私は過去にかいた二度の私小説の存在を夢に見ておもいだし、それを短編小説としてフィクションに加工した。その創作の過程で、断片的にかかれたあべくんとおぼしき同級生の名残を読みとり、そのうちにかれのかいた文章のことをおもいだし、発見する「小説」と題された文章のログをまとめて誤読し、物語を幻視した瞬間にあべくんはかれに、かれはあべくんになった。ようするにあべくんが私や固有名から撤退して世界へとすすみながら三人称からも減退するそのかれという人称に私も同体しあわさることで、かれらは「あべくん」というフィクションに合流し、それらを塗りかさねるようにあたらしい長編小説をかくことが可能かも?という思いつきに取り憑かれることになった。かれから送られてきた風景の行間を捏造して、もとの文に圧縮されているその奔流を盗むような私のきたない想像力があってこそかれはフィクションになる。そのフィクションが間違っていて恥ずかしい私は「かれ」から身を引いて消極的に私になっていった。ひきうけられない語りがかれの物語をとりあえずかいてしまえといっている。間違っていても一度はじめたフィクションはちゃんと終えないと、そのあとのことをなにもかけない。

　たとえばおかあさんをころしたのが自分だったら、とあべくんはおもった。おとうさんがいますぐ無垢になってその身体でハンドルを摑み空いた手でかれの髪を梳く、文意のとりやすいやさしい声でこの車をUターンさせて「ずっと守ってやる」といってくれるなら。でもかれがおかあさんをころしたいとおもっていないのだったらそもそもそんなことおもえないのだったし、おもっていないのだ。目の動きが夜に慣れいきいきと海を、山を、草むらを、生き物を透きとおって越えていき、かれが車外で生きる空気と植物のいっしょになった生き物みたいにかれらと、つまりかれとおとうさんを見おろしていた。夜のしただ。

　そのようにかいていくことで加賀をころしたかれのあと私のいま／現在につながる十五年越しのビジョンがはっきり言葉と身体に同時にうつっていき、可読性といっしょに時間がかたまってしまう。そのようにかくことで、あがなえるものなんてなにもないのだが。

　あるかのようにする。夜の紺色が皮膚と服にうつって濃くなっていき、月の光が下半身に宿って道をつくっていた。そこを走る。アスファルトのキラキラに洗いながした血の色を見た。温度はなにもわからない。加賀をころして夜を素足で走っている二十二歳のかれが、百円をひろって自動販売機になげこみ、あと十円の足りなさをうつす表示をじいっとみつめていた。そこらへんのだれかを殴ればお金はまわるけど、もう《おれ／私》は……かれは携帯電話のキーボードを錯綜した変換で埋めていく助走をひととおり終えてようやく、ほんの冗談のような殺意をガラケーでかきはじめたのだがすぐに筆は子どものころのことと、読書の見せる風景におかされていま／現在がない。殺意をデリートして空白にもどし、それでもどこも傷んでいない身体がガラケーのボタンを押しつづける。かいていないと身体がかいてしまって、かくのを止められないからかかないためにかくしかないのだ。

おなじ夜、荒川区町屋のワンルームに独居していたいまから五年前の私はだれにも求められていない投稿小説をかきすすめていた。昼には書店営業にまわる会社員として出かけてい、二階相当の高さに位置するＪＲ津田沼駅のコンコースを抜けた奥にＢＯＯＫＳ昭和堂（二〇一八年に閉店）があるペデストリアンデッキの階段をくだって歩道におり、レールと枕木の繋ぎ目にところどころ雑草の生える線路を右手に、約四〇〇メートル先の新津田沼駅にあるブックマルシェ津田沼店をめざしてボンヤリ歩いていた。平日の午後二時半前後で目抜き通りを離れ視界に歩いている人間はいない。私はこのころ、のちにデビュー作となる小説をかいている。

かいている小説のなかで登場人物がひとり死ぬ必要があるかもしれなかった。今までの私だったら小説のなかでひとは死ななかった。死ぬべき人物は小説の延長線上か事前に死んでくれていて、実際に死ぬところをかくかどうかは問題ではなかったからかかなかった。しかしこの小説においては死なないことは死ぬこととおなじことかもしれなかった。

つまり死ぬことをかかないことが登場人物にとってはほんとうにころされるようなことかもしれないとおもった。それでもいままではかかなかった。けど今回は普段していないことをすべき小説だ。とても恥ずかしいな。私はのちに「青が破れる」と題されることになるその小説をこの日まで死ぬ予定ではなかった登場人物の名前をとって「ハルオ」という仮題でかきすすめていた。ハルオを含め五人の主要登場人物がいた。

　左手に産業ビルの裏口が連続していた。新京成に繋がる歩道橋の階段をあがっていく。昼間であまり意識が明確ではない。ボンヤリしていてろくになにも考えていない。営業中はいつも眠くうんざりしている。

　そこで天啓がピカッ！

「そうだ、もっと死ねばいい。二人、いや三人？　五人全員ではダメだ……四人……いや三人だ！　三人死ねばいい！！！！！」

　ようするにひとり死ぬために三人死んでもらい、それだけでかききってしまおうというわけだった。何年も小説を投稿しながら商業作家としてデビューできなかった私のブレイクスルーは「ひとり死ぬためにあとふたり死ぬ」という、アイディアとも小説メンタルともいえない、稚拙なフィクション内フィクションの交換のようなもので、現実的には死ぬしかない人間が死ぬ代わりに、フィクション的には生きていてよい人間も死ぬ。そのあいだでしかキャラクターがキャラクターでありえない隙間があるかもしれない。こうして私はあとふたりころすことにした。ハルオはまず死んでもらう。ハルオだけではその死にフィクション臭がこもりすぎる、つまりロミオとジュリエット的古典臭がくさすぎるのでもうひとりだれかころしたほうがいいだろう。いったい誰にすべきかな。それがデビュー作になって私は文芸誌に小説をかきさっさと賞の候補になってニヤニヤしているだけで継続的に小説をかいていい身体にあまんじた。その時にはもう死んでいたあべくんはその小説に関係なく相かわらず自分のことがかけないままで死んだ。

　すごくおもしろいのになあ……そのように私はかれの物語を乗っとって、商業作家としてかいているわけなので、つまりこの私というのは女や法をおかしたあとで無垢をおもうようなきたない私なのだ。あれから数年経った。「あべくん」は明日の私がかいてもう一度死ぬ。期待された六時間の眠りは訪れず目覚めた午前四時、一時間半の睡眠のあいだに今日死ぬかもしれない登場人物と、これからも生きるだろう語り手との友情めいた臭気について考えながら真夜中を散歩した。つまり「あべくん」と「私」の。

　外気にさらされると、身体が臭って景色を濁らせおもいだす。かれののこした風景描写があってはじめて景色が見える。かれがもういないこの世界で夜が服をひからせる。膨らんだ反射光が月をすこしずつ降ろしていき、水溜まりが昨日の雨を空に戻していく。落ちている葉にねむる微生物が、蟻の身体に群がって、臭いが風をかれの身体に戻すようだった。歩いていると思考が身体にかえってき、私は数時間後にかくためにもうすこし眠りたいのでうどんを茹でた。だしとみりん醤油をまぜて黄身のうえにかけると、ただ眠るためだけのデンプンが思考に水をさすようで、時間が餅のように伸びていき不安が薄れていった。風景が認識の手に戻るのがわかる。しかし寝たらすべての死んだ魂は元どおりなのであるが……

目がさめると光があって、朝陽なのだとわかると一睡もしていないおとうさんの握るハンドルと、自分の身体との切断がかれはつらいなとおもった。

眩しい。昨日以前もずっと明けてきた朝が、おなじように沁みていく。車内にめぐる陽のあたたかさが皮膚をつつんで呆然としている。おとうさんが「ちょっと外でるか」とふつうの声と文法でいうので、かれは慟哭した。

おとうさんは戻ってしまった。昨日以前に戻ってしまった。だから捕まる。警察とか法律に捕まるのではなく制度や情緒に捕まる。もう会えない。《おれ》が寝たからだ。昨夜のつづきだったらずっとこの車内だった。

眠りのなかで尻をつく隙間もない強制収容所行の移送の車窓から、立ったまま外を眺める手前に鉄格子が斜めに張り巡らされていて、カットされ細切れになった顔二個半ていどの長方形からこちらを見ている。車外の農民は首を斜めに切る仕草をして移送者が収容所に入るこれからの運命を伝えたという。見る風景の奥行きを傍観する一瞬に交換されていて、手前と奥がグラデする扇形の視界がかさなる部分に目を瞑って、かれの半分以上はそのまま煙になってみはるかす。この日に戻る。くりかえす。想念がいきどまり、折り返すときにはこの日まで。だって、この日に死んで生まれた《私》なんだものな。もう数十時間水分がない。

　このようなことは読書したあべくんが認識をふやけさせながらも、文章化しなかった文章だ。私がおなじ本を読んで勝手に想像し文章にしている。あたかも「代わりにやってあげてる」かのようにして……

《おれ／私》がおとうさんをころそう。凶器をさがすかれは子どもの身体と認識がにくい。人をころせるような、あるいはころさせるような尖ったモノやことばが自分からでてこないのだ。不能感が認識を魔法にし車内の水分が空想のなかで凍って手に握り刺すとひと突きで死ねます！　その先端を刺すべき父子の身体が、窓から香ってくる外気で溶けていった。まっとうな人生を夢みたかれは、おとうさんに「かえろう」ともいわずにその認識を身体にした。かれを愛していたのはおかあさんではなくおとうさんだったのだから、その認識は言葉より身体のほうが饒舌につたわった。もう《おれ／私》をころそうだなんて、おもってないんだな。ずっとおもっていてほしかった。どうせおかあさんが死んだビジョンがこびりついて眠る未来を生きつづける過去のような身体だよ？　あ、それはでもみんなそうか。みんなころしてるもんな……では刺されたり撃たれたり殴られたりして死んでいくひとの身体を、間近に見たことはある？　ない。あそう。それならかけるよ。生存においてはやってるけど見ていないことだけがギリギリかけるよ。ほんとうには人間は見たことはかけないんだよ。情報が重なっていて、ほどけないからね。それに、見たいことしかかけない。見たくないことはかけないね。すくなくとも見たくならないと。これから死んでいこうっていう心境なら、はなしはべつだけどね……おとうさんは捕まる道を探して走った。眠ったかれを横にしてそのあたまを骨盤の窪みあたりで支え、ラジオを聞きながら大通りを選んで走りつづけた。かれともおとうさんともつかないものが想像する。コンビニで停車しているとおにぎりをたのしみにしているかれが警察に保護されてはじめて自分が人質であったことを知る。事実としてだけそうというわけでなく、かれの認識としてもまったくそうだったことを知る。それから二度とおとうさんに会うことはなかった。見ることもできなかったおとうさんの確保の瞬間を想像することで、それを描写できないままかれは死ぬ。しかし私は知っているのだが現実の逮捕はじつに穏当でドラマチックの欠片もなくほとんど職質のそれといった体だったし、加賀をころしたときも同じ凶器で自身を刺して死に、結局一度の勾留も手配もない一生だったのでかれは逮捕にやや愛着があった。この国に確保された瞬間を想像するに、来世から今生に戻ってきたような安堵を夢にみた。あるいは、今生から前世に。おとうさんの逮捕まではまだ朝と昼を越えて夕暮れまでこの車内。

「見たくなってきた？」

誰かが聞いている。かれはまどろんで応えない。また眠ってしまう。自分のおさない自律神経が憎く夕焼けを見た。オレンジが額を覆うとそこに小説がいた。なんで？　おまえが呼んだからじゃん。べつにいいけど。

べつにいてもいいけど、なにも話せないよ。

かれら父子がひとをころしたあとで自死にいたった理由のひとつは、自分にかかわるあらゆる描写や説明がむりになってしまったからだ。殺人をふくむ動機はもちろんのこと、日常にまつわるささいな情緒や喜怒哀楽でさえない自分のすきな食べものなど嗜好であるとか、寝たいやりたい遊びたいなどの欲望にいたるまで、ころしたあとでは人に平易にいうことができなくなってしまった。いつももっとふつうに喋りたい、変な話しかたで人類に申し訳ない気がしていた。発話が言葉に恥ずかしかった。やけに景色が身にこたえる。昼から夜に向かう陽光がシートを照らし、かれは足がつめたいのをずらして腰から光に入った。助手席で出しっぱなしにしていた性器が橙になって萎み、窓をこまかに開けしめする反動で走行スピードが揺れていた。この景色が好きだとかれはおもうが、しかし自分にさえ趣味嗜好を説明するくらいならいっそ、自分で自分をころしたほうが楽。説明できない私を労働や民族意識で固めて忘我し、そうできないものを排斥するというのがわれわれのいつものパターンの殺人ではあるけれど、対外的な私はともかくとして「私の私」は説明をし説明をうけないと息もできないし眠り食べ暮らすに足る最低限の欲望すら抱けない。ほんらい内なる他者がそれをやってくれるはずだが他者はみんなころしたのでもういない。ひとりの殺人は私のなかのあらゆる他者を惨殺し根こそぎ浄化する。他者をふくみこめない私を私がころすしかない。こんなことはかけない、かけないことのはずだった。しかしなぜか私にはかきたい欲望ばかりある。かきたいことやかきあぐねていることでさえなく、かきたい欲望そのものしかない。その欲望を小説といわずになんというの？

「ころしたからといって」

小説がくるしい。反論がつらく悲鳴のようにひびく。歴史や文法が傷むのかもしれない。二度と戻らないよう恥部を焼いて。

「ころしたからといって……」

私か他者のどちらかが不可能になって、その反論に帯びる言語の、初めて生まれる領域でかえってくる反響。だからあべくんは小説をかいたんじゃないか。風景だけをつらねて自分を置きざりにし、ころしころされする私としてかれがかいた風景をどうやって私はこの身体に移し込み、読めばいいのだろう。幼いかれがみた父親が母親をころすまえの風景がかれを私に繋ぎとめる。しかしかれはそんなことをかいたわけではない。

「ころしたからといって……」

小説がむける憎しみは小説家の私に集中する。それで私は賞をうける。私は抑鬱で自他を同時に傷つけることができる。たとえばこんにち、全くあたらしい認識で、発明でもたらされるしかし昔なじみの虐殺に荷担するのは間違いなくあべくんではなく小説家の私であるのだったから、あべくんが加害側のフィクションを読み、被害側の証言を読み、一の読書が数十の資料請求をうみ、そうまでして大量虐殺にこだわったのはころされたからではなく、ころしたからでもない。将来ひとをころすかもしれないことをわかって、それでもころさないかもしれない条件を夢みてもい、ころすまえにころされるかもしれない永遠とその逆のあいだでしか生きられなかったからだ。そしてそのようにしか生きえなかった人間としてあべくんを規定したのは私のような人間だ。かれらがかれらとして殺害のあいだでしか生きられない人間を包括し観察したうえで密告する私のその言語は否応なく物語の体を帯びるだろう。ひとりの人間が殺害をかかえ、べつのひとりの人間がその人間ごとかかえる、そのセットでしか生きられないかれらだった。ワンペアとしてしか認識できない大量虐殺が、ひとりの身体の生と記憶を傷めつける。本をかき本を読む、それで延期にされた運命がかれらの身体をマシなものにしたかはわからない。ひとりになった車内で戻ってこないおとうさんをかれらはふたりで待った。

「こないねー」

「うん、でも、もう来るよ」

「こなかったら」

「え？　来るってば」

「こなかったら来たってかく？」

「かかないよー。ばか、アハハ……」

「フフッ、それにしても、長いなあ」

「え？　ほんの三十秒だよまだ」

「……」

かかれない時間は永遠に長い。かかれることとかくことでかれらは待った。はじめてまだほんのこどもの小説と会話した、それがかれらの最初だった。だれかが私をかいている。このときぐらいはもっとフィクションにならないと。ひかりがコンビニと太陽を混ぜるとかれは性器をしまい、すぐにもう一度だして眺めた。そうせずにはいられずどこかしら自分を物語に寄せていき、しかし逮捕はもっとずっとあとだったし地味だったからかかれない。捕まったおとうさんが服役しているあいだ一度も会いにいかずかれが死ぬ数年前に自殺していることもかかれない。上がらない悲鳴が嗅覚をこすらせて、草のにおいが閉めきった窓から入ってきて身体が季節になり、かけなくなる呪いがかかった。私のことをかけなくなる呪いだった。私のことをかいたとたんに直近でひとをころすことになるからだった。欲望ばかりふりつもる。

加賀はかれが小説を読んでいると顔をしかめた。脱依存グループのスタッフとしてミーティングに参加しつつ、スーパーではたらいているうちにすこしずつ自らの過去をおもいだしていた。修士時代に大うつ病で記憶が錯綜し、歪んだ認知とその再構築で過去がおかしくなってしまったうえ、ヤンキーに明け暮れた学生時代とやさしすぎる男との結婚、そしてだらだらとつづいた薬物使用によってつぎには全能感におかされ、記憶の王と奴隷を高速に成り代わるようなドライブにさらされた離脱と更生の最中にはまったくべつの思い出に支配された。おなじ記憶でも脳の調整によってまったく違うものになる。しかし断薬を背景とした詩をかきながら投稿し、採られたり採られなかったりをくり返しつつ依存にかかわる現場での聞き取り調査とその論文化において修士をおさめ、記憶を外部からつくりなおしていった、その直しているさいちゅうの記憶が小説を憎んでいる。

「小説がきらいとかじゃなくて、なんか、小説をきらっていた過去のつらさをおもいだしてつらい」

「ふうん」

唐揚げを食べながら、かれはおもう。小説家が自分の話からでないと風景をかけないことを考慮するに、加賀の憎しみを浴びるべきはあべくんではない小説家の私なのだろう。生姜とにんにくが混ざるとなんでもうまい。かれは自分のことをかかなかったから加賀にそういわれたところでなにも心に痛むところがなく平気で小説を読んだ。「ナチと理髪師」を読み、これではおもしろすぎるだろう……まさか顔が似ているからといってドイツ人とユダヤ人が入れ換わり大量虐殺者が証言者になりかわるだなんて……

「ちょっと、そもそも食事中に本ですか？」

「ああ、はい。そうですね。終盤なものでね」

「わたしもうスーパー行ってそのあとミーティングあるからおそくなるけど」

「あー……」

「うーん。行ってきます」

では怒られるまえに掃除と洗濯をしておこうとかれはおもった。なにしろ暴力で食える余地はもはやない、とにかく暇な時代なのだから。認識としては大分まえから暴力をしていない私だったが、それに満足も不満もなく、ただ生きているだけだった。ときどき薬物取引の中抜きから中抜きの立場をくりかえして、アパートに来る人間を相手に買ったり売ったりしているがそれぐらい。加賀には黙っているが勿論知っている。でも、これぐらいはただ生きているだけの範疇だろう。しかし加賀はかれをそのように見てはいなかった。この社会で成熟した人間になってほしかった。かれは社会は無理なのでそれ抜きでふつうに生きているつもりだった。加賀にはかれのパートナーとして反響する私という、かれに自己を投影する余地がとうぜんにあった。加賀のなかでかれに沁みだす私が勝手に語りだしそれはかれにも聞こえている。やっぱりパートナーにはちゃんとしてほしいですよ。ちゃんとしてほしいってでも薬物にも鬱にも染まらず健康的に生きてますけど？　いや犯罪は犯罪なんだから、まともになってほしいです。犯罪は犯罪なんだからって、なにも言っていないようなものでは？　いやみんなそうしてるでしょ、あなたは分からないかもしれないけどね。逮捕もクスリもやったことないというのに、そんな風に見られているだなんてショック。やらせている側なんだから人間としてとうぜんそれより下だろうが。いや健康のほうがだんぜん尊いだろ。ひとの不健康につけこむよりも？　どちらがどちらを差別視し軽蔑しているのかが、混ざってしまっている。「加賀なのに」かれは「まともになったつもりでいる」人間として軽蔑して「あんなにひとを殴って」身体を損ないあい「自分の記憶にまで」暴力をふるって尊厳を奪ってきたというのに「真人間のつもりか」それを私と混同している「おれなのに」自分語りにあまえて「現実に向き合えず」まるで健全に生きているみたいだ「ひとごろしのこのくせに」。

かれは窓の外をみた。光がチラチラ目に飛び込んだ。太い雲と雲のあいだのながく細い線を太陽光が滲ませて、明るさが窓にたまっている。くらい部屋のなかで本を読み終えて、何時間もただボンヤリしていた。

そこで天啓がピカッ！

「なに？」

光ったものがなんなのか瞬間ではわからない。また雲をみた。いまは空が一面覆われていて、筋のうすいとこから裏側の光が透けていた。太陽がどこにあるのかは見えない。しかしわかった。

「なに？」

かれをかけばいい。小説家の「かれ」にかかれる「私」という体で、自分のことをかいていく。小学校時代の同級生がかいていた私小説めいた小説のことをおもいだす。いつかPCを移行するついでに消してしまったいまはもうない小説のことを。なくしてしまった文書のデリートエラーのようなかたちで、かれの物語のついでにあらわれる私、ほんの私、それこそをほんとうの私として生きてかいていけばいいじゃない。

「ヤメロー」

子どものころ遊んだ、だれかの歓声のような声が聞こえる。でもかれは遊びを止めなかった。プロレスごっこや怪獣に成りきってするようなかるい暴力を、いつまでもやめず叱られる、まだ無垢だったころのような気もちがよみがえる。

「ころしたからといって……」

小説がいう。かれは昂揚しきってしまった。

「いやいや、大目にみてくださいよ。ああ、これだから人間は止められんなあ……」

「……」

「これはやっとおもえたことだよ。ほんとうに、ふつうに好き。小説が」

「ぜんぜんうれしくないよ」

「死にたくない。やっとおもえる。ふつうにやっぱり、死にたくない」

つまり混ざったもののなかで私だけをころすような殺人を、かれの身体にたくしてかこうとした。かれを語りにすれば小説への愛のようなものでもあらわれたりして、たとえそれがインチキのクソであったとしてもひとはみな自分に似たもののことしかわからないのだから、やっとほんとうのことに繋がるだけでは嘘になれない自分の身体を止められるかもしれなかった。しかしふつうの人生、それがもっともきつくて痛く辛いことだ。身体は実際でも人生はフィクションなので、辛いのは普通のこと。フィクションじゃないふりをする、それがもっとも大変。やっとわかって、人並みに死だけは辛かったあべくんなのでした。かれはガラケーを探した。


　死ぬ直前のかれが回想するにこの日は加賀の日だった。ミーティングの帰りにスーパーに寄り、鮮度のよしあしを検《あらた》めながら食材をえらび、日常に同化していた思考が綺麗にととのった部屋でかたまっていき、かれがオムレツに混ぜ込まれたブロッコリーを噛んで「うま」といった顔を見た瞬間に意を決した。そうして加賀はかれの下の名前を呼んだのだ。

なになに、とかれはこたえた。

「もうわかってるでしょう？　このままじゃやっていけないよ。私たち」

「え、別れ話？　いやだな」

わりに機械的に加賀の手を握り、てのひらをマッサージし「やめて」という声を無視して桶に湯と水を混ぜ足湯を用意した。こうした行為がかれはすきで、適温に湯が混ざっていく手があったかくなりかれ自身も気分が落ち着くし、加賀もふだんなら「もう……」といって私たちずっと一緒だね、みたいになる。湯の温度が身体を混ぜるみたいだった。足湯を拒まれると加賀の手をとり首に当てるとつめたくてかれはおもわず「ワァつめたーい」といった。口ばしったあとで自身の台詞にやどる稚気におどろき、こわばった加賀の表情をみてかれも次第におそろしくなった。どんな暴力でも、どんな疎外でもふるえなかった言葉の身体のはずだった。足をあらえといわれた。つまりあたらしくなれといっているのだ。もうあたらしくなれないのは知っているけどあたらしいふりぐらいはしてください、といわれている。無垢でいれないのはしっていて無垢なふりをしてくれといわれている。それで十年まえのおとうさんにかれはなり、とつぜん登場人物みたいになった加賀に激昂してかれはころす、と祈った。

かれがこの日についてなにかかいたり証言することはなかったのだから、小説家の私がかれののこした文章の、とくに認識のふしぎな描写をえらんで助詞などを既存の文法につなげ、できるかぎり物語にしたがかれののこした描写は一般性にひらき記憶や時間を直列にととのえることがむずかしく、何度も拒まれた。これ以上整理するとかんぜんに原形をとどめず、あべくんがあべくんじゃなくてもよい物語になるだろうとおもえたギリギリまで粘ると、ようやくかれが見たかもしれない景色が、おなじように見えるわけはないにせよたしかにかつてあったことを信じられる気がした。風景だけでは風景は見えない。おおいに心もとなく、罪と加害の自覚が身体をひたひたにする。それは見たら人格が死に、記憶や認識がかたまった状況で「私」が失せるような風景なのだから、痛みや恥ごととどまってみなければいけないがそうしないにしてもなかったことにはならない。そのような風景を、いまの文法に繋げることにずっと恥の感情が燃えつづける。

　ところで小説家の私には、フィクションかそうでないかに関係なく語り手とされる人物を信頼しすぎてしまうきらいがあり、反転して語り手としての私がいかにインチキであれ信頼されてしまうだろうという地点から小説をかいている。ヘスのかいた手記もそうした信頼のもとに読んでしまう。実名か筆名そのままで私小説を謳った小説が好きで、読むと決まって感銘をうける。書き手自身がわざわざ語り手を信頼してくださいと宣言する運動の二重性に特異なおもしろみを感じるせいである。そこには「私」を書き手にむりやり引き戻すような無垢な認識の限界が設定されるわけだが、そうした意味では始終あいまいな名前でかかれた自身の二度の私小説について反省することは多い。ヘスのものに限らず殺人の加害側としてかかれた文章に対し、語りに信頼をおいたうえでその行為の異常性と普遍性を併置して考える、しかしその語りへの信頼においてなにか見落としつづけている部分が私にはある。それが私じしんに不可知のものであるとしても、そうおもう。

　加賀をころしたあとのかれはどんどん自分のことがあふれ、ようやくフィクションがかけるのかもしれなかった。私の仮構を手にいれて、やすやすと言葉をかいていき贖罪を物語にしていく、しかし……果たしてそうした確定未来をうけいれられる私か？　そんな過去を生きてきた私か？　そうではない。ころした数とところされをはかるように、どうやって技術を高め文章をかいていこうと、それはかれが読んできたものとその死へのひどい裏切りになる。それをいまさらかれはできるか？　見てきてしまったものらの経験がかれのかいてきたものよりも先に読んできたものを攻撃し、かれは身体の維持にたえうる言葉がもうないかもしれなかった。それでいい。加賀を刺した凶器で自分を刺すと、あふれる血と痛みをながめてほんとうにきたないとかれはおもった。ただきたない、抽象的に視界がきたないのだった。このまま生きていたらこの血や痛みを綺麗なものとしてかき、綺麗なものとしておもうだろう。いまは、ほんとうに汚い。あとはかれがぜんぶ、やってくれるだろうからもういい。

5

死亡に際して肉体からはなれる「私」が着地を求めかの地へとばされた想像力が新たなかれとして運動をつづけた。

連日おおくの傷病者、少数者、そしてユダヤ人が殴られころされる地の土に這いつくばり、複数の人間の意識を往き来してはガスでころされ歯を抜かれて炉に焼かれ煙となってのぼった。あべくんとしてのかれがころした何人かの同時代人の怨恨や想念にのろわれて遅れていく身体の、死亡の先送りにおいてズレていくその差異においてかれは強制収容所を目撃する。

その地面には殺意と体液と洗剤が何重にもかさなった痕跡があるから見ることができた。複数の痕跡があつまる場に渦まく呪いへの感度のみ五感を獲得した。口のなかに血があると土を食べているみたいに人間はつらい。しかし奇妙な恍惚をもおぼえるものだ。ああ、いくところまでいった私なのだなと。

　それは私の根絶といっていいのだろうか？　相手のなかに私がいると、相手の身体のなかで喋る私なのだと、もちろん喋るのは私ひとりなのだが、「痛い」「お腹がへった」「死にたい」と言ったとき、相手のなかにも私がいて「痛い」「お腹がへった」「死にたい」と反響し、しかし相手の身体は痛くなく空腹でなく生きたい、その両者の身体のあいだで多少なりとものズレがあるからこそ言葉は通じるし、「私」もありうる。しかし強制収容所では「かわいそう」に重なる「じゃない」も「かわいそう」もなく、意味がズレず重ならない言葉が身のうちにこもる。

　そうした言葉の疾患に伴うように五感は安定せず、視点は定まらない。「登場人物」を見つけることができない。それでもゆくゆくは出会ってしまえるその時代のかれの、登場人物に足る五感に同体できるまでは語りを方々に飛ばし、さぐりさぐりで複数の意識を往来していくしかない。語りが潰えてしまいそうになったら、小説家の「私」を差し出すから間借りするといい。

　死亡の場面だけは先に語れるだろう。強制収容所で私たちがこれから出会う、「登場人物」になってもらいころされるあたらしい「かれ」はＳＳに棍棒で何度も殴られて、砕かれた頭蓋骨から飛び出した中身がその武器とあやつる人間とのあいだに預ける余白がなく、しかし飛び出した体液がその場に洗われ染みた他者の濃いそれと混ざり、いままさに言葉を取り戻す瞬間にいた。その言葉はもう未来にしかむかず、かれがいる時代とわれわれには関係なく歴史になり物語になる。そうして身体のどこから込み上げたかわからない血を吐いて、這いつくばる指の先が踏まれると、絶叫したはずの喉がまったく搾られていないことに驚きもしない。そうしてかれはまたその肉体から離れてようやく「私」に戻ってくる。ありのままに他愛もない、ほんの私に戻ってくる。

他愛もない、ほんの死を引き摺って。かれの言葉がさまよって着地しては預ける余白が染まってゆく。大量ガス殺でいくつかの円となり広がっていく悲鳴と、窒息のあいだを跳ねるゴムボールめいた意識が言葉を潰して染まった体液に汚れた床を洗いながすかれがいた。移送された者のなかからSSの恣意によって選ばれた、同胞の死体を引き摺り、体液を洗い、歯を抜き、髪を切り、壁を塗り直し、死体を焼き、骨を砕き、灰を捨てる特殊任務にあたるゾンダーコマンドたちの意識は明日の死に染まっている。明日か数ヶ月後か数年後に決まっている死亡の、ただその明日がまだこないいま／現在しかありえないかれは、死亡する人間から奪った帳面に絵をかいていた。

殴る側、ころす側の意識に入り込むのはむずかしかった。他者を自分の人生の登場人物としてあつかい疎外する側はそのまえにまず「私」を共同体に預けて身体がうすくなる。憎しみを持たない相手であっても憎むふりをしないなら自身が処刑の対象になるのだったから、憎めないことに気づいた憎しみは物語を帯びる。そうした物語の交換によって、フィクションが現実に、現実がフィクションに似にいくというわけだった。
いつしかフィクション優位の世界にまたころされる。人の記憶を外に持ち出せない以上、語られるものがどれだけ過去に似ていたとしても、ここにかかれるのは未来の絶滅収容所、きたるべき強制収容所のことである。

死んだ小学校時代の同級生であるあべくんののこした文章と読書を元にしてこの小説をかいている私は東京の台東区浅草に生まれたが原初の記憶は埼玉県越谷市に引っ越してきた日のものである。言葉と記憶が定まった場は埼玉県越谷市千間台西二丁目の酒屋「日の出屋」のまえだった。祖母、母、兄、私、引っ越しの手伝いに来ていた叔母がいる写真のかたちで記憶はあり、二車線の外に引かれた白いラインの掠れた歩道は狭く、家族は一列になって各自の荷物を持ち疲れているが私には自分の荷物というものがないまだ三歳の子どもだったので母の手を握ってただ歩いていた。私の手を引きあるいている、身を捻って店舗に背をむけ、家族のようすをうかがう母の姿があって、細い歩道は側溝に繋がり空地に群生するエノコログサを触りながら私は信号待ちをしていた。記憶には私自身がふくまれた家族の形がはっきりあるのだが、私の記憶だったら私はそこにいないべきなのでこの画はおかしい。そんな写真も実際には存在しない。しかし記憶はときに撮影者のない動画や静画のようなかたちで客観的な私をふくみこむ。それは小説をかく記憶に似ているかもしれない。私の輪郭にかさなって内から外から膨らみ萎みをくりかえす語り手は私とは違うものだがそこに私はいる。人間として多いかすくないかする身体になって、小説をかいているときの記憶は日常生活の記憶と隔たってやがて溶けてゆく。この地に引っ越してきたその数年後、幼稚園児だった私は信号待ちしていた同じ場所にある側溝の穴に足が嵌まってしまい、擦りむいて血をながし泣き喚いた。だからあの側溝にはまだ私の血の成分が微かに残っている。大人だったらまず注意を払わない、給食で出されるコッペパン程度のおおきさしかない穴だったが子どものころから私は足が小さい。

父母の別離に際してこの日の引っ越しは行われたのだが、そもそも両親は籍を入れておらず私は私生児として生まれた。そのとき別の女性とのあいだにも乳飲み子がいたらしい父親は仕事に没入し私たちのところに寄りつかなくなった。では母はいわゆる愛人だったのかというとそういう感じでもなく、なにか出生ににおう特異なあやしさ、疚《やま》しさを感じることなく私はふつうの母子家庭の子どもとして育った。父は私が三歳になるまで住んでいた浅草のマンションを手放し、そこから約二十五㎞ほどはなれた縁も所縁《ゆかり》もない越谷市のせんげん台駅徒歩十分の土地にあるマンションを契約し頭金だけ払って私たちを住まわせた。母の一生は経済的な自立とは縁遠い状況にあり、私たちを遠ざける選択としてこれは賢いなと私は最近にして思った。そもそもの最初から母と身を落ちつけて暮らしていこうと考えていなかったことは、その後の父の生活を聞くだに容易に推し量れる。三人以上の女に自分の子を生ませ、家庭を複数抱え転々とする父だった。

現在の私は父親と何度も会って食事などもしているのだが、未だにそうした自身の出生のだらしなさというか、つまらない捻れについてうまく把握することができずにいる。だれしも大なり小なりそうした私の未知を抱えているだろうと納得してみはするものの、率直な感想はといえばただ恥ずかしい。小説家のくせに私は自身の出生の捻れに言葉の認識でせまることができず、エッセイなどをかいてもフィクションとしての私をつくることに失敗しつづけ、散らかりつづける恥の感情をもて余したまま小説をかいて暮らしている。

母は転居から十数年後、私が十六歳のときに膨らんだ借金にくるしんでせんげん台のマンションを手放し、そのころには家を出ていた兄を除いた祖母と母と私の三人は家賃五万五千円の隣駅のマンションに引っ越した。その突然の転居の謎も最近まで知らされていなかったのだが、二十年越しに聞いたところによると買い物依存に陥っていた母親のリボ払いが嵩《かさ》んだ結果、弁護士の提案で自己破産する過程でマンションを手放したのだという。

十一歳のころ、父親が母親をころし戻ってきたあべくんの表情に衝撃をうけ、そのあとすぐにいなくなったかれに当時どのような情動をいだいたかはもうおぼえていないが、ほどなくして私は小説をかきはじめる。かれがいなければ小説などかかなかったかもしれない商業作家としての私のいま／現在の文章はかれが二十歳前後のころにかいていた文章におおきく影響をうけており、初期衝動や文体といった小説家の身体にふさわしい条件のほぼすべてを私は十年越しのかれに負っている。かれの文章にはなかった私固有のものとしてあるべき物語への執着すらも、かれが小学生のころのあの声で、あの表情でわずかな会話を交わしたからこそ生まれたものかもしれないとさえ思っているから、私のほとんどは他者から奪った私、小説のすべても他者から奪った小説なのかもしれなかった。

文章をかくことは比較的楽な時間の過ごし方だったからずっとそうしている。人を傷つけることは平気だったが、人を傷つけたとわかると自分が傷ついた。つまり恥知らずだった。それはかくことそのものとかくことに甘んじることの両者にまたがる恥である。新しい文をかくことはその境界の隠蔽にすぎなかった。そこそこは貧しかったものの食うに困るというほどではなく私はふつうに小遣いももらっていたしバイトもせずに高校生活をおくっていた。学力の不足ゆえ大学受験に失敗し、三年のフリーター生活を経て就職した会社が倒産したので一度の転職を経験した。その傍ら小説を新人賞に送りつづけて小説家としてデビューし、「1R1分34秒」という作品が芥川賞をうけた九ヶ月後に会社をやめ、いまに至る。

私は父親が体よく私たちを押し込め、母親がつまらない借金で手放したせんげん台のマンションを愛している。生まれた地ではないので故郷とは呼べず、いまはもう実家でもないあの部屋が可愛い。転居して二十年がたついまでも電車を七十分乗り継いで眺めにいく。私が小説をかきはじめるマイナス三十年の愛着がその地にあって、歩いているだけでたまらない感興がさわぐ。マンションが私にとっての唯一の愛で他者なのかもしれなかった。東武伊勢崎線せんげん台駅の西口をおりると、駅前に七店舗並ぶパチンコ屋のいくつかが視界に入り、ひたすら直線に二本並ぶ線路を鉄条網がかこう。鉄道に沿うかたちに延びるいくつかの車道、そして永遠につづくかのような自転車置き場、ただひたすら「住む」ためだけにある街。だが私は無個性なこの地が異常に好き。道路の端からみじかい草が生えていて、アスファルトはところどころ割れふしぜんな丸みを帯びている。鉄道と交差する陸橋と歩道橋が二本重なりアーチして線路を包み込み、その空間にも詰め込むように隙あらば自転車置き場。

　私の身体をそこに置いて。

　背中を後方に延ばせばかつて小説にかいたことがある、いまどき珍しいほどの開かずの踏切が新方川《にいがたがわ》とその脆弱な堤防を分断して、通過列車を待つ自転車の長蛇の列とクロスする。

　胸部を前方に延ばせばこれもかつて小説にかいたことがある、森と林の丁度中間といった規模の植物群が、通っていた幼稚園を抉るようにひろがっていて、私はそこで歌われている園歌をおぼえていた。

　駅から延びる線らをまっすぐなぞれば迷いようがない、とくに描出にあたらないつまらない風景が、おもしろくない記憶が、私をかきたて小説をかきつづける力になった。ただ愛着の行き着く先にすぎない、もう別人が住んでいる土地とマンション。しかし私自身は愛着の名義がもう他人のもので、そこには私というものの影もかたちもないという事実に、奇妙に憩ってもいた。

三十歳のころ、私はボクシングをしていてある程度その競技にのめり込んだ。いつからか、私はボクシングの小説をかかないとダメなのではないか？と考えるようになる。こんなに物語物語しているスポーツが他にあろうか。しかしあまりにも物語やそれが内包するロマンシシズムが紋切りすぎていて濃い、もはや競技を観ているのかロマンシシズムを観ているのかわからないし、それは競技している側も積極的にそうだった。リングの上ではフィクションは現実に破れる、しかしリング外では現実はフィクションに圧倒的にやられる。多くの人がよろめくフィクションの押し売りを小説でボコボコにやってやりたかった。ひたひたに溺れるような物語の押し売りのなかでさらに物語をつかみ、言葉で引っ張れるものを引っ張ってきて根こそぎ引き抜いてしまいたい。「私」というもの同様、フィクションにおかされて本質などなにもない、観戦どころか競技してまでひたひたに物語に汚されているボクシングというスポーツのロマンシシズムを言葉で薄めたかった。味も色もないなにものかに戻してそれでも残る風景があるなら見たい。アンチロマンではまったく物足りない。色味を失くすための色味を探し、物語をなくすための物語をつくるようにした。現実からフィクションを抜いていきたい欲望は作中で人が死ぬということにおいてもあったからついでにその小説のなかで登場人物が死んだ。その啓示はある日のスパーリングにて開始三十秒にくらったフックでスコンと倒され、痛みのない世界で感じる私の薄い恥に似ていた。それまではボクシングや登場人物が死んでかなしいなどの小説なんて絶対にかかないと思っていた。

それはあたらしい私だった。たとえばボクシングをやっていたころ、私には自分が殴られるのみならず、殴るのを見られて恥ずかしいという意識があった。それは痛みのまえにあるような認識で、相手が向かってくるから無我に預けて解消されるような恥だったかもしれないが、私がフィクションの登場人物にしてしまったあべくんとしてのかれにはそうした恥の感覚はなかった。かれは単純にひとが殴られて殴るのがすきだったので、そこに主客の意識を持ち込まない。暴力を見ることと自分が殴ることとの区別もなく、わざわざ格闘技を見るという発想がなかった。いっぽうスパーリング開始三十秒で意識を失いかけ立ちあがる足がおぼつかずカウントアウトで敗けたときの私には、恥のまえに安堵の気分があった。リングをおりて座っていると、ジムメイトに「大丈夫っすか？」と言われ、「相手、でかかったすよね」とつづけ言われる。一瞬なにについて言われているのかわからなかったが、私より相手の身体のほうが若干サイズがおおきく、不公平だったよねという意の慰めを言ってくれたのだった。それになんと応えてよいかわからず、またスパーリング後のダメージなどもとくにないまま、否定も肯定もなくやりすごした。この国ではかつて海外から輸入された柔よく剛を制すという概念がいまだ美徳とされ、スポーツや学問、ひいては産業にいたるまでいかにちいさな材料をおおきくするかということによろめきをおぼえる傾向がある。

軍事的共同戦略における重要度においてはあまり高い評価をうけていない日独伊の同盟によって世界大戦へとすすむ道筋はつくられ、実際の戦闘や軍備調達において目立った協力を敷いたわけではないにもかかわらず、日独の二国はまるで物語を共有し盲信するように敗戦まで並走する。ヒトラーはその「ドイツ／アーリア」人種を世界の支配者として据えようとする民族浄化を夢想していたわけであり、「有色」人種に分類され根本的には劣っているものとみなされる日本人と、しかしその軍事的性格において同調した。いまだに海外からきた人々に侍などといわれたりする現在とまったくおなじような倒錯を日本人に対してしめし、植民地支配政策と軍人国家としての協調を当時の駐独大使大島浩に繰り返し述べ、大島もまたそれに同様の肯定を返したとされる。日本側は当初ドイツの人種差別主義政策に反感を表したものの、１９３５年のニュルンベルク法発布により政策の対象がユダヤ人に集中されると、ステレオタイプの反ユダヤ主義的言説に荷担した。占領下の上海共同租界にて隔離した地に住まわせユダヤ人の命運を左右した日本側の方針に一貫性は見えづらく、そこには欺瞞が見えかくれする。

戦争の長期化とともに国家的な動員が要請される経済体制の変革には「公益は私益に優

先する」ナチス的スローガンへの傾倒が不可欠だったとされる。当初はこうした公益優先の至上命令とは距離を置いていた日本経済界であったが、ドイツ経済人らとの接触を経て変容する。日本への事前通告なしに締結された独ソ不可侵条約によって一度冷えきった日独関係の、とくに英米側に傾いた経済界の取り込みを課せられたドイツ経済使節団長エミール・ヘルフェリヒは非公式に来日。日本財界主流と面識を得たのち講演を打つ。

> 国民と社会の調和を図り、民族共同体をめざすナチズムの理念は日本人によく理解された。指導者原理もそうだった。彼らはそれが天皇の中に貴族的な形で姿を現していると見た。日本のサムライを彼らはSSと比較した。その標語である「我が栄誉は忠誠にあり」は武士道（騎士の道）を想起させるからである。ただヒトラーその人だけは彼らにはわからなかった。それはかれらにはいつまでたっても謎の人間離れした現象だった。

ヘルフェリヒはかれの自伝的な書物によってそのように回顧し、自身の講演が「明らかに感銘を与えた」とする手応えを綴った。日本側も当時の雑誌「統制経済」にかれの講演がこの場にいた日本経済連盟会会員らに「或る種の感銘と示唆を与へた」ことを記録している。１９４０年3月12日に行われた講演会でこうした「感銘」を無邪気なほどの正確さで交換する一年半前の１９３８年11月9—10日にユダヤ人居住区の住宅や商店、シナゴーグなどが破壊され焼かれる大規模な虐殺破壊行為が起きる。ユダヤ住民は強姦、惨殺のすえに生き残った者も強制収容所へと運ばれる。翌年１９３９年9月1日ドイツ軍がポーランドへ侵攻して戦争は開始され、１９４１年の真珠湾攻撃をきっかけに世界大戦化する。それに伴いすでにヒトラーによって予言されていた「ヨーロッパにおけるユダヤ人問題の最終解決」に具体性を与えるべく、ユダヤ人殲滅の方策がかためられていった。

　だれも信じていないはずの出来事が起きる。出来事が世界を圧倒し、信じるためのフィクションが戸惑う。物語の現実性が、現実の物語性とぶつかって、ありえてはいけない場が山脈のようにうるうる浮きあがる。こんなのは物語の空中交換が孕んだ悪辣の延命というか、その延びた大地で果たされる妄言の現実化といった、フィクション化された現実の間隙を突く自暴自棄と憎悪の混ざった歴史的忘我なのでは？　物語と現実のあいだにそれぞれ近接する不可知の空間があって、そこで物語は現実にいいように、現実は物語にいいようにととのえられて人体に届く。その交換域におさまる自殺願望のような破滅的フィクションが取引されて現実域の輪郭が破れ、劣等感と憎悪の連帯がなだれ込んでいき、殺意が巨大な夢をみる。私の主観を述べるとするなら、われわれのそうしたフィクション脳が及ぼす忘我へのよろめき傾向は、今日とて変わっていない。労働とロマンシシズムのためにすすんで自己を犠牲にしたいのがいつだってわれわれだった。つまりわれわれは「私」が嫌いで、他者の「私」を奪うこと以上のエンターテインメントなんてなにもない。

無惨なＫＯを衆目にさらしたその数ヶ月後にボクシングの小説をかこう、と決意した私は上機嫌だった。レフェリーに腕を交差され試合がストップしたときに「まだやれる」と演技でもアピールしつづける、しかし本来はもう無理な身体なのだがそれを認めない、つまらない美学やフィクションに騙されて「まだやれる」を身体に強いて戦いをつづける。それがそんなにいいことか？　勝とうが敗けようが私の身体はきたないものだとおもう。読み書きにしてもボクシングにしても身体が空っぽだからこそできていることだったといまではおもっている。つまり、かくことにおいて繋がれるのはいつだって加害側でしかなかった。ではせめて、読む側としては被害に寄り添って？　それも難しいだろう。いくつも読んだ証言でさえ、繋がっていけるのは加害側の忘我だけだ。これが私なのだとはっきりおもえる。

「だれも信じていない？」

そうなのか。小説はただ私をみている。ほんとうに？　そうおもうよ。信じていないことを起こすのはフィクションの、物語の力だ。だれも文化ごと民族を消し去って文法も制度も丸ごとなかったことにできるなんて信じてた？　物語はすごいよ！　上書きもできちゃうもんね。でもそれは信じているともいえない？　そうかな。そうかもしれない。だれも信じていない？　またおなじことが起きる。でもそれは以前の虐殺とは違う。でもおなじことが起きる。まったく新しいおなじことが起きる。だれも信じていない？

「おまえが信じるんだよ」

「私？」

私の母親は終戦の数日後に生まれた。祖母は実弟を特攻隊にとられて亡くし、見合いで一緒になった男は飲む打つ買うの典型で借金だけを家に持ち込み、防空壕のなかで臨月をしのぎながら戦争の終わりとともに母を生んだ。長女として戦後を生きた母は成人するまではきわめて貧しく、父の借金取りに脅され着物を預けるために質屋の戸を叩きにいった夜もあるというが、その後は好景気に沸く日本で主に男女交際によって豊かさを享受した。ようするに、デートや贈り物のたぐいに高い金をかけられ生活の面倒を見てもらえたとよく私に言っていた。祖母は私が生まれるころには娘とアルコールに依存し、認知症状とおぼしき暴言を連発した。母は三十九歳で私を生んだ。

私は内気で自分から友だちなどをつくれるタイプではないのだが、前述した越谷市のマンションに越した直後の一時期に奇矯な行動に出ていた。マンションの呼び鈴をひとつずつ押して訪ね、「ここに子どもはいますか？」と三歳か四歳ぐらいの私が言う。

「いたら、友だちになってくれますか？」

大人たちは戸惑い、「いない」「いるけど、呼んでくる？」と応えていた。

人間同士の距離感や権利関係などが、郊外の家族型巨大マンションに癒着するみたいに、おかしくなっていたのかもしれない。建物と影響しあって自我や言葉をつくりあげていく私はマンションに育てられた。建物は野心を駆り立てる。われわれ家族は選挙に行く人間をどこかおぞましいものと捉えているか、近隣国や性差を差別しているかのどちらかであった。私はあたらしい全体性がおとずれたときに差別する側に回りかねないという自覚があり、それを怖れはするものの有名なナチス親衛隊員のだれにもとくべつな関心を寄せるわけでもなく、未曾有の戦争犯罪に対しとくになぜ?という疑問を感じるわけでもなかった。なぜあんなことができたのだろう、とはおもわずに、ジャン・アメリーのかく文章にひかれていく。

最初はアメリーの文章を引用するつもりはなかったが、もととなる短編小説を長編化する担保のひとつとしておそるおそる引用し始めると、もう後には引けないぞ、とたちのわるい抑鬱を小説家カルマのように誤読する毎日をおくりつづけた。私は死してなおあべくんに執着しかれを二度ころすように文章をかいた。どこからあらわれるかわからない発明をもって虐殺を行おうとする集団の萌芽が芽生えたときにはもうすでに、私は荷担しているのだろう。通報迫害されころされるべき立場であると同時に、また密告加害してころす立場でもありうるだろうと、その両者は剝離することはできずおなじ私でありながら、べつの私でもある乖離《かいり》を開き直ることなく最後まで卑しく生きるだろう。

ユダヤ人をころすための周辺任務を担当するゾンダーコマンドたちののこした文書を読みすすめる。みっしりと立ったまま死んだ死体たち、チクロンBは空気にさらされるとまたたくまに青酸ガスと化し、まず病気にかかった囚人と政治犯、ソ連捕虜に試されたその成果はSSにたいへん望ましいものだったようである。ガス殺されることをさとり声をあげる者が押し寄せて、その十数分のあいだに重ねられるかもしれない言語が意味を帯びるのを想像すると私は身体が冷えきった。

「意味？」

小説は黙っている。

日常が殺人にまみれ自身もゆくゆく死ぬ運命にあったゾンダーコマンドたちがいくつかの文章を将来にたくし、それらが土に埋められ未来で読解されている。それを読む私はまずあべくんのみじかい人生をかいた。つぎにかれが想像したかもしれないことをかく。人生のつぎには想念までをも捏造していく。あべくんがナチズムと大量虐殺にまつわる資料や証言のたぐいまで熱心に読み込んでいたことを知ったあとで、かれがのこした文章を大量虐殺の断片として再構成し、フィクションにしていく路線に変更した。これからあべくんとはべつのかれを小説に登場させ、あべくんのした描写の宛先になってもらうべくみずからの想像力に負荷をかけるけれど、とおく現代日本に生きる私が何故こんなことを。あべくんについて証言する者として以前会ったフランス文学翻訳者のいった持論、「よく作品評価において否定的に言われる『登場人物にリアリティがない』という決まり文句がありますが、そういう意味では多くの小説の登場人物はじつはリアリティがありすぎるのだと私は思います」を現代小説家としての私がいま捻じ曲げるとするならば、被害者と加害者ひとりひとりにひとしくドラマがあったことを考えるに、現実に比べて多くのフィクションにはじつはリアリティがありすぎるというわけだ。

彼らは「埋葬」用の鉄板［ayzernem ta'are bret］にのせられる。ついで地獄の口が開き、鉄板が焼却炉の中に押し込まれる［arayngerukt］。地獄の業火が腕をひろげるようにして炎の舌を伸ばし［tsit…oys］、宝物であるかのように死体をひったくる。最初に火が付くのは髪の毛である。皮膚は火ぶくれを起こして盛り上がり、数秒で裂ける。すると腕と足が動きはじめるが、これは血管が固くなることで手足が動くのである。いまや死体全体が激しく燃えあがり、皮膚は割れ、脂肪が流れ出し、燃え上がる炎がたてる音を君は聞く。君にはもはや死体が見えない。炉内の地獄の火焔だけであり、その奥になにかが……横たわっている。胃が割れる。腸や内臓がすぐさま体内からあふれ出て、何分かするとなにも残っていない。最後に焼けるのは頭部である。すると眼孔から二本の細く、青い炎がちらちら明滅する。なかの脳みそとともに眼球が燃えているのである［dos brenen di oygn mitn tifn markh aroys］。いまや口のなかの舌も燃えている。このすべての工程に要する時間は二十分である。そして一つの体が、一つの世界が灰と化したのである。

早朝の火葬場で積み上げられなかには歯や髪のないものもある人体の周りで風が吹くと、腐臭の強弱がうごいて砂が散り、晴れているなかでも心象が濁りもやがかった遠景に木の気配がある。露の垂れる植物が朝陽に照らされて、シュワシュワと音が聞こえてきそうだった。湿り気が土と緑を混ぜて、つよまっていく陽光が全体をめくるように浮かびあがらせ、立体的に色がかさなった。目が慣れるとつめたい匂いが植物の先端にまとわりついて、かれに痛みと餓えをおもいださせた。焼かれた人体の灰を身に浴びながらぼやけた木柵と電流を帯びた有刺鉄線の奥にある幹の色が熱とまざって白く揺らいでいた。それは幻だったかもしれない。だれが見たのかもわからない。土のしたに進む根に血と肉が染み入って、木々がかれを眺めていた。なにしろ、ガス殺より焼却のほうが間に合わず、より効率的な殺害にあたまを悩ます数ヶ月がもう過ぎ去ってしまったのだから。

恥も外聞もなくいくらかアレンジしたとはいえ、ここに含まれる風景描写をかいていたあべくんだったかれの認識がどのような物語を想定していたのか、またはしていなかったのか、いまとなっては想像するほかなく、読むものもかくものも捏造の上塗りでしかない。収容所体験の凄絶を身に帯びていっさいの生気をうしない忘我の極まったようになっていた者たちは《ムゼルマン》と呼ばれ、気力体力の根絶とともに意思や主体を奪われたまま死を待ち、証言するわけでもなくいなくなったので生き残ったものは恥辱とともに証言をかれらいなくなった者らの声を召喚、再創造するように時間をおいた。語る主体とズレるごとに恥の感覚が、見知った記憶が見知らぬ記憶に被さるような重みが身体にこたえる、そのように記憶や体験も想像の二重であるわけで、物語に垢のようにつきまとう現実性と、現実におなじくつきまとう物語性の、衝突しあうところでのみ読み書きされ認識できるものかもしれないな。

「だからそれって、現実であって物語で、物語であって現実である、もし比喩表現が許されるのなら二重の透明な下敷きを透過するひかりが、織り成すかたちとかだよ」

　というより、小説家としての私よりはるかにそうした資料に関心を寄せ、クロード・シモンの「植物園」を暴力組織の舎弟に試訳させてまで読んだというのだから、あべくんとしてのかれののこした文章を強制収容所やそれにまつわるなにかと結びつけるのはむしろ安易なことかもしれない。私は当初その想像にうまく向き合うことができなかった。こうした描写になにか肉づけをして長いものをかくとして、いくら資料を後追いしても、私には……そこであべくんの私的な人生をすこし、借りて召喚しほんらいのかれが望んだものではない物語をまずかいてしまったかもしれないが、そもそもかれは物語そのものを求めただろうか？　都合よく生前のかれを物語に召喚できたとして、「私が生きたことを忘れないでちゃんとかいてくれてありがとう」などと、言うだろうか？

「そんなふうに、ずっと覚えていて、忘れないで」

言うわけがない。

これはまったく信憑性のない証言であったが、亡くなったかれの恋人でありかれがころした加賀という女性は当時妊娠していたという。インターネットであべくんの当時住んでいて死んだ土地を調べ、その周辺でゴシップ記者よろしく聞き込みに及び、たいていは汚らわしいもののように追い払われていた私に嬉々として語ってくれた唯一の証言がそれで、信憑性以前に筋が二時間ドラマめいていて私はノスタルジーふうの倒錯をおぼえた。夏の陽射しの熱がキャップのしたにこもって、視線がジュワワワと滲んでいき、ブロック塀のてっぺんに被さる木の葉の緑がこぼれ落ちて、地上の水溜まりにそそぐように、ふっと一秒、気がとおくなるような……「だから自分の子どもなんてほんと、生まれてきてほしくなかったんじゃないですか？　むしろ」。証言者は殺人者がその事実をしっていて、しっていたからこそころしたとまでいった。そうした子ども時代にテレビドラマでよく見聞きしたようなサスペンスに小説がソワソワし、帰宅したあとしばらくぐったりと横になると、たとえばかれののこした描写にナチズムや強制収容所にまつわる史実が絡んでくるとしたなら、ほとんどありえなかった加賀の懐妊にすがり、あべくんの生まれなかった子に語りかけるような心持ちで語りをつくり直していけばなんとかその傲慢に比肩しうるかもしれないと考えた。私がこの社会で忌み嫌う美しい家族モノにすがって、小説をかきつづける個人的な動機に商用利用したというわけである。生まれなかった子どもと、迫害される民族のこの場この延長に生まれたかもしれなかった子どもに語るような引き継ぎとして、ほんのすこしの史実がふくまれフィクションに語り直されているのだと、私に言い聞かせこれまでかいてきた物語をかき換える。

　収容された者のなかからゾンダーコマンドと呼ばれる殺人従事者を探す選別が、殺人にまつわる事項において概ね会議決定やシステムに対する議論だけで済んだとされるナチスの戦争犯罪においてとりわけ気になった。しかし証言やその研究によっても環境はまちまちで、腕に施される収容者番号の刺青で有名なアウシュヴィッツ以外にも収容所は数多あり、どうやって同胞をころし同胞を焼き同胞の髪を切り同胞の歯を抜き同胞の骨を砕き運び捨てる、その行為する人物をえらんでいたのだろう。資料には年齢や故郷などにあえてランダム性を与えかれらの連帯を阻んでいたとある。健康体で語学ができる者に有利だったともかかれているが、それらはたぶんに恣意的な判断でしかなく、職業を聞かれ歯医者や理髪師だと嘘を吐いているうちに、入れ換わりのはげしく多くは死体として後任に託されることがきまっている特殊任務への道はひらかれていた。収容所そのものが行き場なくひとをころし、ころすことよりも生きた人間だったら自分でするはずの身体の処理、つまり衣服の処理や行動の処理ができなくなってしまうがために、労働者がひとり減るそうした減ったぶんの労働を行う人選がなされたのであって、ころさなければ生者みずからが行うことを代わりにしているにすぎない。たとえば安心などもそうで、死にむかう部屋に入場するまえに偽りでもＳＳの口にする「食事の前のシャワーである」という言を信じさせるように振る舞う、安心フィクションの提供も重要な職務で、これからのスムーズな死亡を手伝うための笑顔がもし浮かべられるならそうする。殺人労働の内訳は死にゆく身体が死ぬためにすることのケアと死後の処理が大勢を占める。生きていたら勝手に帰り勝手に洗って勝手に眠り勝手に起きて勝手にどこかへ行く。そうした身体の置き場を探しそこへ収まることこそ、ころしたあとでかれらが行う仕事のもっとも重労働にあたる部分だったのだから、シンプルに命の重さどうこうなどと諭されなくても、死体の重さとその引き摺る労働の辛さによって充分にわかる。かれはほどなくして死体になる人間が脱いだ服に着替え、それまで着ていた服を倉庫におくり、杖の持ち手を死体の首に引っかけて各種の体液に濡れた床を滑らせ運んだ。

　小説家の私は幼いころいつ起こるかわからない喘息の発作や、アトピーによって引き裂かれた皮膚が血の色を帯びていくことが「なんか身体が違うなみんなと……」とさとった原初の体験だった。だれしもが思春期までに済ませるささいなコンプレックスを飼い慣らすことができないまま歳をとっていく。結局自我が芽生えたころにすでにあったような身体への違和感が、「なんだか恥ずかしいな……」という意識を常態化させたが、そこに言葉がついてくるまえだったせいか恥は恥でしかなく、その肯定も打ち消しも言葉で関与することはできなかった。ステロイド軟膏の塗布や吸入器によって身体としては容易に対処できた病に、言葉がついていかず恥をもてあますと、机に積もった埃のような皮膚片に「かわいそう」と言われほのあたたかい気持ち。恥ずかしいのだがうれしいような、恥ずかしいのだがかなしいような、恥からほんのわずかズラしてもらえた身体のようだった。とりわけあべくんにいわれた「かわいそう」は。

ほんとうは皮膚の疾患やアレルギーなどに関係なく、私はずっと恥ずかしくてそれが私の人間性なのかもしれない。生まれもなにも関係なく、愛も恋も関係なく。君はどうだろうか？「恥ずかしい？」と聞かれたりなどは滅多にしないから、恥ずかしがりの度合いをはかることはできないけれど、少なくとも私は生きていてずっと恥ずかしかった。「かわいそう」と言われると、いつもうれしかった。それは私が子どものころから根っから傲慢だったせいなのかもしれない。恥ずかしそうにしているひとも好き。恥の誤魔化しのために平気で嘘を吐いてしまえるような。私はそういう人間で、映画を観ているときに注視してしまうのはそうした俳優たちの表情だった。私はいくつか観たナチスのおかした大量虐殺にまつわる映画をあべくんはいっさい観なかったかもしれない。かれがかく描写はそうした映像のイメージにおかされていないようにおもえてきて、しかし私はすでにそうした影響をうけてしまっている。私が映像からうける影響なしに、あべくんの文章を強制収容所のフィクション化に繋げることは難しかっただろう。しかしあくまでも、証言から得られる認識を優先して、それらを整理し記述していく、その文章化の業に身体がすくむようだったのだが私はそこでもあべくんをダシにして気を保ち作業をつづけた。これはかれが読んでいた資料だから……。加害への反省や罪の意識は感染しないのに恥ずかしさは感染する。私は殺人従事者を演じる俳優が自身の餓えや痛みにまみれ見えづらくなっているが確実にある近い未来の死に対し、感情が鈍磨し奥へと押し込められる恥が身体に映っているさまを見て、自分の身体が恥ずかしくなり、なにかを思い出すかのような衝動にかられこの小説を捨てたくなった。まだ間に合うような気がしていた。いっそ休載して数ヶ月休めばそれなりのフィクションがそれなりにかけて、間はもつような気はしていて。結果思いとどまるのだが、かきつづけることはむしろ自暴自棄で安易な選択にながれているようでもあって、いやもうここまできたらやろう、もうくるところまできてしまった私なのだからかくしかない、「やるしかない」のだと原稿をすすめている。それは殺人に似ていないか？

　いくつか棄ててしまっていたものの、あべくんがかいていた三十を超える数の、長さも志向性もまちまちな散文を読み直し、エクセルを用いてそれらをイメージの類似ごとに並べ替えた。灰色っぽいイメージからはじまり植物や空や風といったキラキラまで幅広いあべくんがのこした一連の風景のグラデーションは、みじかいもので一行、長いものでも三百字を超えることはなかった。それらを毎日読みつつ、私は物語のムードに合わせて切り貼りしたり、記述のつけ足しなどをして、ひとつの作品にしている。併せてかれの同僚であったフランス文学者に確認したかれの読書を記録して、当初は通常の本読みとして、日本の現代小説を中心に読んでいたかれがゼーバルトとアメリーをきっかけにナチズムと強制収容所にまつわる書物にくるっていき、どうじに「暴力団」関連の資料を読んでいた、その読書記録とかれ自身がかいていたスケッチめいた文書との関連を、かかれた細部からむりやり探っていったが正当性は乏しく、まったくの取り違えやあてがう物語の見当外れも甚だしいだろうとおもえる。かれが自身の人生についておもいを馳せかいていた風景を強制収容所のこととして、強制収容所にまつわる読書におもいを馳せかいていた風景をかれ自身の人生のこととして誤読する、その懸念がなるべく交換可能な物語記述をしぜんに選ばせてしまったかもしれない。物語はなんでもいいしなんでも物語になってしまう。私は間違ったフィクションをかいている。間違ったフィクションをかいているのだが、しかし間違っていてもそれはそれなりに読めるものになってしまう。かれのした読書と人生の範囲内で可能な限りふさわしいとおもえる記述を肉付けしていくうちに物語は勝手にどちらでも使えるもののようになってしまうのだったから、かれがかいていたスケッチの解釈が間違っていてもまったくべつの物語として複数の解釈をふくみこみ、否定しあってこの小説はあるのだろう。

　土に手をついたときに思いきりにおいを吸いこむと、もっと小さかったころのことをおもいだす。鼻孔と口腔とがくっつくような感覚で口のなかが粘つくと、とおくで走る四輪馬車の音が聞こえてき、よりピッタリ土に耳をつけるとその馬のおっとりした性格をわかる。背の高い草や木々に遮られる木漏れ日が半袖からのびる腕にうつると揺れて、目がチカチカ、キラキラしていて、身体は汗でびしょ濡れになっていたけれど水分もとらずくらくらしていた。皮膚に揺れる枝葉の影が身体と外界の境界を繋げ色をつける。地面に伏せながら耳を澄ませて聞く音が人体をひろげて、時間が縮んでいた。皮膚を覆う汗が聴覚の磁場となり、蹄の鳴る牧歌的な音が土から聞こえてくる。ハアハアと走る息を潜めながら、この場でほかの子にみつからないよう隠れている遊びの途中で身体が土や植物によごれて、においが世界をおびていき、どこの場所でもおなじこどものような情緒で笑いを噛み殺しているうちに戦争はきた。まだ将来のことなど想像もしないうちから、周囲からうける迫害がまだからかいやその場の暴力で済むようなころ、子どものかれはおなじぐらいの年齢の子らに「ユダヤ人！」と言われ、ときどきなにもわからないふりをした。やれやれ……「私！」と言われているだけか……しかしなにかしら運命を囁かれているらしい。そのようにユダヤの出自とフィクションがくっつくと、やさしい子もやさしくしなくなることをしっていて、よその家でなにかをひそひそ言われている。しかしわからない、なにを言われているのか、まだほんのこどものかれはどんな物語を信じるかも決めていないのだったから。

そうした世界大戦間の子どもらの意識で恥が芽生えるとき、生前あまりその感情に馴染みのなかったあべくんとしてのかれの感情のほうが引き寄せられた。ふたりで資料を読んでいても、ころされるなら自分のほうだ、とかれはおもった。小説家の私はころすほうだとおもった。

あべくんはどちらかというところすほうに慣れている今生だったから、フィクションにおいてはころされるほうなのかもしれなかった。よく知らん身体を血だるまにして帰宅しすやすや眠った翌朝になにかしら夢をみて目ざめている。その身の思いがけない箇所が筋肉痛で、拳をひらくとぎこちない強《こわ》ばりがあり、一瞬おもいだせない痛みと暴力の記憶が宙吊りにされ、へんな繋がりかたをしそうになる。窓をあけて風を浴びる五感でようやく死んだかもしれない昨日の知らん身体がかすかに思いだされる。現実においてころすとフィクションにおいてころされる。それらはいつか反転する。時代の価値基準や物資の豊かさに応じてかれはころされる。そのまえに着々とかれがころされるに足る物語が用意されキャラクターにさせられてしまい、その偶像に自らの身体を寄せていかねばさらに早くころされる。現世でたまたま生きていても過去や未来でころされる。いつの日も身体がそうできていて、身体を物語に似せていけないかれは社会にころされる。こうしてユダヤ人は隔離される。そのうちに配給もじょじょに制限され餓えと疫病が日常と化していくゲットーでの生活において、まだしも楽観的だった青少年に予言はどうあったか。いつでもやさしい家族の表情に安らぎをえるのはかんたんだったが、いざというときには貴金属をのみ込むんだという口コミに笑い、森のなかや地下室に潜伏するといういざというときのことを、かれ自身の想像力が遠ざける。

　気持ちより先に射殺がかれに現実を教えたのだった。だれかが発砲する銃が明確にだれかに向けられてい、その宛先が私でもよかったかもしれないと考えるとき、でも私はまだほんのこどもなんだからと否定するとき、その私たち間に横たわる理《ことわり》をどうやって信じるべきか。降りしきる雪のなか労働させられていて、爆撃と火事に破壊された都市の瓦礫を素手で除け更地にしていく、その手の痛みがそこで過ごした記憶とともになかったことになる。聞こえない音が聞こえて間近でのはじめての銃声が、かれの叔父だった者の体液を雪ににじませ溶けていく。灰赤い水がながされて死体が処理されこの日が昨日になり、一週間前になり、半年前になると、餓えや暑さ寒さの対策に追われているうちにだんだんかれは大人になっていく。夏のひかりが好きな子の肌をあかるくし、笑いかけるとかえってくる感情が身体を醒ます。ながく陽のたまった空気がサラッと風にながされると、葉と土が絡まって靴にぶつかる。鼻水が顎まで届くと袖におしつけて拭い、服の内側でこもった熱が首もとから顔にあがってきて表面だけがあつい。飢餓と恋は点滅し、季節はいくつかめぐった。だれともいえないユダヤ人があべくんの幼少時代の風景とかさなって生きていく。たとえばかれが児童養護施設で生きていたころの風景と、かれが１９３８―１９４４を生きた風景が、固有名詞のない四季で囲われて五感においてかさなる。かれは服を着替えると、こんな生活を、自分がかいてもだれがかいてもしょうがないだろうとはっきりおもった。父親はもう追放されてしまった大学でかつて文学を学んでいて、よくかれに物語を読み聞かせてくれた。夜じゅう寝場所がなく朝には凍死するかもしれない子どもの泣声が聞こえ、朝になると外では木枯らしが吹き、ピィ！とネコが悲鳴をあげているような短く高い音がひびいていた。通りでは古びたシャツと膝からしたの破れたズボンだけで早歩きするまたべつの子どもらがいて、眺めているかれに外にいる子の足のつめたさがうつり顔が火照った。かれはずっと絵をかくのが好きな少年で、物語なんてぜんぜん好きじゃない、なぜならだれがこんなことを信じたい？　思い出のつまったお店は乗っ取られシナゴーグは焼かれ街でつぎつぎに殺害、強姦をうけ大勢が連れ去られ数百万人がガス殺される、このままいけば記憶からも記録からも抹消され、荒唐無稽すぎてとても信じがたい現実がさらに修正をうける。共有されるべき普遍性がどこにあるのだろう。知らない家族らと詰め込まれたうす暗いアパートのなかどこにも愛着はなく、人々が日に日に欠け病気はいまにもしのびこむ。その窮状を見張られている。だれか他者がそうしているわけじゃなく、キリスト教徒やユダヤ人評議会ですらそれはなく、かれら自身の内面がかれらを見張っていて、逃避するにしてもそれはなにか空想や物語のようなものになるわけなのだが、言葉や会話に託すのもきわめて億劫になりかかれは絵ばかりかいた。しかし帰ってくる私がどこにもない気がしている。すべてが終わったあとで万が一平和でもべつのなにかに間違って帰っていってしまう気がし、でもどれだけひどい私でも、帰ってこれさえすれば……気を抜けばしてしまう空想のたぐいがことごとく敵のもののようにおもえてくるかれは成人した。移送の列車に乗った。

　収容所の周囲にいくつも聳えたち、遠くに霞む木からぶら下がった枝がたわんで地面にくっつきそうになる。銀色の葉の真ん中に目があって覗きこまれている、見られているような感覚をかれはずっともっていた。もし有刺鉄線にふれても、ビリッと骨に響きながら忍者みたいに飛びうつればセーフ。想像が稚気を帯びて内臓と背中の隙間から身体がたのしくなると、ヒヤッとつめたくこわくなる。こごえる風の温度がかれの皮膚とおなじぐらいだったので、いつ死んでもそれはアリなのだとかれは右へ右へと指示される選別を待った。いくつもの言語がとびかうかの地にとばされて、物語へ逃避したあげく間違った私に着地してしまったらたいへんだ。選別の過程を潜り抜け、労働力として餓えさせられそれ以外の記憶が可能でない収容所を経験しつつ、家族のだれもがころされいまは自らもユダヤ人たちの殺害をスムーズに行うための特殊任務につき、数ヶ月後にこの場でころされる、かれはひたすら風景をスケッチしていた。線のほかにはなにもかけなかった。他のゾンダーコマンドのようにこっそり記録文書を認《したた》めるなど、考えもおよばず文字などなにもわからなかった。もっと平和だったころにはＳＳに特殊技能を問われスケッチが得意だと応えて鼻でわらわれていたが、ゾンダーコマンドとして徴用され特殊任務にあたることになったがためにかれは瓶やジャーに託してスケッチを土や灰に埋めることもできたがそうしなかった。かれのかいたものは資料にならなかった。殺害も恩寵も予期しえぬうちに起きる。予期しえぬ部分においては充分な不幸にも幸福にもなりえないのだが死体から帳面や筆記用具をくすねる僥倖にありつけて普段には痛みと忘我に結びついたいま／現在しかないのだがたまたま過去と未来をつくる体力を期待できるに充分な量の食料を胃におさめられる日々がおとずれすると猛烈に郷愁に襲われてなにかをかかずにいられなかった。身体のどこかの膿や浮腫が日常になり重労働が日常になると奪われ、食料とそれに附随する詐欺めいた陶酔により戻ったわずかな体力によって突発的にわき上がる、そうした揺り戻しのような愛や郷愁がかれに人間というにはまったく足りないけれど、しかし登場人物としては最低限といえるような尊厳を束の間、思い出させ筆をはしらせるのだった。おかれた境遇をかなしむような、この場の外の世界のまっとうさに苦しむような、被害者としての自我を認識するあまやかさが一瞬だけ戻ってくる。「客観的に私」は不当な扱いをうけていると、怒りに似たかすかな言語を取り戻してはじめて自然や施設をえがく線の一本目がひける。しかしそれは一晩限りのものだとすぐにわかる。この瞬間の、存在が人間と登場人物間を点滅するような身体にフィクションはしのびこむ。思い出のような高踏な自我がいったいかれになにをもたらすというのだろう？　たとえば特殊任務に入りたてのショックと収容所ならではの飢餓、外には持ち出せない退行的な郷愁を持てあましたかれが同僚のひとりに収容所の無法状態を教えさとされ、それに比べたらまだここはほんのこどもの遊びだよといわれた際にかれは、そんなに長くここにいるのにまだそんな主観がいえる余裕があって羨ましいものだと感じながら残虐表現の限界や人体実験の詳細をほのめかす古参吹かしのお喋りを聞き流した。かれの記憶がほろほろと欠け、再現の難しい認識に渦巻いてそのようにこの場が唾棄した悲惨があったらしいが、もうそんな物語のように出来事を把握していられるこの場じゃないんだよ。あらゆる残虐な仕打ちをその身がうけることの、想像とその打ちきりをえんえん繰り返しつづけるような凝縮あってこそ、いまこの日、この場なのだ。すぐにでもそのような死が私にありそうなときに想像力が主客のいっぽうに甘んじることは難しいだろう？　そんなことはいつも言葉にしなかった。まったく、まだ登場人物になっていられる体力があってほんと、羨ましい限りだなあ。

私はここでようやくある程度安定して登場人物らしく振る舞えるかれを小説に参加させ

ることができて安堵している。あべくんの物語をあべくんのかいた風景描写からつくっていき、その物語から繋がれるだけ繋がってようやくかけたひとりの登場人物に名前はなく、あべくんの生前にしていた読書を骨としその名前のなさに肉を巻いて血と魂を飲ませるみたいにかきつらね、なけなしのフィクションをひねり出す。あべくんの両親がころしころされし、つぎにあべくん自身がころしころされする、そのニコニコの殺害のあいだの重なる部分にだけ許される想像力が私にもたらされ、引かれていくフィクションだけを採っていく。もうあるフィクションに抗うためだけのフィクションをぶつけないと現実が物語をそこない、つぎに物語が現実をそこなう。もし信じるためだけの過不足ないフィクションがあるのならそれに越したことはないけど、フィクションはいつの日も足りないか多くの場合あまっていく。余剰を打ち消すにはまたべつのフィクションマイナスが要り……

　ゾンダーコマンドの仲間の何人かは、まだしも良心の感じられる看守に多少うちとけたふりをしていた。それは蜂起を共謀していたせいでもあったが、かれはそうしたことにはいっさい関心をもたず、ひたすら忘我に集中していた。効率よくユダヤ人をころすユダヤ人として、予言のような内面が呪っていても労働は私を待ってくれない。かれの身体にもしも外の世界で良心と呼ばれるようなものが残っていたと仮定しても、いずれ自分をころす殺人に荷担しているこの状況において、人と感情をかよわせ身をここに置いてよいような物語にあまんじ、同情に足る私の死をわざわざ前面にだして絶望や希望を共有しあうなどしていったいなんになるというのか。

ある午後、SSがふだんより多かったのでほとんどのユダヤ人がガス殺への道へまっすぐ進む移送の日のことだった。かれが隊列を監視しながら自らの身体をもって乱れるそれを正しつつ、任務にやつしている腰に挟んでいたスケッチを地面におとし、砂にまみれたそれを拾いあげたSSが何事かをかれにいった。互いに殺害に忙殺されているさなかだったのでごくみじかい会話だったのだが、通常何かを持ち歩くこと自体が懲罰の対象なので震えあがりかれはそのいわれている言葉の内容がまったくわからずひたすら謝罪と相槌に徹したわけだが、どうやらノスタルジーにかかわることを好意的にしゃべっているらしいことがわかる。かれはドイツ語をかなり正確に解したというのに、そのときに男がいっている内容がさっぱりわからなかった。かれのそのときにはもういない父が文学にしたしんでいたこともありかれはいくつかの言語がわかったが、施設内で交わされる二十にも及ぶ言語とその混交状態は言葉に真摯に尽くしてきたと自負するかれの家族感覚をじくじく苛み、慢性的な痛みや病苦と同等のストレスをかれの身体に与えていた。スケッチは樹木をえがいたものだった。地区を特定する材料にはおよそなりえない、土と雲のあいだを紙幅として、ありふれた幹とありふれた枝とありふれた根とありふれた葉が、それゆえに紛れもない私の線としてあらわれている。正確にはどこともいえない故郷の木を記憶からスケッチし、時間とともにある携帯や労働で滲む黒鉛を利用して連想された線をまた足し、記憶が擦れるたびに幹と皮が年月を経て、どんどん生まれる前から生えていた木が紙にうつっていく過程を描き込んだ。ある郷愁に光があつまる地点から見おろすと樹木の隙間からみじかい草が生えてい、風が低い位置でひろがって木々に繋がり、四季のどれかのにおいが枝のかたちで拡大され延びていき、幹にたまった熱がジュワッと葉を広げていって、かれの筆に戻ってくる。帳面を閉じる。

　その夜の食事にありつきわずかばかりの体力が戻ってくると午後の労働についての思考から逃避するような労力によって時間にたとえるならほんの数秒程度の記憶を振り絞ることのできるわずかな一瞬では、その話しかけてきたＳＳとか細いながらも心が通いそうになっていたことはわかった。そんなのはほんのささいな風景で、無風の水溜まりに子どもが懸命にフーッと息をふいて波をたたせんとするような、無為で素朴な行為に過ぎないのだろう。男のこえがすぐに怒声に戻ったその言葉の意味内容はわかったし、隙あらばかれらを殴る手つきは馴染みのあるものだったので、かれは慣れた日常にいくぶん安堵して任務に戻った。スケッチは破って土に埋めた。かれ自身が移送されてきた列車ではどこにも水がなく渇きが極まると喋ることなど二度と想像できず言葉が詰まるように水分のことしか頭になくなっていったのだから記憶はブツブツ途切れていた。まずゲットーに押し込まれたときから、しらない土地で言葉も馴染んでいないような風景から風景へどんどん移送されつづけ、記憶と言葉の繋がりが心許なく、ながいあいだ黙っていたのだからふたたび喋りだせたのは不思議なことだった。

これから死んでいく者の脱衣に手を貸す朝に、身につけていたものを金目のものと選り分けてまとめ、そのうちに死んでくれているので身体を運び体液を洗う。ゾンダーコマンドの床屋と歯医者が死体から売るための素材をむしりとる進行と同時に死体が引き摺られた床を洗い、汚れや臭いは時間をおもいださせるが、そのあいだに浴びた太陽光などを認識せずすごすあたらしい朝でも、かいていたスケッチの進捗だけはおもいだせる。そのときにはなかった風景がある。記憶が身体を肯定してようやく昨日がある。それをよろこびと仮定して、しかしもういつかわからない先日のように意味ごとわからないドイツ語で親しみやすく話しかけられるような危険を孕むよろこびが、今後この身体にたえられるものかわからなかった。よろこびが殴打に、よろこびが射殺につながるかもしれず、またよろこびとは関係なくかれは自分たちが手伝った死の多くとおなじく別の収容所におくられ始末されるはずだったが実際には撲殺され今生をおえた。情動のすべてが潰えるまえには情動は危険だった。作業の進行上死体を名指さなければならないときなどに、たいていは人形ですらなくそれ以下の木偶《でく》か断片かぼろ切れと呼ぶよう強制され、死体の呼びかたについて言われていることはまだ辛うじて「労働」しているかれらについて言われていることだった。死体の別称が私だった。ゾンダーコマンドたちはほとんど決定された死の恐怖のさなかで、多くの収容所員とは違う言語で未来をえがき、ギリギリこの世界に抵抗する人間でありえたがかれはそうでない身体で、収容所内での蜂起や脱走の計画はしっていたが荷担することはなく沈黙しつづけた。多くのばあい、ＳＳや警備には相槌を打たなければいつ暴力に繋がってもおかしくないのだが、ユダヤ人には相槌を打たずにすんだ。日一日と同様私という自己同一性やその身体にまとわりつく歴史はブョブョと際限なくただここにあり、それらの誇るべき区別や差異こそが恥辱に直結するものだったから、なにかを五感が知覚するそのまえに止めてしまえることはできるだけ止めてしまう。まず人間という概念とその構成要素を解体し止められるべきところは止めてしまうのだったが、特殊任務もながい人間たちの目にひかる奇妙なひかりがかれには不可解だった。こうした状況でも、希望を捨てず明日を待つそうした心境のほうが、向こう側のそれのようだった。まだ人間なんだなという共感性羞恥のようなもの。それは、かれが人間なのか、かれ以外が人間なのか、かれにはわからない。それが仕組まれたシステムだとはいえ、共感するべき相手に憎しみや恥を感じ、その外にある近代的虐殺を認識することは、未来においてさえ難しいわれわれだった。ありとあらゆる啓示や恩寵がかれに訪れることなくころされることを知っていてただ時間をおくっている。スケッチだけがなにかを時系列にととのえ前へおくる。それ以外はきわめて錯綜し、個人として私たちになんら感興も教訓もおこさずおおくの死にまぎれてかれは死ぬ。そのことを知っている。戦争がはじまって爆撃された日からずっとより最低な日が明日以降に訪れることがわかった。しかしいつしか最低の想像が現実を上回り、最高の現実が数ヶ月前の最低だったりし、現実への想像力が滑降しはじめる最初のこの日のことだけよくおぼえている。人ひしめきあう階段をくだって中庭へ逃げようとかれの父は言いそのとおりにした。草に伏せって土を嗅いでいるときに、響きと音がからだを貫き抜けて、建物が焼け街が消え人が死んでいく時間のなか子どものころした他愛もない遊びをおもいだす。恐怖とともに鳴る轟音に「耳がへんだよ」というべきか悩んでいわなかった。聴力がおちていることに気づいたのはいつだったかわからないけれど、この日の午後、視界いっぱいに地面をみたことをたびたびおもいだすのは、１９３９年9月が空爆の原初の経験であり、スケッチするときにいつも経由しては必ずどこかへ霧散する記憶のポイントだったからなのだろう。幼いころにはかくれんぼをして潜めた目線が、おなじ植物、おなじ樹木にまとわれた風を見た。ふだんの膝先よりずっとしたで、地面と接続する植物に吹く兵器の風が、伏せたかれの身体と地面を舐めた。鼻から吸い込んだ土を吐きだして、目がひとりでに涙をながす。どんどん音が聞こえなくなっていった。ひとの叫びやモノの壊れる音、当然だった想像力が潰れる音、身体に蓄積された愛着が剝がれる音、しかしまだしも数年後に家族すべてに先に死なれたことを知り食べ物のことしか考えられず、死体を引き摺る日々のあとで撲殺される身体とは考えもしない。かれの楽観が空爆によって破壊され郷愁と憎しみを混ぜこぜにされたといえ、まだ故郷のにおいを嗅ぎ手で育った草や土を触れていたのはしあわせだったとおもう。いまとなっては捏造のようにおもえる記憶だったが、初期の殺戮や暴力にはいまとくらべて比較的、加害側に好奇心のようなものがみうけられ、ゲーム性や稚気を帯びた加害者たちのあのおぞましい昂りをときどきおもいだすのは、どの時期にころされたのかもわからない家族がたしかにいっしょにいたのはあのころまでだったと、なんとか忘れずに止めているせいでもある。その日以前にも金品や愛着のわく品物は嘲笑とともに強奪されていたとはいえ、以前にはいていまはもういない人間がたしかにそこにはいた。通りを歩いているだけで中庭にさらわれて殴られ、紙幣とともに奪われたあのポケットの中身がなんだったのかを忘れた。ちかしいひとにもらったなにか思い出の品だったのだが。それなのにそれがあったことはおぼえている。かれの知るこの世よりもっとながいノスタルジーが蹂躙には染み込んでいた。まるで言葉みたい。死んでいった者たちが死んでいったことすら忘れ去られるのはもう知っているし、安穏と思いだせるような自分ではもうないことも知っているかれはでは私はそのまえにいた人間ではない者として、「私」ではない身体でこの場を見て。ときどき、ほんの僅かな希望や勇気がこの身に兆すときに、かれの作業中に見た殺害の様相や焼却棟内部の構造をおもいだし、見える景色や見た景色をスケッチしたがすぐに吐くような情緒にみまわれ破棄してしまう。捨てる風景と現実が混濁した「私」の身体は夜が明けると死体を運ぶ。またあたらしい風景をかれはかく。

私はかれののこした風景をことあるごとに眺め、描写そのものから着想される筋がなんとか浮かばないかとひたすら街をあるきながら考えていた。私じしんがみる現代の風景を、かれのかいた風景に繋げて考える、すると浮かんでくるとおい過去の物語。そうしてフィクション化した過去をつけあわせるかのごとくかれの読んでいた資料を読んでいく。

　ホロコーストとその実行者にかんする知識から得られる戦慄の結論は、「これ」が場合によってはわれわれにも起こるかもしれないということでなく、われわれもこれをおこないうるということである。

とかかれた箇所を読んでいる私はその数頁まえにさかのぼり、

自己保存の合理性の価値を高め、道徳的思考の価値を体系的に低めた抑圧は、犠牲者の非人間化に成功したのだ。それはある種の予言の自己成就のような形で起こった。まず、ユダヤ人は不道徳で悪辣で利己的で強欲で、価値観を信じないと非難される一方、人道主義の露骨な信奉を自己利益の隠れ蓑にしていると批判される。そして、彼らはこのプロパガンダが規定する特徴を現実化する非人間的状況に追い込まれるのである。

えんえんと誰かを誰かに、なにかをなにかに似せつづけてしまうというわけだった。そして私はかれらのフィクション化に精をだす。それ以前の私はといえばベストセラーに名をつらねる名高い証言本の一冊も読んでおらず、無知もきわまった状況で手始めに観た超成功映画のエンドロールを眺めているときに「ん？」と違和感をおぼえWikipediaをひらいた部屋でひとり、声も出さんばかりに驚いたのであった。

「えっ、オスカー・シンドラーって実在の人物だったの!?」

小説はあきれました。

「そんなことも知らなかったの？　そんなんでよく」

「や、だってあまりにも、その映像のなかでかれが主人公すぎていたから……」

私はそれからも大量虐殺を背景とした映画を観ていき、「おそらくこの証言本を元にしているのだろうな」と察したことが度々あった。エピソードが誠実であればあるほど、経験は浮きあがり記憶を上書きした痕跡が目につく。そのようにフィクション化された経験を発見するその手つきだけが私だよなあ、とおもうのだ。

すでにフィクションはフィクションをおかしあい、時間経過が歴史と人体の風景を混ぜあって同体している。フィクションでみたことのある生還をのちに読んだ証言に見つけたときの、いわく言いがたい昂揚はなんだっただろう？　フィクションが歴史を連れてきたみたいに、地味なる細部が感にたえずいちいち興奮する。フィクションが先、現実が後、その順番を逆にすることはできない。逆だと思われるだろうか？　私にはそう思えない。これは虐殺に限らず普遍的にそうであって、すくなくとも私が生きた時代においては既にフィクションが先、現実があとのこの世界だったから、あたらしい大量虐殺が来るべき現実として起こったとき私は感情のひとつも動かないだろうとおもえた。だって、フィクションでさんざん慣らされていたから、出来事が偽りの既知として認識できる時点でそれは受け容れられた物語でしかなく、加害側だろうと被害側だろうと死んでいる感受性がすでに荷担している。私はその都度フィクションマイナスを立ち上げなければ現実がわからない。子どものころから現実に対する感受性にとぼしく、動揺するのはいつだってフィクションに対してだったといえる。虐殺に対してはフィクションから証言に遡ることにしか感興がなかった。それが私だ。だからといってフィクションを安穏とかいていい担保にはならない。いつか私のかいたものが私に現実を連れてくる。私が小説家としてデビューしたときから唯一やりつづけることがあるとするならば、フィクション化したこの世界からその分のフィクションを引いていくというそれだけのことにすぎず、わずか引かれた世界が元の世界とまったくちがうものだったとしても、私がそうしたいというそれだけでフィクションマイナスをかきつづけている。それがなんだというのだろう？　ただ暴力が捻れて複数の加害がだれかをフワフワさせたり傷つけたりする、それだけのことではないだろうか。小説はいうけれど。

「じゃあ、もうやめたら？」

私はあべくんが読んだとされる資料を当たっているうちに、いつしか会う人会う人に大量虐殺とそのフィクション化についてえんえん話しつづける止まらない私になった。わずかな躁転《そうてん》にたよって読めもしない資料を集めては部屋が散らかっていき、想念が身体から漏れだして、部屋中が小説家の気鬱にひたされていくと、寝込んだ布団のなかでいつもあべくんはこうした作業をよろこびの感情で行っていたのだろうかと想像する。その応えはむろん返ってこない。

フィクションのなかでフィクションでないかもしれないものを見つけるとその反証としてあべくんがいる。毎日外をあるいて思考をあかるくし、文章をかいて資料を読む。しかし、かいていないときには抑鬱に「私」が揺らされすべての文章に後悔が交ざる。双極に振れあい情緒が自己同一性を担保しない私の身体はフィクションかもしれなかった。躁に振れていないと文章そのものがかけないが、鬱に振れると昨日までにかいたものが記憶を傷める。ほんとにこれは「やるしかない」フィクション、かくしかない小説だったのか？私によってフィクション化されたもののフィクションコードを引けば、読者だけの体験が待っている。君のためへだけのフィクションマイナスがどの小説からも見つかる。人はだれも犯罪者として生まれ無垢を演じる刑罰により日々を生きるのだ。

特権的にあったシャワーのたびに毎回よぎる想念がある。さざめく情緒が水に流されると、まだ生きているとおもう回顧の一端として、さっきまであったイメージに「死」を代入する。これはころされの予行練習であり、いつかスムーズな集団行動の磨かれたわれわれが多くの同胞をころしたようにスムーズにころされるその訓練。あとはひたすら労働のつづきが待っている。

引き摺る死体が滑っていく体液が拭われ石灰で壁を塗り直す作業にもうどこにもありえない生家の似ても似つかない気配、二度とおもいだせない故郷のほんとうのにおい。よろこびの失われた季節が押し寄せて、そうした偽の材料をかきあつめ故郷に似たものをかく。緑が黄色の花に混ざって山肌を包み込み、太陽に奥行きを出してもらう。視点のさまよいを川面がうけとめて、ゆらめく水の皺が光をしずませ穴があく。汗のにおいが家族を捕まえてべつの視点が風景にうつる。死と血と排泄物のにおいが身体を強ばらせると風景の出力が止まり、またつぎの脳が洗われるような情動を待つ。前回かいていた線画にのせるべき色をあらわすボカシを入れていきながら線を重ねると、警備に殴られて意識が点滅するそうした交錯に情動がブレて四日後に死ぬまで二度と思い出せない景色がフェイントする。鼠色にかさなった血の色、「濃い」体液「薄い」体液その混ざりあった色、洗剤に浮かびあがる油のふくらむ、あのおかあさんに洗ってもらった枕についた血のいろと、殴った相手の吐く吐瀉物と目のおどろくようないろ、寝ている夜におもいだす肉の焼けるにおいがこびりついたような夢、読書がもたらす記憶がひらいて濁流がぶつかりまるで別人として世界に染み出していくような全能感。すべてすぐに忘れる。かれは隙あらば人を憎みたい集団意識のつくるリアリティのない人物像を演じ、もっともユダヤ人らしく生きなければすぐに死ぬ。どこにもいない人間を演じるためにまず私以外を捏造しそこから反証される私をつくる。敵味方関係なく収容所で労働しているすべての私たちに共通する私の捏造である。

　私以外を排斥することで浮かびあがる人外に萌え、私への通行手形を発行するその操作こそがフィクションへの招待コードで、いつの日も敵を捏造してコード不在をあてがい殺害する労働に忙しすぎた。われわれはまず私のフィクションを止めるべきだが止めるためにもそれ専用のフィクションが要って、いつからこんなフィクションに呪われている私なのかわからない。生まれていない時代に生まれていないことが問題だったのだろうか。小説が小説らしいことをまだやれると仮定するならば、あくまでいまのこの世界を前提に、生まれていない世界に生まれることができたかもしれなかったということだけだ。たとえばあべくんだったら、どんなふうに？

「私？」
あべくんにはそうしたことはなにもない。私はあべくんが送って寄越した三十三の散文のうち、てにをはや微妙な語彙を入れ換えればつかえると判断したスケッチの最後のひとつに手をつける。そうした改変にそぐうように物語や登場人物のキャラクタライズまで手がけて淀んだ思考がこれから先までえんえん生産する予定のフィクションにどう影響するかわからない。おおかた大した影響はないのだろう。そのようにつくられた愚かな身体がこれからもずっとつづいていく。フィクションのやりかたでしか現実を認識できず、自己都合にまみれた理解でしか文章をかけない汚れたループのなかで汲々と生きる小説家が私なのだろう。

　言葉が飛び散ったような印象が弾けた。かれの身体にしまわれていたものが床にぶちまけられ、その赤黒い色を見ると死亡をさとる。さんざん風景にしてしまい殺意を向けつづけた言葉とようやく再会し、死にたいながらも生きていた時間が一瞬で懐かしい。床の境が目前で霞み、風景にピントが合った。定まった解像度で象られた世界しか認識していなかった黒目の点滅が揺らぎ液体をたたえた池の球体で無数のこまかい黒い生き物が泳いでいる。その淀みがＳＳにかれをもう一発二発殴らせた。収容者番号を訊ねる怒号とともに棍棒で打つ。かれは番号を答えながら打たれる。やっと静かになる。

「私？」

殴られた衝撃が前頭部の骨を砕き、中身が灰色の床に飛び出し指とともに踏まれているかれはそれを見た。かれは誰かと間違えられてころされた。間違われたその事実をＳＳもころされたかれも死亡を免れたべつの収容者もだれもしらない。なぜならそのＳＳは快楽的に収容者をころすことにかけては有名な人物だったからで、かれと間違われた当の収容者がころされるほど損なった心象がどんなものなのかも知らずにかれは死んだ。

6

「私？」

「かわいそう」

と言うとそう返ってきた。男の子が「ぼく」も「オレ」もなくいきなり私？　ビックリした。もちろん人称にいきなりなんてない。でもその「いきなり人称！」の感覚だけ、うつっちゃったのかも私？　あらためて目のまえの同級生の瞳をのぞくと、卑屈におびえた表情で私を見返しているかれの視界で私のうしろに教室。後方のドアから入ってくる子どもがみる黒板に消された「さつ人」のもうない文字。するとみえてくるつよいひかり！教室がぶわぶわ浮かびあがって目がビックリする。かれの目を借りて世界はあらわれ死にたいほどうるさい。窓からさしこむ太陽の風。休み時間の教室にいる二十数名の子の髪の毛を浮かせる。あつい。くさった牛乳と子の混じったにおい。机の四肢をくるむゴムが床を引き摺ってガボガボいう。モノのひびく倍音にまざり聞こえてくる「ひとごろし」。子どもたちの喋り声が混ざった重さを身がうけて「のこ」。同じ日に着られたトレーナーがいまも量販店に売られているうるさい同級生。

私がはじめて他人にいった「かわいそう」。だって、あまりに皮膚がきたなかったから。ヘラヘラ笑い黙っているこの病弱でおとなしい男子は生長して将来、小説家になる。生まれたときからあるような焦燥感がかれに言葉を急がせる。ひとつひとつの言葉にとどまることができず、人の言葉を待てない。かれの言葉に応えようとわれわれが吸う息だけであとにつづく言葉に怯える。言葉を先読みして覆い隠してしまう。だからみえない。いつまでたっても出来事そのものに出会えない。自分ではできないことを恥じて隠すみたいに、ひとを勝手に出来事に出会わせる。言葉だけで、そこにあるべき風景や身体への想像を経ずにかれは、出来事とフィクションにまたがるノイズに耐えられず、引き裂かれつづけて大人になる。物語を現実に、現実を物語にもちこんで、その擦れ目をなぞるだけの言葉がすべりつづける。ねえ、この人生で、会話なんてできたためしが一度でもあった？

私は皮膚のきたないかれの出自もしらなければ、口を利くのもはじめてだった。荒れた皮膚にみいった私はなにかを忘れていた。忘れていたのは殺人、両親のころしところされだった。それを忘れた私は私を忘れていた。そのユートピアはあんがいよかったけど、でも、私？

「そう、私。かわいそう」

すべての思い出をおもいだしそうになった私はかれにたいし二度目の「かわいそう」をくちばしった。すぐにかれは自分の皮膚のきたなさに言及されていると気づき、恥じてうつむいた。目線のさき半透明に黄色か赤色を透かした死んだ昆虫の羽のような皮膚片があって、そのかさなりが机の正常な黄色の、合板の表面にそそぐ光の反射をおかしている。バリバリと両手の指先でつまみ、抉るように首をかくと、落ちる皮膚片で空気も陽のひかりも汚なくしてしまい、周りの人間をヒッと怯《ひる》ませる。おもいだしそうになる。ころしころされしてつれまわされた私の意識を。そのときは塗り替えてほしかった。歴史を。どうしてか私はかれがフィクションに自惚れている人間だと見抜いた。そうやってだれかのことを理解しているふりはうまい。でも全部できてない人間。だったら私にふりかかったサスペンスを悲劇として低調にして、なんか「かわいそう」にしてくれればそれに私はなれるかもしれない。たとえば物語と現実のあいだに仮にある浮島のような感受性で、名指されることのないそこを経由して人間は現実と物語の双方を同時に把握する。しかし私には橋がない。あるいは不全にあるのかもしれなかった。人間に架かる橋、物語に架かる橋、犯罪者に架かる橋でもいい、すくなくともこの存在が、他者へと渡ることのできる言葉を思いつくための橋がほしい。そんなのないよ～。え？　ない？　ない。

「ないの？」

小説にたずねてももう応えはない。これは私じゃないけど私がひとりでいっている応答。車でおとうさんを待っているときにきてくれた、いっしょに待ってくれたあれはニセ小説だった。なにしろ私はまだかれが「小説をかいてる」だなんて打ち明けられてもいずに、つぎつぎに肩をさわる大人がいつものように殺人へと私を騙す、私に思い出させようとする、それなのに私を思い出させなくする、言葉を奪う、「まだいろいろと錯綜してるかもしれないから落ち着いたら——」。じゃあだれか代わりに語ってよ！　そのときだけだった。ほんとに代わりに語ってほしいのはそのときだけだったのに、肝腎のそのときに言葉はぜんぜん語られず、語れずに私は失った。なにを？　わからない……しりたいよ。この際、フィクションでもいい。いや、だめか？　だめかもしれない……もうだめだ、私にはほんとうのことは無理だ。フィクションはほんとうしか語れない。だからほんとうへの限界が設えられている。そんなことかけるか？

嘘の嘘だからこそ小説はほんとうに似る。事実はほんとうの嘘だからどちらかというと嘘に似ている。

よくもそんなことがかけたなあ。軽薄だよ、小説って、そもそもがさ。またべつの日にかれはあけちに「ドラゴンボールがー！　もしも七個あつまったらー？」と聞かれていた。あけちはもともとは私の「親友じゃん！」の男子だったのだが「じゃん！」を返す男子はもういない。私がもういないからあけちも親友をうしなってかわいそうだったが私はあけちにはなにもいわない。私はしらなかったのだがかれはアトピーの治療で入院していたらしくこの教室に私がいなかったときかれもいなかった。私は私の両親の「やったこと」をしらなかったらしいかれに興味しんしんで、そのせいでいまあけちはかれに話しかけているのかもしれなかった。つまり、私の聞きたいことをあけちが代わりに聞いてくれている？　そう考えると「親友っしょ！」の過去ってやっぱ嘘だったけど嘘なりにちゃんと歴史だったかもね。

「だからー、なんでも叶うんだよ願いが！」

「えー。お餅を揚げて無限に食べたいかなぁ」

「は？　バカじゃねえの？」

バカはおまえだあけち。そんなの嘘にきまっていて、「肌がふつうになりたい」とかれはおもっている。おまえは人の願いを尊重できないこわい人間だ。将来たくさん人をころすでしょう。だから願いを二度と口にするな。奪うなよ。人の願いまで奪うなよ。

かえしてよ。

もういない私をかえしてよ。

まずはおとうさんを連れていかないで。そのまえに、おかあさんをころさないで。そのまえに、おかあさんをぶたないで。そのまえに、私をぶたないで。そのまえに、生まれないで私。生まれないで。生まれないで、生まれない私をかえしてよ。

願いを口にできないという疚しさだけがかれへの友情つみあげる。まるであけちとそうだったように、ずっといっしょに行事、こなしてきたみたい。小説なんてかくな。どうでもいい恥ずかしさでいい。どうでもいい恥ずかしさをかいたりするな。ずっともっと恥ずかしそうにしていればいいじゃないか。

ずっと首の皮膚をかきこわしつづけていてくれよ、私のために。

皮膚をバリバリ削ぎおとして、命が机みたい。そうおもった。ほんとうに？　かいたらそうなっちゃう。だから私はそうおもった！　本が好き？　紙に印刷された文字。全部のページがべつの文字。きもちわる。命が言葉みたい。私はそうおもった！　私にはもう壊せるものがないよ。なんで？　わからない。あとで考える……。本を読むと、なにかがととのうなあ。

そうして整理されるからこそ、整理されるまえにあったものがわかる。こわいよ。すごく。かれと出会って整った私の認識がすごくこわい。私が整うまえに私はこんなことを思ったよって、「おもえちゃう」のがほんとにこわいよっていまから振り返るのをよく聞いて。

最初は机を倒した。窓ガラスを割り、テストをまとめて焼却炉で燃やし、灰を体育館ステージにぶちまけ、プールに鳩の死体を浮かべ、理科室の器具と薬剤を破損し、国語準備室の筆の毛を抜き、音楽室のピアノの鍵盤に座って本を読んだ。図書室で借りた本を読んでいる鍵盤におかれた尻がつかれて骨盤を寝かせると音が鳴る、手首をつくごとに間抜けな音が鳴る、すると先生が来て、先生は私の担当のべつの先生を呼んできて私の名前を呼ぶ。夕方でピアノの蓋の黒が焦茶色になり、鍵盤と穿いていたズボンのカーキが溶け合って肌と骨がつながるみたいに音が鳴った。ドーンと骨にひびく、鍵盤の手前側が底まで勢いよく押されたときの打楽器の、高音でもズシリとおもたく身体の内側を揺らす巨大な音。大きな音が鳴ると、記憶が弾んでフラッシュする。さいしょに机をつぎつぎ倒していたときも、そうした大きい音を求めていたから倒しかたに拘った。手前に引くと引き出しの中身がクッションになりだらしない音になるから、しっかり両腕で手前の一辺のふくらみを摑んで、人体を転《こ》かすように丁寧にストンと。辺じゃなくて、角を鳴らすのが良い音。さいしょに倒した机があけちのものだったことをおぼえている。音が教室にひびいて記憶の恍惚を味わっていると、あけちはなにかをいいたそうにした。私はわかる。「おまえはもうあべくんじゃねえ」といいたかったんだろう？

「あけちー」

私はニヤニヤして、あけちの肩に腕を回した。こうした夢男子的ヤンキーしぐさを私は以前するようなタイプではなかったが、入念な役作りを経て本番に臨んだかのように堂に入った動作があけちを萎縮させているのがわかった。

「怒った？」

あけちは黙っている。

「なんでなにもいわないの？　あけちくん」

睨んでいる。かわいいな。壊したい。しかし私は殴れなかった。学校が恋で愛だったから、人体へはまだ欲望がうすかった。あけちよりあけちの机のほうが好きだった。

あけちはいぜん黙っていた。私はかるくあけちの胸を突き飛ばし、あけちの顔をみた。なにも感じない。そのうちなにか感じるのだろうとわかった。私とあけちのことをかれがみていた。私はまだ気づいていなかった。私の両親がころしころされしたことをしらない者がこの場にいることを認識していない。そのときかれは私の破壊ぶりをみて想像した。なにか「かわいそう」な子なのかもしれないと、そんなの、子どものころにはよくあることだったからね。

　それから私が転校するまでにすこしの猶予があって、かれが私の事件をしって「かわいそう」の内実をしったあと、ひきつづき机や窓ガラスや掃除用具やテストを壊す私がたてる大きい音のなかで点滅しながらビックリする身体がうつす、私の両親の殺人や逮捕や逃亡劇。想像する。したくない想像をしたい想像が上回る。おさない身体で見聞きしたフィクション内外の経験を総動員しても、足りない五感を五感がさらにフィクションしてニセ他者へと繋がっていく。おおきい音におどろいた身体がショックで意識不明になったほんの数秒、飛んだ意識が見せるひとごろしのこのドラマチック。それは身体がしっている遠い昔からの殺人が点滅する、フィクションと歴史のごっちゃになったイメージ。生まれるまえからしっていて、死んだあともしっている。おなじみの

「かわいそう」

「かわいそう」

の糸で編まれた具体的なシーンをつぎつぎ倒す音が連れてき、また意識を取り戻して忘れると、私は教室のドアの上方についた磨りガラスを割った。またおおきい音だ。薄いガラスで、高音がキリッと頭を裂くようにひびいたあとで、パリパリと、出来事の余韻のように注ぐ破片の音。私が手にしていたのはたっぷり埃を吸った自由箒の柄で、けっきょく窓ガラスというのは想像していたほど割りやすいものではなく、劇的に割れるのは各教室に使用されているドア上部の磨りガラスぐらいで、校外へむいた窓ガラスはバットなど用いてもなかなか割れないし、割れたとしても鈍く穴が空いたような愚鈍な図形が目に映るだけで、そんなに身体にひびかない。でもたまにうまくできる。三角形がいっぱい生まれるように割れると音もよく最高だった。補修もしづらく、とりかえしのつかない風景が目に滲む。窓のそと、木の幹と枝から色づく葉が空にパラパラと溶けて吹く風が混ざり、すわっと雲が身体に入ってくる。記憶が身体と点いたり消えたりするような、風景と見る側の私の境界が、大きい音と、その後にやってくる呆然の隙間をつくような記憶によって、

混ざってる。最高！　あけちもやれば？　一瞬そんな普通の友情に戻りそうになって、あけちの目を見ると幻滅する。おまえはもうおまえじゃない、おまえじゃないおまえはもう人間じゃない、私かあけちがそういっている。でもなにもいわない。言葉がとぼしいな。まずしいよ。身体はこんなに見ているのに、ついてくる言葉がなくて、整わないイメージはなにも見せてくれない、そんなんじゃどこへも連れてってくれないよ？　身体だけじゃ、かわいいだけじゃ、こわくないよ？

むなしい人体だなあ……

床に積もるガラスの破片の、おおきいものから踏んで砕けるか細い重みの移動をくりかえして、先生がきてももう伯母さんを呼ばれるだけだ。説教もなにもない。伯母さんがきてくれて、家にかえって、温もりに閉じこめられて、また放りだされる。もう学校に行かなくてよいといわれていたが、私は転校するまでキチンと学校へ行った。そのあとのことはぜんぶかれの小説にかかれてるけどもちろんどれもインチキのクソだった。しかし私が代わってかけるわけでもないし、訂正するほどでもない。「そんなわけないだろ？」って、たかが事実がほんの事実がそうだったからといって、しんじつ私の人生がそうだったからといって、訂正するほどでは……けれど、そうして修正しない権利すら私だけが持っているものだとしたらほんとかわいそう。それに、かかれたときにはもう死んでいる私はその権利を奪われていて、あんなにフィクションになりたかった私が私の言葉を奪われて物語にされているけれど、それがインチキのクソであることは変わらない。だから時間は前後してしまったけど、これから死ぬから死ぬまえにかける私のことがこぼれだす。じぶんの胸を刺して視界がきたなくなったあとで、ありふれた自動販売機の百円の表示に私はボタンを押しつづけ、出てこないジュースを乞う時間にガラケーに文字を刻みつづけるよう幻視したままながいこと死んでいた。しかし、この言葉は身体が潰えてしまえばだれも読むことのない、整うことのない認識だよ。だれにも読まれないからかかれる。読まれないから読まれる。ふつうのことだよ。読まれない人生をふつうに死んでいく。私はフィクションになりたかったけど死んでまではそうなりたくない。死んだなら私は私でいたかった。生きているうちにフィクションになれたならそれがふつうのしあわせな人生に近づいて、たとえもっと沢山ひとをころしてしまってもよかったよ。だって、それがみんながしているふつうの人生だから。けれど、現実では死んでいくからフィクションでは生きているのだったね？　かつて小説は教えてくれた。現実で生きているときフィクションで死んでいて、フィクションで生きているとき現実で死んでいる、その交換が目まぐるしいときによく人間は人をころしてきました。みんなそうして生きてきました。

　私はよろこんでフィクションになりたかった。それもかわいそうな私だけの気分なのだろう。そうすれば、なにもころさなくてもよかったと、死ななくてもよかったと、読者におもってもらえるかもしれないし。もちろんそれはウソだけどね。読者にどうおもわれようと、私はころすし自分で死ぬ。本を読んで文をかく。それが私小説のように体よく私の認識がととのわず、自伝や手記めいたかきものとも程とおいなにかであったとしても、かれが想像で好き勝手に肉づけできるリアリティだったら、かれがかくだろうけれどもちろんほんとうのことはそこから抜けおちるものだけだ。

かいたけどかけなかったものだけだ。かいたけどかけなかったものを、読んでくれるのは人間だ。そうしたら読んだ人間のなかの何人かはかいてくれる。そのかきつがれたもののなかのさらにかけなかったものを読む人間はつづいていくけど、ようするに小説はすぐ文体とかいって仰々しく主張するけどそれって読者のものなんだよ。文体って読者なの。ほんとに、傲慢だよ小説家って。

そんなふうに風に吹かれて、私はいつしか本を読んで感動し、または本の内容をおもいだして感動し、目の前にひろがるものと本の中身を入れ換えるような気分で文章をかいていた。自分の身体でみた風景としては、かくのが不充分であるような気がして、本のなかの登場人物が見たかもしれなかった風景を想像してかく。最初は好きな恋愛小説のストーリーに欠けているかもしれない風景描写を成り代わってかいていた。覚えのよいシーンについてはなんども気に入るように風景をかきなおし、キラキラや慟哭がより世界に溶け合うような描写を模索した。私は自分では一から物語をかけなかったから、二次創作や模倣すら難しかったから、仕方なくずっとそうしていた。読書の変遷によっていつからか強制収容所で記憶や五感もおぼつかず、飢餓にかまけ浮腫や死に悩まされるマイナスの体力で感じることのなかった五感などもかいた。その文章をかきついで物語にしたかれの情緒は傷んで、抑鬱にまみれた身体が私を恨んだけれど、業深いのは私じゃない、かれのほうだろう？　なんといってももう、そのときにはかれのかいた強制収容所の「登場人物」とおなじく死んでいた身体なのだから、私はもちろん平気だよ。だから私のかいたみじかい文章をかれが読んで、かかれなかった部分、抜け落ちた部分を勝手に読んで、勝手に「文体」を拵えて、勝手にかれがかいただけ。それでなにか背負っているみたいに情けない暗い顔をして？　だらしない。ほんとうに恥ずかしいよ、そんなことがえんえんつづいていくのかね？

私はただ身体に正直な描写を選びつづけたつもり。どの身体もとくべつだから、その身体の集中のしかたで、認識を丁寧にズラしていく。そうすれば、もう生きていない人体と、これから生まれてくる人体と、すこしだけは繋がれる。おなじ外の世界を感じて、おなじ風や光を浴びる身体だから、ほんのすこしだけ。でもかれはそうじゃない。かれは正直になりきれない人間だから破滅や告白に言葉を沿わす力がない。覚悟がない。なにをそんなに恥じているの？　私にも教えてくれない恥を隠してかれは他者を理解しなくとも見える景色を探しだし、一人称にこもって小説をかいた。そんなの甘えじゃん？　甘え？　でも、

「私には私……」

「は？」

「私には私という名の他者もいない気がする……」

だからそれが甘えだっていってるの。小説の応えに傷ついた顔をして、かれはまた一人称に没入した。ボクシングや人死にといったありふれたモチーフに染みついて癒着した水垢のようにとれないベタがあたらしい一人称を夢にみる。かかれるはずのない物語がなぜかかかれている。「私は——」「オレは——」という不自然極まりない一人称ならではの独白の制度が、もっともかかれなくてもよいはずの認識だからこそ滑稽なほどマジになるのだ。声や発話ではないから。それは地の文だから。権利や身体が、読者にいきなり譲渡されて景色を見せつける。読者はほんとうにそれを見たかった？ 見たくない。まだ見たくなってないからこそ見せて面白がらせている。露悪的だね、まったく。だってそれが小説でしょ？

小説は黙った。言えないことだけ聞こえてくるし、見えないことだけ見えてくる。それは窓ガラスを割った向こう側の風景とこちら側の風景、その交通だ。読者がまだ見たくなってないことに気づくとやたらでかい音が世界に鳴りひびき、登場人物が「どうしたの？」という目でこちらを見てくる、するとまた語りが再開される。純粋一人称を夢想してかいた小説で新人賞をうけ、二作目で失敗作をかいてかれはニセ三人称に手を広げ、もう一度一人称に戻るとそれは丁度よく不純な一人称に成り代わっていてふたたび賞をとれたかれはホッとした。二作目の失敗は一人称の失敗だった。その小説の第三章でこわれた一人称に体のよい社会と体のよい他者が侵入して語りが破れた。ほんとにバカバカしいことだけど、かれはそれを一人称への失恋だとおもってるんだって。

物語をかけない私にとっては夢みたいな話だ。私はもうひとごろしのこであるとどうじに将来人をころす可能性の高い私だった。そのような狭い人間のあいだで、窮屈な身体のあいだで、戻れない私になにかを見せてあげるみたいに物語をかくなんて無理だ。見えている景色を、見えていないかのようにかくのは無理で、それは私というより、私の文を読む私が無理だ。読む私がかく私を否定する。それはだれしもそうだけどね。だからかく人格の主張はいつもおかしくて、読む人格をそこなうね。なぜそれをわざわざかくの？　言うの？って読む私がひいていく。むりやり同一化しないでよ。私とは違うんです私は！

それで、「ひとごろしのかいた物語」の惹句が仮に成立したと想像してみて、なんだか不思議な感じがしない？　これは私にも誰にも論証や言語化は無理だから、違和感だけ感じてもらえればそれでうれしいよ。倫理としてどうというわけではなくて、矛盾している感じがしない？　「ひとごろし」「かいた」「物語」の、繋がりが重複しているような、逆にまったく意味をなさないような違和感を、感じない？　かれは感じるから私のことをしつこく物語にしたけど、それはかれがまだひとをころしてころされている場面を見たことがないからだし、でも自分の身体がズレていき殺人を「私」のこととして想像することができるからであり、かれがかいたようにちゃんと見たもののことってほんとうにはかけない。言葉ってちゃんと見ていないからかけるのだ。違和感って違和感でしかないのだし、違和感を言語化したものを人は嘘というのだし。

たとえば巨大な音がし割れるガラスの断面に色が滲むとき、窓の奥の木々と空が音をふくみこむとき、私は若くして死ぬ私なんだと呼びかけた。未来や過去ではないいま／現在はそう叫んでいるから、ズレていく時間は無限フィクションだ。風景と音が同体して私を攻めてくる物語からすくったから私はモノを破壊する。すくわれた私が破壊するから破壊されたモノが私をすくいにくる。すべての因果や時空間が五感の変調に動きつづける。そのとき身体がブワワワ～と後退して、糸でひっぱられるように景色が縦横に膨らんでいき、破壊の瞬間を繋げるあいだの私に居ることでようやくなにに似ることもなく生きていられたけれどかかれたらもう終わり。ころす私と、ころされる私と、同時にある私が色を音にかさねフィクションを拒んだ。それも生きている限りの、生きているあいだだけの、人間ということだ。画だけでも音だけでもだめだし痛みだけでも蹂躙だけでもだめ。殴ったりおかしたりしたモノや人体を現象として私は目の前の傷つきにズレていき、「ヤメロー」内奥からつきあげる笑いごえ、アハハ、バカ、すんなって、そんな、ギャハ！　ずりい！　くすぐりあう私たちがじゃれあい、引っかきあい、殴りあい、ころしあい、かかれあう歴史にほんのこども。

人体延長は必ずしも現世の人間によろこばれず、さっさと楽しい物語にシフトして当世風エンターテインメントつかまつる。私の人生、せめて死ぬまえに人々をエンターテインしてあげたかった、消費される私はただ生前にそうありたかったというそれだけ。将来小説家になるかれと出会う瞬間を窓にして、それを割るように過去がかさなり、「かわいそう」「かわいそう」といいあう実際にはなかった過去のこと。憐憫《れんびん》が風景になり描写がふたりの身体でズレていく。おなじ時間、おなじ場所にいても、かさなる時間が生死をふやかして、ぶよぶよの物質をかためるように私は本を読み文をかいたけど、私にもかれにもかけないような記憶は小説をかかない好きじゃない加賀のような人間にかかれたい！　それはある日公園に捨て置かれて、母親をさがすこともしないでずっと砂を弄っていたおさない私が、だれかに「ひとり？」と聞かれたときの五感とかだ。

公園で、枝葉が風に擦れたさわさわの手前に知らん人体があって見られている。砂をさわるきもちよさにはぐれた温感があって、入ってくる感覚が鳴っている。

「ぼうや」

「おかあさんは？」

「ひとり？」

「ぼうや」

「ひとり？」

もう話せるはずだったこえが時間になって喉につまった。言葉を得るのはもっとずっとあとでよい。二十歳とかでもよい。木葉が落ちた手が砂を摑んでそのまま握り、公園の遊具でも砂場でもない名づけえぬ場所が記憶を連れてくる。においが顔を覆って私は泣き、抱きしめられる温度が呼吸よりも多く身体に被さって、私を呼ぶ。

邪魔でいい？

「いいよー」

聞こえてくる肯定にカタストロフ匂いたつ。「じゃない」っていわないで。邪魔は邪魔なんだから邪魔でいい。現世にとって邪魔でいい。おとうさんやおかあさんのように「大切！」っていわないで、言葉でいわないで風景を見せてよ。

「ひとり」

見せてくれない風景に代わって言葉が私を応えると、「おかあさんは？」「ぼうや」「おうちは？」「わかる？」。

「わかる」

嘘をついたので警察に連れていかれ、危ないひとじゃなくてよかったおかあさんに引き取られ手をひかれて「夜なに食べたい？」って、いわないで。それ、死ぬまでずっと、聞こえてたからね。

手と手のあいだに夕方、見せないで。それが私をそこなった、他者をそこなったから。それで修飾や助詞がブチブチこわれても、自己愛のついでに文法を立ちあげるような都合のよい言葉の前提を私はわからなかったから、視線や身体のほうがつよく言葉であったともいえて、よく学校を壊す私をみる泣きそうなあけちの目をおもいだす。そのあけちをおもいだす私のいた風景を小説家のかれがかくのだったから、あけちの向こうで割った窓に拳を突っ込む私の血をかれは偽ってかいている。痛みが私をかかされる。

　私をかかされるかれの身になって。そのように私は風景をかいた。集中が私と身体を仮構すると、ズレる時間が変調と音をみせて、それに似せるようににおいと温度をみせてくれる。さわれる私に比喩がなる。うれしかった。かけるじゃん、私！　それは、ゼーバルトの引用からアメリーの出典にたどり着いた瞬間の景色でもある。ゼーバルトがアメリーからの引用を切り上げた数十年前の景色を見たかった。本のなかの時間から戻ってきた私だからこそ見えるのがいま／現在の景色とおもいたかったけど、では生きている私が「現実」として見ているものはいったいなんだったのだろう？　いま、痛みにかさなる私の致死量の血を見て、その量の問題でようやく見えるようになったほん（とう）の私だった？　ぜんぜん違うとおもう。もうすぐ死ぬ身体の点滅が逆走馬灯でかさなる時間が色を混ぜて音を溶かし、出ていった血が先に未来をみせて十五年後のかれがかくそのときにはまだかかれていない小説を私は読み、また点滅にさらされ戻ってきた反動が私の生きていた過去と生きていなかった過去に語りをとばし、本のなかから見たかった強制収容所の風景をたしかに見る。これでは多すぎるだろう。いや、いままでがすくなかったのだけど、こんなのかかれてはじめてわかるようなすくなさだ。私はずっとすくなかった。

あとほんのすこしの経験で、あとほんのすこしの結晶で、足りるほどの五感だった。あけちの「じゃま」の声に私じしんの声を重ねて、その身体でみることも、できたはずの私だった。

「じゃない」

の発音にのって見える景色があるはずだった。穏やかに風が揺れて建物がかわく。昨日の雨がしたたって、屋上が木のてっぺんを見おろして。そうしたぜんぶと繋がって、限りある五感で物語を補う景色として。しかし、すべてのころされはその限られた五感で歌うのだが？　川に見られ太陽に聞かれ土に語られている私は語れない。致死量の血が滲む湯気に、数百万の目があって、言葉は残る。そうしておもいだす。


　機嫌のよい母親が私をだきしめるその体温に憩い「あなたをずっと守る」と嘘をついたこと。両手に掬える私の血液がゆるくまどろんで反射し、外灯が白濁して目にうつる。こんなことは生涯一度もおもいださなかったのだが……

　たかが死ぬからといって、ほんの死によっておもいだすことなんて貧しい。アスファルトに擦られるタイヤの熱が冷めきった道路、つめたさが背中をひからせ星をみるのだが、いまわの私の身体にうつる視界は曇って、ありもしない愛着を眺めている。

父親が母親をころしたあとの十八時間のドライブのさなかにずっと「おまえをずっところす」と言わなかったこと。そして「じゃない！」の無限で私は生きて死ぬというたったそれだけのことを、こんな風にかかれてしまい。でもかかれなかったこと、言われなかったことのほうがよく聞こえていた。「あなたをずっと守る」し「おまえをずっところす」。どっちにもほんとうのことなんてない。だから「なにもなかったようにして生きろ」。そうだ。生まれた私はもういない。だからだれかに似て生きよう。他のひとにはかんたんにできること。だれかの愛情に似せてふるまえる、だれかの成功に似せてあこがれる、だれかの殺人に似せてころさせる、ぜんぶ自分自身でしなくていいことを与えられて与える。なんで私にだけ似ていく先が途切れてるの？　私も似たいよ。でも、似たいっておもうことはダメなんだったよね。似たいって思わずに似ていくよ。だから、押しつけられてた「ひとごろしのこ」にまず似ていこう。かんたんだとおもってたけど、人生ひとつかかってもそれがあんがい、むずかしかったなあ……

「じゃあ、もう一度なにもなかったことから想像を始めよう？　なかったことをつくりこめば、ちゃんとあったことをわかって似せられる？　消去法てきにさ」

聞こえてくる声にギョッとする。フィクションと聞くとすぐさま復活し、着想という体で声を押しつけてくる、相変わらず小説のやり口は性急でおしつけがましい。

「オッ！　相かわらず欺瞞からはじめるねえ」

「まあまあ、読者を騙すならまず私からってね」

「はあ、あまりにもたくさんの人がころし、ころされてしまったけどなあ……」

「大丈夫！　おれらならやれるって。おれがあけちの役をやってあげるから」

小説がそういうのでしぶしぶ私は想像した。なにもなかった夏休みであけちと海遊び。ギリギリ足がつかないところまで！　とおくで見守るなにもなかったおとうさんおかあさんの目のとどかないところで足が滑り、指先がいちど摑みそこねた海底を必死でさがし求めるうちに溺れる私はしずみゆく。死にそうだから必死な私は恥ずかしい、けど、自分じゃもう無理だ。あけち！　たすけて！　溺れる身体をあけちがひきあげて、私の脇にあけちの両手のひらが刺さり、あけちがガブッと水を吐き、「おまえー」と笑う。

「ふざけてんのか」

あけちの言葉に私はふへへと笑い、いま必死だったことを照れて隠した。でも、あー、いま助けられてしまったな、命を。私は恥ずかしい。今度こそだれも死なない物語と思っていたら私が私の想像のなかでころされそうになっちゃったよ。やれやれ……いちど浜辺に戻りそのあともへいきで遊んで、なにもない明日へ眠っていく。あけちはずっと、私の服のしたの打たれたりつねられたりして赤くなっているのに引かずにいてくれた。ながいあいだずっと「親友じゃん！」の関係に救われて、些細なことから重大なことまで十代を助けあい生かされあって、それでふつうに思春期で受験でロスジェネで。

暴力つきであったとしてもふつうとされる家で、ふつうの親友とふつうの人生。こんな平凡な想像はもう辟易とおもうけど、私は文をかかず本も読まない。すると小説家のかれは生まれない。かれのかいたことを信じるならば商業作家としてかいているかれの文章は私の文章から「文体」を奪ったものだからそれは当然のことかもしれない。生まれないかれと生まれた私があたらしく、実際にはなかった思い出をおもいだす、そうしてはじめておもいだせる私もあった。

私は生涯内臓がつよく肌がきれいだった。小説家のかれはアトピーに悩まされ、性差にかかわらず肌がきれいなひとにみとれるようになった。つよくしなやかなべつの動物をみる気分で私を「まるでキリンのようだな」とおもったわけだったが、たとえば私にはそのきもちはわからない。でも想像はできるはずだ。生前の私は肌のきれいさなどにまったく頓着しなかった。たとえば木漏れ日や初日の出みたいに肌がきれいだなんて、おもいもしないのが私だった。やり直したい、かれとはじめて会った日に。

「私にとってふつうのことはかれにとって来世のこと、かれにとってふつうのことは私にとって前世のこと」

でもわかるよ、服のしたに隠れない恥のことって、そんなこともわからない私だったから、人間の物語は高尚すぎたかもしれない。死ぬことになってやっとわかったほんの些細な真実が、やたら恋しい。大病し餓死してガスでころされるこの世界で読み書きをするほんの一人の真実ずつが、この身にふりつもり視野があかるい。もう街もなく、土もないので空もない。血縁をころされ民族をころされ文化をころされてあるものの見方はない。見方がないということにひかれた私には小説家の今生が憎い。それで私は虐殺にまつわる読書をし、頭に浮かぶイメージをいやおうなしに文章化し将来小説家になるかれにおくりつけていた。見ることができないなら小説をかけないとおもっていた。でも、これは死にゆく私だからおもえることだけど、私がかいていたそれはふつうに小説だったのでは？　ふつうの小説だったのでは？　かれは応えてくれなかったから、あれは小説ではないとおもっていたけど、かれが物語にして小説にしてしまった。でも、こんなのが小説なのか？　とにかく視覚とファンタジーがうるさくて、身体にうぬぼれて見すぎてはいない？　定まったものの見方で見たいものだけ。まるで小説に恋をして盲目？

　そうおもうなあ私は。

　私もちゃんと加賀に恋をしていたのに。かれにかかれてしまったからもうとり戻せない、かかれてしまった認識を元に戻すことはできないが、人体への恋が身体をくれるみたいだったから、加賀の暴力は私にとってちゃんと他者だった。加賀に似ればよかった。加賀は母親を想起させてくれなかった。両親をまったく想起させない人間との出会いははじめてだった私はそのきびしい愛情に恋をしていた。体温を預けると拒まれ、行き先をうしなったぬくもりが景色の自立をうながした。そのときにそうかけばよかったものを、まさかころしてしまうなんて。繋ぐ手指のあいだから四季がにおい、空を制度で切り取るみたいにかいて結婚、すればよかった。ずっと私は子どもを欲しないまま父親になりたかった。私はキリンではないから。

「私も人間に似たかった」

もう景色もない。

ある記憶が恋をしていつも川になった。灰を捨てた川、友だちをしずめた川、肌が均等につめたくなった子どもたち。夏休みを亡命してかさなり、戻ってこなかった子に。潮流が脇のしたにぶつかると身体は岩になり声をあげた。太陽光の反射に紛れて友だちをさがし、女らが向こうで顔を拭っている。スゥッと水面に顎をつける喉仏との空間に小さい魚が線になって泳いだ。蛙卵がひそみ足の裏を避ける川底で、膝したを浸らせても動揺したそぶりを見せない馬の子もいた。荷で熱い背中を安定させ蹄は凹凸を探り水流で毛が抜け気持ちいいねえ。土と砂と生き物が身体と流れ、地面が動きつづけ不定する。つめたさが上下を回転して混ぜあわせ時間を生死とねじれる。四肢を川の水に突っ込みそれぞれの指をひらくと絡まるものが教えてくる。私のなかに濃淡がある。強い弱いの濃淡のすべては私のなかで存しあいたかまる。胸をくっつけて腹をひたし頭のたかさと水面をいっしょにし背が川のおもてになり、うつ伏せを数秒したあとで回って水面からあおぎ見る天井は青オレンジで、髪の毛が泡をふくと股間につめたい温感。海がとおいな。人間の感想でそうおもうと、肌をかわかし本を読んだ。皮膚のあぶらが川を弾くと、太陽に剝がされてパリッ。言葉が身体にまとわれる。

その言葉はひとから奪ったものである。殺人とも関係なく、かれも私から言葉を奪い身体にする。国に禁止されているから私は生涯国外に出ず、泣くこともなかった。身体のなかに昔の川が思い出として流れ、経験したことのないつめたい寒さでふるえる身体がダンスして、動く皮膚がこまかく体外に出た血を揺らし夢をおもいだす。記憶のある私は泣いたことがないがそれ以前の私は泣いていた。夢のなかで私はよく泣いていた。禁止の国外で号泣し求めるのがこの世の言葉でいわれる愛だったとして、しかし私はよく人から人への愛のようなものを奪って平然としていたのだが。読書をして、繋がるかれとの言葉で奪われ時差を利し物語にされたものを、読めないはずの私は死とひきかえに読まされる、このように尊重されない死体になることが真心のようなものだとおもおう。かかれて奪われてしまうとしてもいまはそのどうでもよい身体が愛しい。こんなの初めて。やさしくしてよ、死、って願う私の身体が遡る。やっと人間としてあるべき人間への愛がきざしたところで、どこかの地点に立ち戻ればまだ、なにかさいごに見るべき景色が、残されているような気がして。分岐する運命に自暴自棄になりがちなありふれた人間として、あてずっぽうに探っていくからつい風景に願いがこもってしまうの。そしてひとの願いといえばいつも殺意だろ。

「じゃま？」

「……いや」

「おれが邪魔か？　あけち」

「じゃま……」

あけちは弱い顔をする。

「じゃない！」

あけちはいう。心底からうざい。私はあけちを殴った。真実や現実のあけちとはすこしだけ違う、しかしその人間の違いをやさしいともあたたかいとも私にはいえない。しってるあけちとは違うあけちが人間を更新する。あけちへの見方がない。見方がないことが愛で平和でやさしいってことか？　あけちは私を殴りかえした。子どもの私はヒヒヒと笑う。

「そうか。だったら、お前もやれよ」

あけちはガラスを割った。あけちは私に笑いかけた。あけちは男を殴った。あけちは女とやった。あけちは女を殴った。あけちと私は自分の暴力に手一杯だ。私は本を読まず文をかかなかった。また生まれない小説家のかれと再会しない人生はながい。私は女と結婚する。私は溺れられるものにはかんたんに溺れる。あけちとの友情があったからだ。父親とあけちの情に挟まれて私は生きる。どちらも欠損している愛と信頼に補われ私は他者をもとめる。そしてもっともっと多くの他者を私は損なう。私のなかの濃淡が、巨大に膨れてきまぐれな情に流されだれかを叩き潰す。年をとるごとに身体は弱り、空白を埋めるように私は絆を募ったが、かきもかかれもしないその内面がどんどんフィクションめいてきて、きわめて他者を疎外した。私に似ていないものはころした。正確にはだれかに命じてころすようにした。私に出会わなかった加賀は平和に生きる。

きゅうに私の身体はしあわせになり。すると小説はあらわれ、「死に際になってようやく」という。血の代わりに言葉がめぐりフィクショナルに突き動かされ気もちよく微睡《まどろ》んでいたのに。

「死に際になってようやく自己愛に言葉を沿わせることができ、さぞ満足でしょうね、でも……」

「は？」

私はキレる。そしていう。

「いや、いや、都合のよいだらしない夢はそちらとかれのほうなのでは？」

「だから、ええ。ああ、墜ちたものだなあと」

「え？　もう一回言ってみて？」

「剝き出しであることに、慣れていないんだよね、言葉がね。いつも風景にぬくもって、いられていたのはよかったね」

「ふざけるな」

子どものころのような激昂。脅すことはあれど、感情表現に言葉をつかうことがなかった私の生涯につもった情動がぜんぶ、言葉にあつまるがそれはつたなくありふれている。

「よかったね。やさしい世界だよとくに散文って。ほんと、ラッキーだったよね」

「ころす。ころすぞ」

そうした私のこえはかぼそく、遅きに失した祈りはかれをつけあがらせる。そもそも……

「マジでころす」

そこで小説はやっとかれ、皮膚のきたない小柄な小説家の姿をあらわし、「やってみたら？　やれるものならね」と言うのだった。いつの日もそうだった。小学校の一年半を同級としてすごしそれぞれの人生にわかれ、十九歳のときに再会し奇跡のように互いをみとめ出会えた、あの瞬間からずっと小説はかれのこえで語りかけてきた。けれど、いつもかさなりあわないズレが小説の人格を善く偽ってしまい、しらない記憶を遡ってまで私はそのこえをつくろった。両親をいっぺんに失ったその日のことをこの日のこととして耐えがたかった時をしのぐ話し相手として体よく招集してしまい、その偽善を取り払われると、とたんに貧しい私の言葉が輪廻する。

「死ね」

「あなたがもう死ぬのにね。あーあ、勿体ない。勿体ないよ身体はともかく言葉がね」

かれは右の口角だけをひねりあげ、心にもないきもちをいう。

「ぜったいにころす。いつかころす。死んでも。死んでもころす」

私が殺意だけを述べたてると、かれは依然ニヤニヤ笑っている。まるでずっとかき急いでいる小説をさらに追い詰めるように。

「こうした滅多にない機会にちょっと聞いてみたいんだけど、あべくんはちゃんと被害者でいられる？　そうね、たとえば『我が闘争』をごくサラッと読み、つまり大半を読み飛ばした挙句、大量ガス殺などなかったと、言い張るような人間にあべくんはどこかの地点ではなりえる？　わかるかな。つまりね」

「ふざけるなよ」

「無関心がベースだとしても、常にそっちに反転する危険性のあった身体だよね。私？私はもちろんかなり危ういよ。ああ、もうかいちゃったから知ってるよね」

「うるせえ……うるせえ」

まったく「自分の言葉」がでてこない紋切りにありふれた応えしかできない私はまるで二度ころされるかのよう。こうした屈辱をうけるいまわの際に、殺意がようやくもっとも向くべき相手に出会った気がした。かれをころす。アスファルトよりつめたい体表が凍って、くちからこぼれる体液がくさい。油田から噴出するオイルのようにブクブクと盛り上がっては止まりをくりかえす血液の丸みがとおくに見えた。やっところすべきちゃんところしたいころすに足る身体に出会い、いまかれともう一度再会し語りを見直しにいこうとおもう。

　あのとき、私を見るかれは眩しいような顔をして目をほそめた。夏場で平日六時のせんげん台駅はあかるく、獨協埼玉からとおぼしき登下校学生ににぎわっていた。ケンタッキーフライドチキンの店舗脇にエスカレーターの乗降口があって、ひとのながれがそこを中心にわだかまる。私たちは通行人に邪魔におもわれながらそれからしばし立ち話をするのだが、私の側に逆光だったからかれは私の表情が読めずそれでも私に気づいたのだった。声も顔も面影は薄いはずだった、たった一年半だけの同級生と八年ぶりの再会で、なんで私は気づかれたのかずっとわからなかったけど、かれにかかれた小説で読んだからおもいだせる。だからこんどは私のかいた描写を素材に私じしんがかき直す。

　たしかに太陽は眩しかった。これだけは何度も描写しているからおぼえている。何度もかいて、何度もかれに送りつけることになる。だからようやくかれのかかなかった描写のかれの表情にそれを反映させることができて私はうれしいよ。

「あの、もしかして、ですが……」

　かれは私を認めて斜め右後方から声をかけてきた。私はかれのほうから話しかけられ意外なきもち。卑屈なままだれかに見つけられるのを待ちほうけ、好奇心を捏造されつづける人生を歩んでいるのだとおもっていたから。無意志をやさしいに誤読され、無価値をポリシーに誤読され、その誤読において小説をかきつづけていくことが変におもわれない、騙しつづけた身体が我にかえることのない「私」のきわめて薄い身体だと。小説をかいているという告白を受けるまでまだ五、六分ある。額に皺が三本走り相変わらず小柄なままで顔を赤くしているが、小学生のころにはなかった首の黒ずみがすこし大人っぽかった。使い古された身体、酷使されつづけた肌がまだ、かれのかぼそい自己同一性を担保しているのだろうと想像した。劣等感のつよい身体の特徴を有したかれの表情はしかしどことなくあかるい。久しぶりであること、この近所に住んでいることを確かめあい、それでも去ろうとせずなにか聞いてくる。かれは空手を習いに北越にいくのだという。いわれたときはおどろいた。だって、あまりにも弱そうに見えたから。

「あと……」

　かれはチラチラ私を見ている。なにかを告げようとしている。どことなくおかしい気分になり私は酔う。人生でたびたびこういうことがあった。ひとが夢に酔い、酔わされる直前のおぞましい身体感覚。なにかしら夢を語ろうとしている、夢を浴びせられる、私はその瞬間の数秒前にいつもそれがわかる。なにか人が夢を語るときに身体がなる、共感性羞恥めいた、語るほうとも語られるほうともどちらともいえないあの感覚。夢の内容がどんなアホでもマジでも関係ない、そうした酔いが告白より一瞬さきに回って私は身体がヒクヒクしていた。恥ずかしい。たぶん、私の身体のほうがいつも先に恥ずかしくなっていたのだとおもう。案の定かれが小説をかいている旨を私につたえると、ゾワゾワした皮膚がかれと取り換えられたものみたいに痒いというよりパツーンとうすくはりつめられている。

「あ、君、小学生んとき図書室にいたでしょう？　おれ、見てたから……」

それで、記憶がさーっと生家に、車に、図書室になっていき、その十一歳の情緒で私は泣いたが現実には泣かなかった。現実には泣けない記憶に泣かされる、こうした瞬間に私は一致して、ついころしたくなる。身体がさざめいて、ぬるい風の吹く心地が意識をさます。やっと思い出したよ。私の文章を素材にかれにかかれた小説のつづきをまた私がかくことで、ようやく思い出せるような殺意だったよ。おとうさんがおかあさんをころした。おとうさんがおかあさんをころした。おとうさんがおかあさんをころした。そうした心が皮膚をおしあげてパリンといった。壊したい。目のまえの男をとりあえず殴ろうか？　でも殴れない。なんで？　おかあさんをおとうさんにころされた。おかあさんをおとうさんにころされた。おかあさんをおとうさんにころされた。

私は？

本を読んでいた。だれもいない夕方。下校時刻を越えて先生に見つかるまでの伸びちぢみする時間。校庭で遊ぶ子どもらが夏休みに予定している川遊びのイメージ。頭のなかにぐるぐる回るそれをワーッとあそばせて、じいっと活字を追っている。その隙間で泣いている想念がおどっておかあさんがおとうさんにころされ、おとうさんがおかあさんをころし、おとうさんにおかあさんをころされ、おかあさんはおとうさんにころされ、おとうさんをおかあさんがころされたな。

ハーッ……

それを見てたならせめて「かわいそう」っていってよ。まさか物語にされるなんて思わなかったから、だったら「かわいそう」って断ってからそうしろよ。

ほんとうには見てないんだよ。なんにも見えないから見たってことにしたんだよ。おまえはなにも見れないかわいそうな人間だよ。どんな惨状もどんなユートピアも見れない、愚かでどろどろに濁った身体だよ。

「本がすきなのかな、とおもってて……」

私はこの日にかれをころすべきだった。時系列は錯綜しても因果は覆らない、私が加賀をころし自死する運命は変わらないしそれは文章をかこうが文章にかかれようが変わらないけれど読書においては違ったかもしれない。運命がどうあれもしやり直せるならかれをころしたい。かかれる前にころす。それは順序ではない。もうかかれている文章のなかでかれをころすような転倒を、物語上捨て置けない時系列の矛盾を、真剣にやり遂げて私は生きる。

「メアドきた。ありがとう！　ほんとに、送るね。小説。ほんとに！　君も、なにかかいてみたら？」

　まさか真に受けてほんとうにかくだなんてな。そのうえ、かいたものを勝手に利用されて私や私の読書までフィクションにされちゃうなんて、まったく、登場人物も甚だしいですよ、人間。かれが新人賞をとって小説家になって、また数年後にべつの新人賞をとって調子にのって、そのころにはもう私は死んでいたから私は私の物語を読めないはずだったけど読めていた。私の人生とかれの人生が、私のかくものとかれのかくものと交換され、私の読むものがかれの読むものと混濁し、小説のなかでかれにころされるといまわの私がわかるように、私がころした相手と私にころされた私がわかって読めた。かかれたことは全部インチキだったけど読めた。なにもかも読めちゃったんだよ私の人生。かれと別れると腕が赤く反射していて、夕方が地元の駅におりていくのをおぼえていた。そして子どものころ以来のあの図書館に行ってみようとおもったのだ。

　もう五回目だ。

　北部市民会館へとつづく道で、一回目と二回目と三回目と四回目と五回目のあいだの記憶をおもいだす。右手にのびる芒《すすき》の揺れが風のある日とない日でブレて滲んでゆき、違う温度が身体を散らせる。かれのかいた小説をプリントした紙で読んで、うーん、わからん、もっと普通の……ふつうの？　ふつうの小説が読みたいなあ、とおもい書架をさぐった。ちゃんと書店にも平積みされているベストセラーな小説を読み、プロはすごいなあ！と感動し何度か太陽がのぼり、しずみ、足下でゆれる用水路にかぶさるブロックが五回おなじようにガコガコ揺れると、うーん、おもしろいけどもっと違う。違う？　へんな小説が読みたいなあ。へん？　それでかれの小説を読みなおすのだった。

　春の描写とともに岩手県の皮膚科を再訪する旅程がえがかれ、そのあいまにアトピーや家族にまつわる思弁がはさまれたその小説が、かれ自身のことをかいたいわゆる私小説にちかいものだとわかった。しかし、なぜフィクションのなかでその一人称の語り手を実際に存在するかれの「私」なのだと私が判定できるのか不思議だった。もちろん私がかれのアトピーをしっていたせいではある。しかし仮にそれらの個人情報をすべて抜いていったとしてもきっとわかる。テキストだけではだれにも証しえないのにわかってしまう、書き手の個人情報にかかわらず、生死にすらかかわらず私性をつい問うて判断できてしまうなんらかの先見性こそ私、というより私のなかにある私の「私の私」なのかもしれない。

　その間に自分も文章をかいてみたら、へんだった。へん？　もっとふつうの文章をかきたいなあ。もっと「きれいな文」？　読み手も書き手も身体のなかにしまわれたイメージが共感され、整理されるような？　良い文やよみやすい文じゃなくてもいい、けどすくなくともわりと読めるみたいな、ふつうの……。私のかけない文はそれがふつう？　かけないのがふつう？　しりたいよ。かけないのがふつうだからかけないのか、かけないのが私だからかけないのか。生きてそれをわかる方法はなく、私はかれのかいた小説とともに私のかいた文章をぜんぶ消した。もうかれに送ってあるからいいだろうと思った私だったが、まさかべつのフィクションとしてかき直されるなんてな。夜がつめたい。あの日の夜に北部市民会館から飛び出る私の身体みたいに、私の身体からいま致死量の血が外に出て冷えている。あつい。こんなふうにだれしも、かき直し、されするものだろうか？　人生って。

かれの小説は丁度よめる。それはこの世だからだ。今生と前世来世の中間で、風景と身体の中間で、徹底と妥協の中間で、生と死の中間で、殺害と生存の中間だから多少へんでもよめる。しかし私は殺害で私は生存だ。私は徹底で私は妥協だから、私は風景で私は身体、私は今生で私は来世前世だから、うまくあいだがみつからなかった。けれど、あいだなんてやっぱインチキじゃない？

「あいだこそがとうといのよ」

かれはいうけれど。

「そうなの？」

「あいだでありつづけるために吊ってくれる点が必要で、それは私だけの身体じゃダメなやつなんだったとおもうよ」

「どういうこと？」

「だから、三角形の頂点がなかったら辺というか線になっちゃうでしょ？　べつの身体がないと。小説って空間だよ」

「意味わからんしぜんぶ嘘だとおもうけどだからって人の人生を弔るための外部にするなんて、いい気なもんだよなあ」

苦笑しあうと会話が多少、和やかになっていき、演じる私が沈黙すると、現実にはなかった応えはもどってくる。ここまでコツコツ読み、つらつらかいてきたものがドアを開け、終われる私へとすきとおる。私はかれのかいた小説の感想をメールでつたえる。「小説」以外の文を送るのは初めてだった。思いを書き言葉にすることに失敗しつづける私の人生の終わりにやっとできるようになる、できないはずだった言語化にかえってくる真心があって、かれはうれしそう。するとかれも私のかいた「小説」を読んだという。

「うまくいえなくて、返事もできず申し訳ない。おもしろかった。なんだか憧れる、こういう文章に、すごく引っ張られるみたい……もしよかったらまた会ってぜひ直接感想、いいたいな」

それで私たちはもう一度会うことになった。

「わりと最近まで有人改札だったよねー」

とかれはいった。私はおぼえていない。久しぶりに降りたった北越谷駅は手前に底が抜けた四角形のゆるいロータリーに沿ってナショナルチェーンの飲食店や書店がならび、南東の方角に歩をすすめると程なくして元荒川にぶつかる。北関東にありふれているいくつもの県道を横断し、沿いあるく私たちは言葉すくなにかれの母校である越ヶ谷高校のほうへ向かう。駅で会ったときには晴れていた空に予報にない黒雲がかかっていき、「傘、もってきた？」とかれはいう。私は首をふり、はやく文章の感想をいえよとおもう。緊張しているのだろう、まるで当初の会う目的を忘れてしまったかのようにかれは時事ニュースのテンプレをなぞる、それでいて多少気が利いているとおもっているらしい話をしている。相槌もそこそこに聞きながしていると、雨がふる、そのころには元荒川沿いをあるいていた。私は目の前に架かるあの橋のしたでしのごうと提案する。かれは「いいね」という。

　宮前橋のしたでならんで座り、「高校まで、着けなかったね」とかれはいう。まばらな雨が水面と橋桁を叩き、草の擦れる音と混ざりあった。尻のしたで土がしめっていき、靴を動かすとザリッとでかい音がして地面が掘られる。しばらく無言でいた。川を眺めるかれのTシャツからのびる首をマジマジ眺めやると、黒ずんだ色素沈着のあいだに深くしろい皺が首輪のようにめぐっており、首との境を強調するような赤みが顔全体を覆っている。とくに鼻のしたから頰にかけて繫がっている炎症がほうれい線を強調し、全身の印象は幼いのに鼻から首のあいだだけ老人めいた印象をあたえている。それで私はアトピーについてかれに聞く。え、とかれはいい、口ごもる。恥ずかしそうにしている。

「つらくないよ。もう、ほとんど痒みとかはない……うん。副作用みたいなものだよ。黒ずみとか、あと爪のささくれとか、ギザギザがあったりするとかいて傷つけちゃうけど、傷は目だつから気をつかわれちゃうけどそんな痒いとかは……。子どものころは、いわれたけどね、かわいそうにとか、でも最近はぜんぜん」

「そっか、ごめん、おぼえてるよね？　おれは両親がいないからね、会話がすごく、うーん……うまくいえないけどね。なんかすごい、うまく自分じゃ気づかないけど、やなこととか、酷いこと、いってそうで、いやいってそうとかじゃなくて、いってないとしてもいってるようなもので、変なのね」

「変？」

「うん。なんか変だとおもう。いってるおれがというより、聞いてるみんなというか、そのおれとみんなのあいだが変というか。だって、なったことない人間のね、考えてることとかわからんじゃん？　でも言葉にしたところでねえ……。べつに、それが本当に思ってることじゃないじゃん、ぜったい、言葉になっちゃった時点でさ。言葉になっちゃったっていうのもちがくて、三段階かもっとぐらいなんかあるじゃん？　イメージ、身体、言語化する元気、言語化する動機、それと嘘とかね。でもなにもなければなにもない。なにもないのも時間がつらいもんね。じゃあせめて二度と言葉にできないことだけ言葉にしたいよ。この身に一度だけの、結晶化？　だから聞きたいことあったらなんでも、ね」

私はこんな声だったろうか？

「うーん。じゃあ、聞かして。おとうさんがおかあさんをころした日のこと」

それで私は話した。かれはたいへんな聞き下手で、大袈裟な相槌や見当外れの表情でいちいちが話しにくくうまく実情がつたわったという気がしなかった。すると雨があがり、私は「聞いてくれて、ありがとう。ジュースでも飲まない？」と誘って住宅街側のほうへと抜けていき、自動販売機に近づいた。どこにでもある、ありふれた風景にまぎれた私たちは二人きりになり、とうに陽はおち雨があがってもあたりはくらく、私がポケットに突っ込んでいた小銭をえらんで缶コーヒーをかうと、「あったかいのにしようかなあ」といって交替にかれが財布を取り出し自動販売機と対面する。

「うーん、どうしようかな。そもそも喉、渇いてる？　あ、そうそう小説？　すごいよかったです。ああいう風景描写？っていっていいのかな？　はじめて読んだけど、すごい、うーん、どうやっていっていいのかわからないけど、新鮮？　新鮮っていうとすごい、ぜんぜんなんか……足りないかな？　おれもかきたい。やっぱり、小説。あんな景色、詩……じゃないとおもうけど、詩を読んでるときにちかい感覚？　えー、やっぱうまくいえん。でも、うーん、とにかくまあ、また」

百円玉を投入したタイミングで包丁を取り出し、突き刺した。夕方と朝方のちょうどちかしい光の加減にあふれる血がしめった地面にまじりあい、刃が裂いたかれの肉の感覚と柄を握る手のひらの感覚とが交換され、それぞれのなされるべき描写とひきかえに言葉が身体に、言葉が世界にもどっていく。

「私？」

星が体内に落ちてきた反射にすわっと貫かれる。珈琲のいろが皮膚を燻《いぶ》してとじていく。天体感覚が目に宿ってみはるかす。くさったにおいが混ざって何人もの身体。体積がまるごと横たわりまったくの川感覚。叫びがピカリと光りアスファルトに吸われる。

出ていく時間が私を置いていくと、身体から放たれる色が風景となって周りをくすませていき、コイン投入口につぶつぶとある錆が銀色の反射を鈍らせる自動販売機のあかりが照らし変え死体らしくなる私の、アスファルトを摑んで引き摺った爪が剝がれかけ風に揺れる。目玉がしずんで口があいている舌から言葉がだらだら染みでていき、風景からかなしいの情動がおくられて圧が増し、大腿部がもう生きていない重みを骨にかけて周辺の肉が平らに垂れていきスクッと歴史がたちあがると、死体がキレイの頂点をなしみるみる汚なくなっていき、外灯が自然光に混ざり汚点が道路をビシャビシャにして、外部を宙吊りにしかき継がれない認識が掃除されるまであと数時間たったひとりで死んでいる。

死亡の点滅がなくなると、右手にある木で緑がかり苔むすところとしろく菌糸のぶら下がるところの全体に枯れ色の蔦の巻きひげがしだれて塀とつながり地上からレンガ五つ半程度の高さまで逆さに葉が伸びる。塀から距離をとるようにいったん膨らんで道路のほうへ戻ってくる幹は土から０・６ｍのところで二股に分岐し、天に向かって曲がりくねる枝の隙間に空と葉が混ざる。ひとつひとつがそり返る幅３㎝長さ４㎝平均の葉は数枚かさなり多角形の空間を無数に空に繋げて揺れている。わずかな風がながく枝葉の隙間にとどこおり音をたて抜けていく。反対側でまったく同じ型だが蔦の絡まない塀の欠けている面にデコボコしたクリーム色が見え隠れし、その上部では大小に六つ空いた菱形の穴から向こう側の空間が淡い色にぼやける。塀のあいだ３・５ｍ幅に挟まれたアスファルトに印字されているしろい線がところどころ破れ黒褐色の地がいくつものこまかい長方形にうかんでいる。死体の右腕が白線と斜めに交錯し、足が平行に重なってその間を血液がひたり色を混ぜる。滞留する風が地上数㎝ほどをすずしくし、その高さに光が届くようになると、景色はまったく違ったありかたとして人に見られる。

●引用文献

本文P.38、152、153、156／ジャン・アメリー『罪と罰の彼岸［新版］——打ち負かされた者の克服の試み』池内紀訳、みすず書房、二〇一六年（P.19、20、74、56）

本文P.149／W・G・ゼーバルト『アウステルリッツ〈新装版〉』鈴木仁子訳、白水社、二〇二〇年（P.25、26）

本文P.236／『日独関係史 一八九〇—一九四五 Ⅲ——体制変動の社会的衝撃』工藤章・田嶋信雄編、東京大学出版会、二〇〇八年（P.293）

本文P.265／ジークムント・バウマン『近代とホロコースト』森田典正訳、大月書店、二〇〇六年（P.198、192）

本文P.242、243／ニコラス・チェア、ドミニク・ウィリアムズ『アウシュヴィッツの巻物 証言資料』二階宗人訳、みすず書房、二〇一九年（P.122、123）＊

＊引用部分は一九四二年一二月にアウシュヴィッツに移送されゾンダーコマンドに徴用されたザルマン・グラドフスキの遺した文書をニコラス・チェア、ドミニク・ウィリアムズが著書の中で翻訳したもの。また原註にて「完全な私訳と呼ぶにはロバート・ウルフの訳に忠実すぎたかもしれない」と言及されている。

●主要参考文献

ジョルジョ・アガンベン『アウシュヴィッツの残りのもの——アルシーヴと証人』上村忠男・廣石正和訳、月曜社、二〇〇一年

『アウシュヴィッツと表象の限界』ソール・フリードランダー編、上村忠男・小沢弘明・岩崎稔訳、未来社、一九九四年

水木しげる『劇画 ヒットラー』筑摩書房、一九九〇年

アドルフ・ヒトラー『わが闘争（上）——Ⅰ民族主義的世界観』平野一郎・将積茂訳、角川書店、一九七三年

アドルフ・ヒトラー『わが闘争（下）——Ⅱ国家社会主義運動』平野一郎・将積茂訳、角川書店、一九七三年

ヤコブ・ラズ『ヤクザの文化人類学——ウラから見た日本』高井宏子訳、岩波書店、一九九六年

溝口敦・鈴木智彦『教養としてのヤクザ』小学館、二〇一九年
ジャン・アメリー『さまざまな場所――死の影の都市をめぐる』池内紀訳、法政大学出版局、一九八三年
Claude Simon, *The Jardin Des Plantes*, Jordan Stump (translation), Northwestern University Press, 2001
ルドルフ・ヘス『アウシュヴィッツ収容所』片岡啓治訳、講談社、一九九九年
エドガー・ヒルゼンラート『ナチと理髪師』森田明訳、文芸社、二〇一四年
山口葉子『もう一度笑ってよ』展望社、二〇〇七年
『ホロコースト大事典』ウォルター・ラカー編、井上茂子・木畑和子・芝健介・長田浩彰・永岑三千輝・原田一美・望田幸男訳、柏書房、二〇〇三年
シュロモ・ヴェネツィア『私はガス室の「特殊任務」をしていた――知られざるアウシュヴィッツの悪夢』鳥取絹子訳、河出書房新社、二〇一八年
エマヌエル・リンゲルブルム『ワルシャワ・ゲットー――捕囚1940-42のノート［新版］』ジェイコブ・スローン編、大島かおり訳、みすず書房、二〇〇六年

●主要参考映像

クロード・ランズマン監督『ショア』一九八五年
スティーヴン・スピルバーグ監督『シンドラーのリスト』一九九三年
ネメシュ・ラースロー監督『サウルの息子』二〇一五年
NHKスペシャル「アウシュビッツ　死者たちの告白」https://www.nhk.or.jp/special/plus/articles/20200825　二〇二〇年

初出　「群像」　二〇二〇年一月号　十月号　十二月号
二〇二一年二月号　四月号　六月号
掲載連作を大幅に加筆・改稿したものです。

装画＝小山義人
装幀＝川名 潤

町屋良平
（まちや・りょうへい）
1983年東京都生まれ。2016年「青が破れる」で第53回文藝賞を受賞、
19年「1R1分34秒」で第160回芥川賞を受賞。
他の著書に『しき』『ぼくはきっとやさしい』『愛が嫌い』
『坂下あたると、しじょうの宇宙』『ふたりでちょうど200%』など。

ほんのこども

二〇二一年十一月八日　第一刷発行

著者　町《まち》屋《や》良《りょう》平《へい》
発行者　鈴木章一
発行所　株式会社講談社
〒一一二-八〇〇一 東京都文京区音羽二-一二-二一
電話　出版　〇三-五三九五-三五〇四
　　　販売　〇三-五三九五-五八一七
　　　業務　〇三-五三九五-三六一五

印刷所　凸版印刷株式会社
製本所　株式会社若林製本工場

KODANSHA

ISBN978-4-06-526036-4